Leonardo Padura
Neun Nächte mit Violeta

Leonardo Padura
Neun Nächte mit Violeta

Erzählungen

Aus dem Spanischen von
Hans-Joachim Hartstein

Unionsverlag

Die Originalausgabe erschien 2015 unter dem Titel
Aquello estaba deseando ocurrir im Verlag Tusquets Editores, Barcelona.
Die deutsche Erstausgabe erschien 2016 im Unionsverlag.

Im Internet
Aktuelle Informationen, Dokumente, Materialien
zu Leonardo Padura und diesem Buch
www.unionsverlag.com

© by Leonardo Padura, 2015
© by Unionsverlag, 2016
Neptunstrasse 20, CH-8032 Zürich
Telefon +41 44 283 20 00
mail@unionsverlag.ch
Alle Rechte vorbehalten
Umschlaggestaltung: Heike Ossenkop
Umschlagbild: Paul Piebinga/iStockphoto.com
Druck und Bindung: GGP Media GmbH, Pößneck
ISBN 978-3-293-00505-1

Auch als E-Book erhältlich

Inhalt

Die Puerta de Alcalá	9
Neun Nächte mit Violeta	45
Adelaida und der Dichter	67
Sonatine für Rafaela	83
Wie die Zeit vergeht	91
Die Grenzen der Liebe	117
Der glückliche Tod der Alborada Almanza	139
Schicksal: Mailand–Venedig (via Verona)	147
Die Wand	169
Beim Betrachten der Sonne	183
Der baumelnde Tod des Raimundo Manzanero	201
Weiße Weihnacht	215
Der Jäger	237

Wie immer für Lucía, die dieses Buch hat wachsen sehen. Und auch für die Freunde, die es, Geschichte für Geschichte, erlitten haben.

Taktvoll ist es, zu schweigen wie ein Stein.
Eliseo Diego

Die Puerta de Alcalá

Es beliebte zu geschehen.
Marc Aurel

(Inschrift auf der Zimmertür von Seymour und
Buddy Glass, in: J. D. Salinger, *Franny und Zooey)*

I

Das Unglück kann man auch herbeireden, hatte er immer sagen hören. Und das *Jornal de Angola* berichtete wieder einmal von einer bevorstehenden Invasion der Südafrikaner. Diese Nachricht wurde wöchentlich verbreitet, zusammen mit Gewissheiten und angeblich unwiderlegbaren Tatsachen, logistischen Angaben und Regierungserklärungen. Doch obwohl die Buren in den letzten dreiundzwanzig Monaten die Grenze zu Namibia mit bedrohlichen Flugzeugen und schlagkräftigen Panzern wiederholt überschritten hatten, fand die angekündigte Invasion nicht statt. Dennoch fröstelte es ihn immer, wenn er diese Nachricht las. Es war eine dunkle, deutlich spürbare Angst, die vom Magen ausging, seine Beine zu Pudding werden ließ und ihn veranlasste, wen auch immer anzuflehen, das drohend Bevorstehende möge bis nach Februar warten. Dann nämlich würde er bereits weit weg sein von alldem, und sein zweijähriger Einsatz in Angola wäre unwiderruflich Vergangenheit.

Allerdings konnte diese Angst unmittelbare Auswirkungen haben. Kaum hatte er die Überschrift und ein paar Zeilen des ersten Absatzes gelesen, musste er sein Bett verlassen und, mit der Zeitung unter dem Arm, so rasch wie möglich das Bad aufsuchen und sich, schon auf dem Weg dorthin, die Hose aufknöpfen. Nach all den Monaten wusste er um Ursache und Wirkung jenes unkontrollierbaren Gefühls, das er in Angola kennengelernt hatte und bei aller Zwiespältigkeit in der beruhigenden Gewissheit, dass seine Angst nicht unbedingt Feigheit war, inzwischen genoss. Wenn er also auf der Kloschüssel saß, begann er, die erste Seite, die seine Ängste heraufbeschworen hatte, sorgfältig abzutrennen, um sich auf die eschatologischste und symbolischste Art, die er kannte, an ihr zu rächen: Er würde sich den Hintern mit der Nachricht abwischen. Während er auf das Ende des unfreiwilligen Reflexes wartete, drehte er die Zeitungsseite um und entdeckte eine kurze Notiz, deren Überschrift von knapp zwanzig Anschlägen lautete: DER GANZE VELÁZQUEZ. Darunter wurde berichtet, dass vom 23. Januar bis zum 30. März im Prado die, wie es hieß, »Ausstellung des Jahrhunderts« stattfinden werde, in der zum ersten und einzigen Mal seit ihrem Entstehen neunundsiebzig Meisterwerke des Künstlers aus Sevilla zu sehen sein würden, zusammengetragen aus allen Teilen der Welt, um in den Bestand des bedeutenden spanischen Museums aufgenommen zu werden.

Während er damit beschäftigt war, sich mit der Sportseite den Hintern gründlich abzuwischen, widmete er sich einer weiteren seiner Lieblingsobsessionen: ›Die Welt ist ein großer Scheißhaufen‹, dachte er, ›und ich scheiße auf Angola und die Leute in Madrid, die sich darauf freuen, diese einmalige Ausstellung von Diego Velázquez anzusehen.‹ Seit er vor nunmehr fast zwei Jahren von Kuba nach Angola geflogen war, hatte er keinen Augenblick aufgehört, so zu denken. Er dachte es, wenn er zwei Mal wöchentlich seiner Frau diese endlosen und herzzerreißenden Briefe schrieb, in die er all seine Verzweiflung legte. Er dachte es an den Tagen, an denen er vom Fenster seines Zimmers aus das Leben in dem Lager beobachtete, das mehrere Familien in einer 1976 von den Portugiesen aufgegebenen Lagerhalle errichtet hatten, und sah, wie die Männer in der Hocke auf irgendwelchen Kräutern kauend ihrerseits die ausgemergelten Frauen beobachteten, die Yuccawurzeln und Fisch für ihren Maisbrei, den *Funche,* auf einem Holzfeuer kochten, während sie rotznasigen, apathischen Säuglingen, die vielleicht nie erfahren würden, dass das Wort »Glück« überhaupt existierte, die Brust gaben. Und er dachte es, wenn er durch die Straßen von Luanda ging, wobei er den Müllsammlern an jeder Ecke auswich und das Gesicht abwandte, wenn er den unzähligen Versehrten eines realen und endlosen Krieges begegnete und sich fragte, warum, zum Teufel, es Menschen gab, die dazu verdammt waren, so zu leben, während er, ausgerechnet er, ohne Erwartungen, aber auch ohne Hunger durch diese kaputte, fremde Stadt schlich, die sich ihm nicht erschloss, sich nicht verstehen ließ, und deren endgültiges Schicksal sich vorzustellen ihm ebenso wenig gelang.

Seitdem war jeder beginnende Tag ein Kreuz auf einem der drei Kalender, die über seinem Bett hingen und von denen der letzte abrupt endete: Er bestand lediglich aus dem Monat Januar 1990, und jetzt waren es nur noch acht Ziffern, die durchkreuzt werden mussten.

»Was hast du dir denn reingepfiffen, als du das geschrieben hast, Kollege? Rum, Marihuana und was noch? Das ist doch nicht normal, bei Gott, wirklich nicht ...« Der Chefredakteur der Zeitung schien so überzeugt von seiner Vermutung, dass er zusätzlich noch den Kopf schüttelte und lachte. Er fand fast alles zum Lachen. Aber diesmal hat er nicht ganz unrecht, dachte Mauricio und redete weiter auf ihn ein: »Schau mal, Alcides, ich bin doch nicht blöd, das weißt du. Es gibt eine Menge Leute, die nach Berlin oder Madrid fliegen, und wenn du ein bisschen nachhilfst, kann auch ich nach Madrid fliegen.«

»Und wie soll ich das begründen? Dass du dir in Spanien ein paar Bilder ansehen willst? Hör mal, Mauricio, wenn ich das sage, dann ist mein Einsatz hier zu Ende. Sie erklären mich für unzurechnungsfähig und schicken mich nach Hause, wenn nicht Schlimmeres.«

Draußen, vor dem offenen Fenster, erhob sich plötzlich ein starker Wind, und der Chefredakteur musste seine Arme schützend auf die Papiere legen, damit sie nicht vom Schreibtisch geweht wurden. Es sah ganz so aus, als würde es in Luanda zum zweiten Mal in diesem Sommer regnen, und Mauricio hoffte, dass es ein verheerender Platzregen werden würde.

»Warum? Weil sie glauben werden, dass ich in Spanien bleiben will, ja? Das ist doch bescheuert, Alcides. Da hast du dir zwei Jahre lang in Angola den Arsch aufgerissen, bist von dem Scheißchloroquin halb blind geworden und hast dir den Magen vom Büchsenfleisch verkorkst, und dann kommt irgend so ein Arschloch und unterstellt dir, dass du dich absetzen willst. Find ich ja ganz reizend …«

Der Chefredakteur ordnete die Papiere auf dem Schreibtisch und zündete sich eine Zigarette an. Er hatte aufgehört zu lachen und fuhr sich mit der Hand übers Gesicht, so als wollte er mit dieser Geste die Müdigkeit und die Falten der letzten Monate vertreiben. In Kuba hatte er es nur zum stellvertretenden Leiter einer Regionalzeitung gebracht, aber er war auch ein vertrauenswürdiger Kader, und darum hatten sie ihn nach Angola geschickt, um die Zeitung für die freiwilligen kubanischen Kämpfer zu leiten, eine Arbeit, die er mit der größten Zuverlässigkeit erledigte. Auf jeden Fall aber war er ein umgänglicher und auch intelligenter Mann.

»Schau mal, Mauricio, ich glaube, ich kenne dich sehr gut«, sagte er schließlich, jetzt ohne zu lachen, »und ich glaube, dass man die Menschen hier in Afrika noch besser kennenlernt. Aber du musst nicht meinen, dass die anderen so denken wie ich. Du hast einen Haufen Scheiße in deiner Akte, und das weiß hier jeder, sogar der Bekloppte, der nackt über den Kinaxixi-Platz spaziert. Und du wärst nicht der Erste, der in Spanien bleibt, das weißt du. Außerdem ist da noch das Problem mit dem Flugticket ...«

»Du meinst also, man wird mir wieder mit dem alten Scheiß kommen, ja? Verdammt komisch nur, dass es bei den anderen keine Probleme gibt. Zumindest bei denen, die dann geblieben sind ...«

Der Chefredakteur lachte wieder, beinahe wider Willen, und warf die Zigarettenkippe von seinem Schreibtischstuhl aus durchs offene Fenster. »Erpress mich nicht, du Klugscheißer ... Eine Ausstellung von Velázquez also ... Na gut, mal sehen, was ich machen kann. Aber vergiss nicht, wenn du Scheiße baust, reißt man mir die Eier ab.«

»Wär nicht der schlechteste Grund«, erwiderte Mauricio. Manchmal ist das Leben eben doch nicht nur Scheiße, dachte er.

Für Velázquez zumindest war das Leben nicht Scheiße gewesen. So etwas Ähnliches versuchte Emma Micheletti, in dem Büchlein über den Maler zu zeigen, das Mauricio in einer der drei Buchhandlungen von Luanda gefunden hatte, als er während der ersten drei Monate seines Angola-Einsatzes noch in Museen und Buchhandlungen gegangen war. Das Bändchen *Velázquez* stand, verstaubt und fleckig, in einem der hinteren Regale, zusammen mit anderen Büchern, die man hier nicht erwartet hätte – *Der Staat* von Platon, auf Deutsch, die *Gesammelten Werke* von Erasmus, auf Italienisch, und einige Broschüren über Fußball, auf Portugiesisch –, und obwohl man es ihm als neu verkaufte, hatte es bereits eine Besitzerin gehabt: María Fernanda hatte es nicht nur mit Namen und Datum (9.7.1974) versehen, sondern auch einige Passagen und einzelne Sätze unterstrichen, die ihr aus verschiedenen Gründen – oder aus einem bestimmten – wichtig erschienen waren. Vielleicht wegen seiner Unfähigkeit, sich für mehr als das Anekdotische zu interessieren, oder auch wegen seines völligen Unvermögens, zwei gerade Striche hintereinander hinzukriegen, hatte sich Mauricio nie groß für Malerei interessiert. Doch seit er die Markierungen von María Fernanda bemerkt hatte, war der Band Nr. 26 der Serie »Die Juwelen der Bildenden Kunst«, veröffentlicht 1973 im Verlag Ediciones Toray in Barcelona, zu einer wunderbaren Entdeckungsreise für ihn geworden. Die Tatsache, dass dieses Buch hier in Luanda zum Kauf angeboten wurde, war das erste Rätsel, und die Person jener María Fernanda war das zweite, noch verlockendere Geheimnis. Anfangs sagte er sich, sie müsse zu den Portugiesen gehört haben, die 1975 oder 1976 aus Angola geflohen waren und ihre Geschäfte, Häuser und sogar Hunde und Bücher zurückgelassen hatten. Als er aber ihren Spuren und Obsessionen gefolgt war und sie dadurch besser kennengelernt hatte, kam er zu der Überzeugung, diese María Fernanda müsse eine leidenschaftlich Liebende gewesen sein, der man die Liebe immer vorenthalten hatte.

Zwei Markierungen in dem Buch brachten ihn auf diesen poetischen Gedanken. Ganz oben auf Seite 5 hatte die ursprüngliche Besitzerin eine Stelle blau unterstrichen und mit zwei senkrechten Strichen am Rand versehen: »Im Jahre 1624 lässt er sich mit seiner Familie in der Calle de la Concepción in Madrid nieder. Die Beziehung zum König wird erst mit dem Tod des Malers enden, und auch wenn sie bisweilen seine Freiheit einschränkte, so bot sie ihm andererseits die Möglichkeit, ein ruhiges Leben zu führen, frei von finanziellen Sorgen, wobei der Souverän ihn nicht übermäßig mit Verpflichtungen oder Einschränkungen belastete.«

Drei Seiten weiter, zu Beginn des mit »Das Werk« überschriebenen Kapitels, hatte die vermutlich unglücklich Liebende den gesamten ersten Absatz unterstrichen, diesmal mit roter Tinte, und ganz am Ende mit einem verzweifelten Ausrufungszeichen versehen. »Velázquez' Leben«, schrieb Emma Micheletti zu María Fernandas Freude oder zu ihrem Kummer, »war rundherum glücklich. Bei genauer Betrachtung zeigen sich Parallelen zu dem von Rubens, der sich, wie wir gesehen haben, mit ihm anfreundete. Beide im Juni zur Welt gekommen, scheinen sie aufgrund ihrer Geburt in diesem strahlenden Sommermonat für ein behagliches und glückliches Leben sowie für eine frühe Anerkennung als ruhmreicher Künstler prädestiniert. Beide standen in den Diensten verständnisvoller und großzügiger Herrscher, denen sie in unverbrüchlicher Treue und Liebe verbunden waren. Beide starben im noch rüstigen Alter von etwas über sechzig Jahren, als sie ihre künstlerischen Ziele erreicht hatten, als sie ihren Stil und ihre Technik bereits perfektioniert hatten und ihnen in Wahrheit nur noch wenig hätten hinzufügen können. Verschieden waren sie vielleicht in ihrem Charakter, in ihrer expressiven und emotionalen Kraft. Rubens war sehr temperamentvoll, geradeheraus und extrovertiert; Velázquez war besonnen und nachdenklich, ein aufmerksamer Beobachter.«

Nur ein sensibler und liebender Geist mit einer gewissen Neigung zum Selbstmord macht sich so viele Gedanken über Glück und Sicherheit, sagte sich Mauricio. Doch endgültig bestärkt wurde er in seiner Überzeugung durch die bemerkenswerteste Spur, die María Fernanda in jenem Buch, das sie so sehr geliebt haben musste, hinterlassen hatte. Es waren zwei kaum wahrnehmbare Punkte unter den Abbildungen dreiundsechzig und vierundsechzig im Werkverzeichnis. Mauricio entdeckte die Punkte, weil diese Bilder auch seine Aufmerksamkeit erregt hatten. Sie waren weniger berühmt als *Die Trunkenbolde*, *Las Meninas*, *Venus vor dem Spiegel* oder *Josephs Rock*, jedoch einzigartig und faszinierend durch Thema und Gestaltung. Die

Bildunterschrift lautete: »63: *Blick auf die Gärten der Villa Medicis*, Öl auf Leinwand, 48 x 42 cm, Madrid, Prado. Auch bekannt unter dem Titel *Abend*. Fertiggestellt vermutlich 1650, zusammen mit seinem Zwillingsbild *Mittag* (64). Die beiden Gemälde bilden eine große Ausnahme in der Produktion des Meisters. 1666 waren sie bereits Teil der Bestände des Alcázar, seit 1819 sind sie im Besitz des Prado.«

Seitdem träumte Mauricio von María Fernanda und davon, den Prado zu besuchen, um sich jenes wunderbare Diptychon anzusehen, auf dem Velázquez die geschlossenen Räume, die Könige, Päpste, Fürsten und Hofnarren hinter sich ließ und unbeirrbar, wenn auch zwei Jahrhunderte vor der Zeit, Corot und auch van Gogh, Renoir, Monet und den gesamten Impressionismus des 19. Jahrhunderts vorwegnahm. Vor allem auf dem Bild *Abend*: Jene Bäume, die Mauricio zu Zypressen erklärte, obwohl er noch nie im Leben eine Zypresse gesehen hatte, und die sich über die Bögen einer Galerie im Renaissancestil erheben; das diffuse, trübe, aber dennoch kraftvolle Licht, das die Konturen der beiden ins Gespräch vertieften Personen im Vordergrund verschwimmen lässt, und auch die des Mannes mit dem weiten Mantel im Hintergrund, der, mit dem Rücken zum Betrachter, die Landschaft mit den sich in der Ferne verlierenden Pinien und Weiden genießt. Dieser wundervolle Abend im Garten der Medicis vermittelt Lebenslust und zeugt von der unbändigen Freude, die der Künstler empfunden haben musste, als er, ein sanftmütiger Mann, seinen Pinsel frei und ohne Verpflichtungen gegenüber mehr oder weniger verständnisvollen und großzügigen Königen über die Leinwand gleiten ließ.

Für Mauricio stand es außer Zweifel: Diego Rodríguez de Silva y Velázquez war, wenigstens an einem Tag seines Lebens, glücklich gewesen, und María Fernanda war eine ätherische, bezaubernde Frau, die von diesem Buch auf ihrem Weg durch die Welt begleitet worden war, einem Buch, das sie mit Neid erfüllte, weil sie nicht einmal einen Tag lang glücklich gewesen war. María Fernanda hatte begriffen, dass das Glück für all jene, die keine Könige sind, ein höchst flüchtiges Privileg ist, und vielleicht hatte sie sich auf der Suche nach ihrem eigenen Königreich in der Einsamkeit im afrikanischen Dschungel verirrt.

»Los, geh Rum kaufen, du bist mir was schuldig«, sagte Alcides zu ihm, natürlich lachend.
Doch Mauricio sah ihn ernst an, ungläubig und hoffnungsvoll. »Erzähl keinen Scheiß, Alcides.«
»Am Dritten fliegst du nach Madrid. Du kommst um vier Uhr nachmittags an und fliegst am nächsten Morgen um zehn nach Havanna. Da bleibt dir genug Zeit, oder?«
Mauricio ging in sein Zimmer und suchte die siebentausend Kwanzas für die Flasche Rum zusammen, die der Chefredakteur von ihm einforderte. Dann stieg er hinunter in den vierten Stock zu Ortelio, dem Magazinverwalter. Der hielt immer – »für mich und meine Freunde«, wie sein Slogan lautete – eine Flasche dreijährigen Havana Club und andere mehr oder weniger begehrte Kleinigkeiten bereit, zum Beispiel eine Stange Zigaretten.
Auf dem Balkon der Wohnung entkorkten sie die Literflasche, und Mauricio konnte es sich nicht verkneifen, einen Toast auszusprechen: »Auf Velázquez!«
»Auf mich, verdammt noch mal«, sagte Alcides und stieß mit seinem Untergebenen an, »ohne mich könntest du Velázquez nämlich vergessen.«
Sie tranken. Sie tranken mehrere Gläser und sprachen über die Hitze, über die Zeit, die Alcides noch hier verbringen musste, und über das, was Mauricio tun würde, sobald er in Havanna wäre: zehn Mal hintereinander seine Frau vögeln, eine Woche am Strand liegen, eine Pizza auf der

Rampa essen und sich nie mehr wieder einen runterholen, weil sein Rohr inzwischen wie ein Fahrradlenker aussah und seine Finger schon Schwielen hatten. Vor allem aber wollte er spätabends durch die Straßen spazieren, ohne dass es ihm irgendjemand verbot oder irgendein unsichtbarer Feind ihm in der Dunkelheit auflauerte.

»Und wie geht es für dich in der Zeitung weiter?«

Mauricio leerte sein fünftes Glas, bevor er antwortete: »Keine Ahnung, ich hoffe, nach den zwei Jahren hier wird man mir die Daumenschrauben lockern und mich wieder über Kultur schreiben lassen.«

Alcides warf seine Kippe auf die Straße. »Die haben dich kurzgehalten, was?«

»Kann man wohl sagen. Zuerst musste ich die Berichte der Korrespondenten aus der Provinz redigieren, und dann haben sie mich hierhergeschickt, zur Bewährung.«

»Die haben mich ganz schön angespitzt wegen dir. Haben gesagt, ich soll dich überwachen und alles.«

»Und das sagst du mir erst jetzt, du Arsch?«

Alcides zündete sich die nächste Zigarette an und trank noch einen Schluck. »Was sollte ich machen? Mich mit dir anlegen, ohne zu wissen, wer zum Teufel du warst? Red keinen Blödsinn, Mauricio.«

Lächelnd beobachtete Mauricio, wie die Sonne hinter dem Hotel Trópico verschwand. »Aber ich freue mich, dass ich dich hier besser kennengelernt habe. Du bist der beste Journalist, mit dem ich je zusammengearbeitet habe.«

»Danke für die Blumen, Chef.«

»Hoffentlich kriegst du alles auf die Reihe und bleibst nicht in Spanien. Nicht wegen mir, sondern wegen denen, die dir das eingebrockt haben. Gib ihnen nicht im Nachhinein recht.«

»Mir scheint, mein Leben wird eine einzige Bewährungsprobe sein, wie bei der *Challenger*.«

»Gieß mir noch einen ein. Sieht aus, als würde es wieder regnen.«

»Stell dir vor, ich werde die Ausstellung des Jahrhunderts sehen, Alter! Endlich werde ich mir den *Blick auf die Gärten der Villa Medicis* anschauen können ...«

Wieder lachte Alcides und trank den nächsten Schluck Rum.

»Am Ende wirst du noch verrückt ... oder schwul. Da geh ich jede Wette ein.« Jetzt lachte er nicht mehr. Er sah Mauricio in die Augen und sagte: »Glaubst du, dass wir uns in Kuba wiedersehen werden?«

Der Rum und die Bewilligung seiner Reise nach Madrid hatten Mauricio leicht euphorisch werden lassen, und er war drauf und dran, einen Scherz zu machen, doch er verkniff ihn sich.

»Glaubst du, dass wir noch Freunde sein werden, wenn wir von hier weg sind?«, fragte er.

»Fände ich gut«, seufzte Alcides. Er sah traurig aus. Alkohol legte immer seine melancholische Ader frei. »Ich werde dich nämlich vermissen, glaube ich. Nachdem ich dein Gesicht rund fünfzehn Monate lang jeden Tag gesehen habe ...«

»Wär schön, wenn wir Freunde bleiben könnten. Fehlte noch, dass man nach so einem Scheißkrieg auch noch das Wichtigste verliert, oder?«

»Irgendwann werde ich dich besuchen, mit 'ner Flasche Rum. Ehrlich, das würde mir gefallen.«

Mauricio sah auf die Straße, auf der es unter den immer niedriger hängenden Wolken langsam dunkel wurde. Er bedauerte, dass er diesem Mann in den ersten Monaten so sehr misstraut hatte. In Kuba wäre Alcides vielleicht nie sein Freund geworden, möglicherweise hätten sie nie ein Wort miteinander gewechselt; aber hier, inmitten von so viel Melancholie, Angst und Einsamkeit, war alles anders, unauslöschlich. Ja, er würde sich freuen, ihn wiederzusehen, mit den drei Kugelschreibern in der Brusttasche seiner leinenen Sommerjacke, der *Guayabera*, dem nervigen Lachen und den Macken eines überkorrekten, äußerst verantwortungsbewussten Mannes.

»Hoffentlich klappt das mit dem Rum«, sagte er schließlich.

»Ich hätte sogar Lust, dich zu umarmen«, sagte der andere.

»Du wirst am Ende auch noch verrückt oder schwul«, erwiderte Mauricio und versuchte, das ewige Lachen seines Chefs zu imitieren.

Er konnte es immer noch nicht glauben. Die Verkettung von Zufällen, die ihn am 3. Februar 1990 nach Madrid geführt hatten, war zu kompliziert, um möglich zu sein, und ganz und gar nicht real. Wie gerne hätte er María Fernanda alles erzählt, dachte er, angefangen mit seinen Problemen bei der Zeitung bis hin zu der Entdeckung des Buches, das ihr einmal gehört hatte. Er hätte sie gebeten, mit ihm in den Prado zu gehen, um sich zusammen die neunundsiebzig Gemälde des Sevillaners anzusehen und schließlich zu der Überzeugung zu gelangen, dass sie, die frühere Besitzerin des Buches, ihn ihr Leben lang gesucht hatte, ohne zu ahnen, dass er in einem staubigen, streitsüchtigen Viertel von Havanna wohnte, nach dem sich zu sehnen er sich bis vor zwei Jahren niemals hätte vorstellen können … Als Mauricio noch sehr jung war und Biografien berühmter Männer las, hatte er mit Begeisterung die verschlungenen Wege zu ergründen versucht, die das Leben der Menschen ausmachen: eine zufällige Begegnung, eine überraschende Entscheidung, eine unerwartete Handlung. Warum geschah in seinem eigenen Leben nichts dergleichen? Er selbst betrachtete sich als Irrtum, und sein Leben erschien ihm wie eine Abfolge von Enttäuschungen und Fehlern, die dazu geführt hatten, dass all seine Ambitionen, all seine Träume verloren gegangen waren. Wenn er doch kein Liebhaber der Malerei war und sich noch nie in seinem Leben eine Reproduktion von Velázquez angesehen hatte, warum nur war er dann auf jenes Buch gestoßen und nicht der Frau über den Weg gelaufen, die es in ihren schlaflosen Nächten markiert hatte? In letzter Zeit hatte er damit begonnen, sich María Fernandas Aussehen vorzustellen. Anfangs war sie nur Geist, Stimme und Geheimnis gewesen, doch jetzt erschien sie ihm als eine blasse, stille Frau mit großen, sehr feuchten Augen, die ihm in einem Spiegel entgegenlächelte. So fand er sie auf der Abbildung siebenundsechzig des Buches, nackt vor einem Spiegel liegend. Doch sie würde ihm nie entgegensehen. Deswegen musste er sich für den Augenblick mit der Venus von Velázquez zufriedengeben.

»Entschuldigen Sie, bis wann ist der Prado geöffnet?«

Der Zollbeamte betrachtete das Foto in Mauricios Pass und hob dann den Blick. »Tja, also, Señor ...«, antwortete er achselzuckend und sah ihn verwirrt und ratlos an.

»Egal«, sagte Mauricio und nahm seine Ausweispapiere wieder an sich. Auf dem Weg zur Gepäckausgabe musste er die Augen zusammenkneifen: Die blitzblanke Sauberkeit des Flughafens blendete ihn. Zwei Jahre, in denen er durch Straßen gegangen war, die nur vom Wind und den in Luanda sehr seltenen Regenschauern gereinigt wurden, in denen er mit drei weiteren Männern zusammengewohnt hatte, die abwechselnd nicht gefegt hatten, diese zwei Jahre also hatten genügt, dass ein Fliesenboden ohne Staub und Zigarettenkippen ihn regelrecht begeisterte.

Er sah auf seine Armbanduhr und seufzte: vier Uhr fünfundzwanzig. Niemand hier sah aus, als wüsste er, wann das Museum schloss. Er hatte darauf gehofft, dass es bis neun geöffnet war, und sich ausgerechnet, dass er um fünf den Flughafen verlassen, ins Hotel gehen, seinen Koffer abstellen und spätestens um sechs im Prado sein würde: Zeit genug, um sich an Velázquez zu berauschen.

Er ging auf die Toilette, und während er urinierte, sah er wieder auf seine Uhr. ›Ich bin tatsächlich in Madrid‹, dachte er um halb fünf, und als er die Toilette verließ, sah er, dass er Glück hatte: Sein Koffer lief über das Gepäckband. Er wischte sich den Schweiß von den Händen und verbot sich, erneut auf die Uhr zu schauen.

Der Bus brachte ihn zur Puerta del Sol. Der Mann, der auf der Fahrt vom Hotel Diana neben ihm saß, erklärte ihm, wie er gehen musste: »Eine der Straßen, die auf die Puerta del Sol führen, ist die Calle de Alcalá. Du gehst die ganze Alcalá runter, bis zum Ende, und bei der Banco de España bist du schon auf dem Paseo del Prado. Beim Cibeles-Brunnen biegst du rechts ab, und da ist schon das Museum«, sagte er, und dann kam das Wichtigste: »Es ist bis neun geöffnet.«

Mauricio überquerte den Platz, wobei er sämtlichen Versuchungen widerstand: den Cafés, den Geschäften, den zu Straßenhändlern gewordenen Afrikanern, die den Passanten Sonnenbrillen, Ringe und anderen billigen Plunder, alles Schmuggelware natürlich, andrehen wollten. Plötzlich erlitt er einen unerwarteten Anfall von Heimweh. Seit sein Busnachbar den Paseo del Prado erwähnt hatte, waren ihm die zwei Bronzelöwen vom Paseo del Prado in Havanna nicht mehr aus dem Kopf gegangen und hatten in ihm wieder einmal den unbändigen Wunsch geweckt, endlich zu Hause zu sein, bei seiner Frau, den Hunden und den Büchern, die er so sehr zum Leben brauchte.

Die Kälte in Madrid war erträglich. Eine digitale Anzeige an einer Ampel zeigte Temperatur und Uhrzeit an:

13 Grad, 17:39. Mauricio wäre am liebsten gelaufen. Die Leute gingen schnell, redeten ununterbrochen und rauchten wie zum Tode Verurteilte. Sie betraten die Bars, und wenn sie wieder herauskamen, knöpften sie ihre Pelz- oder Wollmäntel zu. Sie schauten sich die Auslagen der Geschäfte an und überlegten, ob die Preise der Waren für den Winterschlussverkauf tatsächlich heruntergesetzt worden waren. Sie hasteten auf die Metroeingänge zu, ungestüm, bereit, jedes menschliche Hindernis aus dem Weg zu räumen. Mauricio gefiel der Gedanke, dass keiner dieser Menschen die geringste Vorstellung davon haben konnte, wer er war und was er in Madrid machte. Er hatte Lust zu laufen und fühlte sich so euphorisch, wie er es seit Langem nicht mehr gewesen war. Seine Hände schwitzten nicht mehr, und er wollte nur kurz anhalten, um einen Kaffee zu trinken, doch diesen Luxus gestattete er sich nicht. Sein gesamtes Vermögen belief sich auf sechzehn Dollar, und Kaffee hatte er in Angola genug getrunken.

Der Paseo del Prado überraschte ihn: Dort lag er, direkt vor ihm, unverwechselbar, wenn auch ohne Bronzelöwen. Mauricio gesellte sich zu denen, die auf den Farbwechsel der Lichtstrahlen warteten. Ohne sich die Zeit zu nehmen, den berühmten Cibeles-Brunnen zu bewundern, überquerte er die Straße und bog nach rechts auf den Mittelstreifen der Avenida ein, der von nackten, düsteren Bäumen, vielleicht Zypressen, gesäumt war. Er war weniger als 200 Meter vom Museum entfernt, und jetzt erst glaubte er es, ja, es stimmte, und einen Moment lang dachte er an Alcides, der in seiner Erinnerung lachte. Und dann fing Mauricio an zu laufen, hin zu der friedvollen Abenddämmerung in den Gärten der Villa Medicis.

Als der Museumswärter ihm erklärte, dass die Ausstellung montags geschlossen sei und dienstags um neun öffne, und dass es ihm leidtue, dass er eigens aus Angola gekommen sei – das liege doch gleich neben dem Kongo, oder? – und am nächsten Morgen wieder abreise, aber er könne da nichts machen, die Ausstellung sei geschlossen, verriegelt und verrammelt, Señor, da war Mauricio sich wieder sicher, dass das Leben Scheiße war, selbst wenn man an einem 3. Februar vor dem Prado stand, nur durch eine Mauer getrennt von neunundsiebzig Meisterwerken des liebenswürdigen Diego Velázquez. Vor allem an einem Montag.

An einem Montag war seine Mutter gestorben, erinnerte er sich. An einem Montag hatte die UNITA den Konvoi angegriffen, in dem sich auch sein Freund Marquitos befand, der Fotograf, der bei dem Scharmützel als Einziger getötet worden war. An einem Montag hatte man ihn in die Zeitungsdirektion kommen lassen, um ihm die Leviten zu lesen und sein Leben zu versauen. An einem Montag hatte er aber auch geheiratet. Nicht einmal im Pech bin ich zuverlässig, dachte er.

Der Cibeles-Brunnen ergoss seinen Wasserstrahl über die Marmorkarosse, und Mauricio musste lächeln angesichts der kleinen Geschenke, die die Europäer sich gegenseitig machten: Ein Schild wies darauf hin, dass die roten, gelben und purpurnen Tulpen, die um das Monument herum gepflanzt waren, ein Geschenk der Stadt Amsterdam an die Stadt Madrid war. An der Ecke des Paseo del Prado – ohne Löwen – blieb Mauricio stehen. Er fühlte sich leer und ausgelaugt und dachte daran, ins Hotel zurückzugehen, sich die Decke über den Kopf zu ziehen und zu schlafen, um alles zu vergessen. Doch ein Straßenschild und ein Lied ließen ihn seine Meinung und die Richtung ändern: PUERTA DE ALCALÁ, stand dort, und der Pfeil darunter zeigte nach rechts. Mauricio begann, jene Melodie zu summen, die ihm zwei Jahre zuvor so verhasst gewesen war, als nämlich sein Bruder das Lied von Ana Belén auf Kassette aufgenommen hatte und seine Mitbewohner dazu verdammt gewesen waren, in voller Lautstärke bis zu zehn Mal am Tag hören zu müssen: »*Mírala, mírala, mírala / la Puerta de Alcalá* ...« (Sieh mal da, sieh mal da, sieh mal da / die Puerta de Alcalá). Verdammt noch mal, er würde sie sich ansehen!

Als Mauricio die Puerta de Alcalá vor sich sah, stellte er fest, dass es genug holländische Tulpen gab, um auch noch diesen monumentalen Triumphbogen am Eingang zur Madrider Altstadt zu schmücken, den Carlos III. zu Ehren seiner selbst, des gebildeten und ruhmreichen Königs, beim Architekten Sabatini in Auftrag gegeben hatte. Unter den fünf triumphalen Bögen, die jetzt durch Tulpenbeete von den Passanten getrennt waren, waren einstmals die besten Kampfstiere gerannt, dazu bestimmt, im Sand der Arena zu sterben; Könige hatten sie durchschritten und ganze Armeen sowie Wasserverkäufer und Bettler. Vielleicht hatte sich auch seine unergründliche María Fernanda manchmal dieses strenge Monument angesehen, nachdem sie sich im Prado an den Lichteffekten und den zarten Farben von Velázquez erbaut und im Museumsshop jenes Büchlein gekauft hatte, das durch Zufall in die Hände eines unbekannten, gemaßregelten kubanischen Journalisten gelangt war, dem vorgeworfen wurde, ideologisch nicht ausreichend gefestigt zu sein, um den Massen Orientierung zu geben, wie es in seiner Personalakte hieß ... Was mochte in ihrem Kopf vorgegangen sein, als sie es gesehen hatte? Mauricio wollte sich vorstellen, was María Fernanda gedacht hatte, doch dann kehrte er wieder zu sich und seinen Problemen zurück. Würde er in seinem Leben noch einmal die Gelegenheit bekommen, in Madrid zu sein und endlich den Prado zu betreten? Was sollte er nun mit den verdammten sechzehn Dollar anfangen: sich zu betrinken versuchen und seinen persönlichen Triumph Bacchus widmen? Oder einen Madrider Eintopf essen, oder seiner Frau den Büstenhalter kaufen, wie sie ihm aufgetragen hatte? Was würde geschehen, wenn er in die Zeitung zurückkehrte, endlich geläutert und von Schuld gereinigt durch seinen selbstlosen Einsatz in Angola, der von Alcides als arbeitsethisch, ideologisch, militärisch und politisch ausgesprochen positiv bewertet und von der Parteispitze und der Einsatzleitung anerkannt wurde? In Gedanken und in den Anblick der Puerta de Alcalá versunken, vergaß Mauricio das Lied und Velázquez, und gerade als er sich für den Madrider Eintopf entschieden hatte, sah er am anderen Ende der Calle de Alcalá, genau auf der Linie unter dem mittleren Bogen der Puerta hindurch, den Mann im eleganten grauen Anzug, der die Figuren auf dem Monument betrachtete. In diesem Augenblick senkte der Mann den Blick, und seine Augen folgten derselben Linie wie Mauricios Augen, nur in umgekehrter Richtung, unter dem Bogen hindurch, über die Tulpen hinweg, den Straßenverkehr ignorierend, und sahen Mauricio. Das darf doch nicht wahr sein, dachten Mauricio und der Mann im grauen Anzug gleichzeitig, jeder auf seiner Seite der Puerta de Alcalá.

2

Es waren noch drei Monate bis zum Examen – Mauricio in Philologie und Frankie in Architektur –, als Charo, Frankies Freundin, Mauricio anrief und ihm sagte: »Frankie ist über den Hafen von Mariel abgehauen. Er ist in das Büro gegangen, das sie im Cuatro Ruedas eingerichtet haben, und hat gesagt, er sei schwul, und da haben sie ihm die Ausreise gestattet. Er hat dir seine Bücher vermacht.«

Es waren zwei Bände *Geschichte der modernen Architektur* von Leonardo Benevolo, die Mauricio schon immer hatte haben wollen und die er dann nie las, als sie ihm gehörten.

Sie hatten sich zu Beginn des zehnten Schuljahres in der Oberstufe von La Víbora kennengelernt und waren bis zum Abitur in dieselbe Klasse gegangen. Während des fünfjährigen Studiums hatten sie sich etwas aus den Augen verloren, waren nur hin und wieder zusammen ins Baseballstadion gegangen, wenn die Industriales eine gute Serie hinlegten, oder hatten sich samstags getroffen, um sich Platten von Chicago und Creedence Clearwater Revival anzuhören und Rum zu trinken. Aber Mauricio hatte Frankie immer als seinen Freund betrachtet. Außerdem hatten sie noch andere gemeinsame Vorlieben – für Marilyn Monroe (ausnahmsweise) und Mulattinnen (vorzugsweise), für die Romane von Raymond Chandler und die Bar des Hotels Colina und ihr Wandgemälde mit den saufenden Hunden, für Bluejeans und Sandalen ohne Socken – und empfanden Mitleid für Straßenhunde und eine gewisse unbestimmte Abneigung gegen Schwule. Und weil

Frankie gläubiger Katholik war und Mauricio ungläubiger Atheist, sprachen sie nie über Religion. Lieber träumten sie gemeinsam davon, was sie in Zukunft einmal sein würden: natürlich ein großer Architekt und ein berühmter Schriftsteller.

Sehr viel später, als Mauricio der jüngste und gefragteste Mitarbeiter der Zeitungsredaktion war und man ihm besondere Aufgaben übertrug, schrieb er eine preisgekrönte Reportage über die chinesischen Immigranten in Kuba. Durch diese Arbeit bekam er zum ersten Mal eine konkrete Vorstellung vom Drama der Entwurzelung. Und er dachte an seinen alten Freund, mit dem er die Schulbank gedrückt und seine Vorlieben geteilt hatte, und erinnerte sich an ein Gespräch, das sie geführt hatten, als sie eines Abends durchs Chinesenviertel gegangen waren.

»Tun sie dir nicht leid? Mir zerreißt es das Herz, wenn ich diese Chinesen sehe. Die Einsamkeit frisst sie auf, und ihnen ist nichts geblieben, wohin sie gehen können«, hatte Frankie gesagt, als er einen uralten, schmutzigen, ausgemergelten Chinesen gesehen hatte, der sich den Eiter aus den Augen wischte und das Ergebnis auf der Fingerspitze mit fast geschlossenen Lidern eingehend betrachtete.

Als Charo ihn dann anrief und ihm sagte, was Frankie getan hatte – er sei schwul, hatte er gesagt –, weigerte sich Mauricio zunächst, es zu glauben. Nie hätte er die Möglichkeit in Betracht gezogen, dass der Freund aus Kuba fortgehen könnte. Obwohl sie, vollauf mit ihrer Examensarbeit beschäftigt, in den letzten zwei Monaten miteinander nur telefoniert hatten, konnte Mauricio nicht glauben, dass jemand in so kurzer Zeit eine so unumstößliche, endgültige Entscheidung treffen könne. Vergeblich suchte er nach einer Nachricht zwischen den Seiten der Architekturbücher, und Charo schwor, dass auch sie nichts wisse. Er sprach mit Frankies Eltern, erreichte jedoch nur, dass sie zu weinen begannen. Frankie hatte es ganz allein entschieden, in aller Stille, wie jemand, der seine Flucht vorbereitet. Wie ist es möglich, dass zwei Menschen, die sich so ähnlich sind, so unterschiedliche Dinge tun?, fragte sich Mauricio, fand aber keine befriedigende Antwort darauf, und er bekam auch nie einen Brief mit einer plausiblen Erklärung. Etwas war zu Ende gegangen.

Sie hatten die Rotunde, die die Puerta de Alcalá umschließt, umkreist und gingen nun lächelnd aufeinander zu. Frankie sah gesund und zufrieden aus. Sein schlichter grauer Anzug saß ausgezeichnet, und der Wollpullover, den er unter dem Jackett trug, war bestimmt warm. Mauricio kam sich irgendwie minderwertig vor, doch er war konsequent geblieben. Seine verblichene Bluejeans war wie ein Zeichen seiner Treue gegenüber einer lieb gewordenen Gewohnheit, und sein wattiertes, synthetisches Jackett sowjetischer Machart dämpfte die Umarmung des Mannes, der aus der Vergangenheit und der Erinnerung gekommen war. Sie sahen sich eine Weile wortlos an, bis Frankie das Schweigen brach und gleich den Ton vorgab: »Scheiße, Mauricio, du hast ja schon graue Haare!«

»Ja, vom Wichsen und vom Chloroquin … Hab zwei Jahre Angola hinter mir.« Er lachte.

So manches Mal hatte er sich dieses Wiedersehen ausgemalt: Frankie, der für ein paar Tage nach Havanna gekommen war, um seine Eltern zu besuchen, und ihn anrief. Schwierig dagegen war es, sich eine Unterhaltung vorzustellen. Würde Frankie sich rechtfertigen? Würde er als strahlender Sieger kommen und ihm Geld anbieten, damit er sich irgendetwas kaufen konnte? Würde er so heruntergekommen und kaputt sein wie ein Chinese auf der Calle Zanja? Aber Frankie war nie mehr nach Havanna zurückgekehrt.

»Und was machst du dann hier, wenn du in Angola warst?«

»Da kommst du nicht drauf ... Und du, was machst du hier?«

»Ich war auf einem Architektenkongress. Morgen früh reise ich wieder ab.«

»Gehts dir gut?«

»Ich glaube, ja. Und du? Wie geht es dir?«

»Im Arsch, aber zufrieden«, sagte Mauricio mit den Worten von Frankies Vater, der auf eine solche Frage diese Antwort zu geben pflegte.

»Ich kann es noch gar nicht fassen! Das hätte ich nie im Leben gedacht! ... Und wie läufts bei deinen Leuten?«

Frankie war sichtlich gerührt und wollte alles genau wissen. Das mit der Velázquez-Ausstellung tat ihm leid. Scheiße, und ich hab sie mir gestern angeschaut, Alter, sagte er, während sie ohne ein bestimmtes Ziel weitergingen, fort von der Puerta de Alcalá.

»Sag mal, Mauricio, was hast du jetzt vor?«, fragte Frankie, als sie an der Plaza de Cibeles angelangt waren.

»Auf morgen warten und dann nix wie weg«, antwortete Mauricio.

»Gut, ich lade dich auf einen Kaffee ein. Gleich um die Ecke ist das Café Gijón, da verkehren die Schriftsteller. Apropos, hast du inzwischen ein Buch geschrieben?«

»Du hast ja ein tolles Gedächtnis!«

»Kannst du laut sagen. Los, gehen wir, da drüben ist es, gleich gegenüber.«

»Sag mal, kriegst du keine Probleme, wenn du hier mit mir sitzt?«, fragte Frankie.

Mauricio genoss die gemütliche Atmosphäre des alten Madrider Cafés, das für literarische Treffen, die *Tertulias*, wie geschaffen war, und sah Frankie an. »Kann schon sein, aber mach dir keine Sorgen. Ich bin Internationalist, und du bist einer, der abgehauen ist. Aber ehrlich, ich freue mich, dich zu sehen. Vor zehn Jahren hast du mich mit einer Frage im Regen stehen lassen.«

»Zwei Kaffee und zwei JB«, bestellte Frankie. »Willst du Eis? ... Also, beide ohne Eis, bitte, in Kognakgläsern.«

»Du bist so anders.«

»Und du bist noch genauso. Mehr im Arsch als zufrieden ... Ich freue mich auch, dich zu sehen, Mauricio. Ich hab dir mindestens zehn Briefe geschrieben, vor allem am Anfang, aber ich hab mich nicht getraut, sie abzuschicken.«

»Und was hast du mir geschrieben?«

»Alles. Ich glaube, ich hab dir alles geschrieben. Dass ich dich zum Verrecken liebe, mehr als meine Schwestern, und dass ich nichts lieber täte, als mit dir ins Stadion zu gehen. Im Ernst, *man*«, fügte er lächelnd hinzu, »ich geh überhaupt nicht mehr zum Baseball, Alter.«

Der Kellner brachte die Getränke und stellte sie auf den Marmortisch. Frankie holte eine Schachtel »Kaiser« und ein vergoldetes Feuerzeug heraus. Er zündete sich eine Zigarette an und trank einen Schluck Kaffee.

»Ich lebe wie Gott in Frankreich, wie die Spanier gerne sagen. Alles bestens. Am Anfang hab ich in einer Bank gearbeitet und mich für Abendkurse an der Uni eingeschrieben, und nach drei Jahren hatte ich mein Diplom. Hab einen geilen Job gekriegt ... Das hab ich seit Jahren nicht mehr gesagt, geiler Job ... Ich verdien gutes Geld und kann jeden Sommer in Spanien Urlaub machen. Im Juli und August ist es in New Jersey einfach unerträglich.«

»Und gleich wirst du mir erzählen, dass dir das Wichtigste fehlt, trotz Auto, Haus, Kabelfernsehen und dickem Bankkonto. Komm mir nicht mit so was, die Geschichte kenne ich auswendig. Erinnerst du dich noch daran, wie es im Juli und August in Havanna ist? Scheiße nur, dass wir nirgendwohin können ...«

Frankie lächelte und leerte sein Glas auf einen Zug.

»Wohlsein«, sagte Mauricio, hob sein Glas und trank es ebenfalls in einem Zug leer.

»Noch zwei davon«, bestellte Frankie und drückte die Zigarettenkippe im Aschenbecher aus.

»Das Leben ist eine einzige Scheiße«, sagte Mauricio, und zum ersten Mal seit vielen Tagen hatte er wirklich Lust, zu lachen. »Morgen Abend bin ich wieder in Havanna«, sagte er beim zweiten Whisky. »Und anstatt mir Velázquez anzusehen, hab ich dich getroffen. Hast du noch mal was von Charo gehört?«

»Nein, und ich will auch nichts von ihr hören. Ich muss mich vor mir selbst schützen. Ich habe beschlossen, mit allem zu brechen.«

»Auch mit mir ...«

»Red keinen Scheiß, Mauricio. Übrigens, vor drei Tagen hab ich Proust gelesen, und da hab ich an dich gedacht. Weißt du noch, dass du der Einzige in der gesamten Oberstufe warst, der *Eine Liebe von Swann* gelesen hat? Da gibt es eine Stelle, ich glaube, im Band *Im Schatten junger Mädchenblüte*, da sagt der Typ sinngemäß, die Verwandtschaft im Geiste eint mehr als die Gleichheit im Denken ...«

»Proust hatte ernste ideologische Probleme«, unterbrach ihn Mauricio. »In meiner Zeitung würde er sich keine Woche halten.«

»Fängst du wieder mit dem alten Scheiß an?«

»Auch ich muss mich schützen, nicht wahr? Los, bestell noch einen Whisky. Deine Nostalgie wird dich teuer zu stehen kommen.«

»Noch zwei Whisky ... Und grüne Oliven!«, rief Frankie. »Die schwarzen schmecken scheiße ... Sag mal, Mauricio, jetzt mal ehrlich, hast du wirklich noch nichts geschrieben?«

Mauricio zog den Pullover aus, um Zeit zu gewinnen. Er schob sich eine Olive in den Mund und stellte sein Glas auf den Tisch.

»Bevor ich nach Angola gegangen bin, habe ichs immer mal wieder versucht. Hab sogar drei Erzählungen veröffentlicht, aber die sind scheiße, nicht so, wie ich es mir vorstelle. Zu platt. Vielleicht schreib ich jetzt was über eine Frau namens María Fernanda, die sich im Dschungel verirrt, und einen Journalisten, der sich in sie verliebt und sich vorzustellen versucht, was mit ihr geschehen ist.«

»Wie kommst du denn auf so was, *man*?«

»Nur so, María Fernanda gefällt mir ... Und du, wie viele Häuser hast du inzwischen gebaut?«

»Keins, ich arbeite in einer Firma, die auf Abbrüche spezialisiert ist. Wie findest du das?«

»Du Abbruchspezialist«, sagte Mauricio, und beide lachten.

Mauricio fragte sich, ob Proust am Ende nicht doch recht hatte. Er spürte, dass dieser weltgewandte Mann im eleganten grauen Anzug und mit maßgefertigten italienischen Schuhen aus argentinischem Leder immer noch sein Freund war und dass nichts, was er getan hatte oder noch tun würde, daran etwas ändern konnte. Laut aber sagte er: »Ich weiß nicht, aber ich hab das Gefühl, ich kenne dich nicht mehr ... Wusstest du, dass meine Mutter vor vier Jahren gestorben ist?«

Die Geschichte musste sehr einfach, aber berührend sein. Es würde die Geschichte einer Irrfahrt quer durch Europa und Afrika werden, die Geschichte zweier Menschen, die geboren wurden, um miteinander zu verschmelzen. Die eine der beiden Personen sollte María Fernanda heißen, einen passenderen Namen konnte er sich nicht vorstellen. Und er musste sich von jeglichem hemingwayschen Einfluss frei machen.

Zweierlei an dieser fiktiven Geschichte stand bereits unumstößlich fest: Sie würde die Farben von Velázquez haben, und María Fernandas Aussehen würde das der *Venus vor dem Spiegel* sein, jenes erstaunlichen Aktes, der den Beginn dieses so kühnen, menschlichen und sinnlichen Genres in Spanien darstellte. Diese Entscheidungen hatten in Wahrheit keine ästhetischen, sondern ganz praktische Gründe: Als Mauricio wieder einmal in María Fernandas Buch über Velázquez blätterte – und in ihm versank –, verharrte er länger als vorgesehen bei dem Gemälde auf den Seiten 66–67 (*Venus vor dem Spiegel*, Öl auf Leinwand, 122,5 x 177 cm, London, National Gallery). Das Hinterteil der mythologischen Göttin, den sie dem Betrachter darbot und der so zum Mittelpunkt des Gemäldes wurde, rief bei ihm eine unerwartet heftige Erektion hervor, die in einer äußerst befriedigenden, ausgiebigen Masturbation endete. Seit jenem Tag dachte er, dass María Fernanda dieser Venus ähneln und ihn, sollten sie sich eines Tages begegnen, nackt auf einem Bett liegend erwarten und ihn durch Velázquez' Spiegel anblicken müsse.

Am schwierigsten aber war es, die männliche Hauptfigur auszugestalten. Mauricio wusste, dass er in der ersten Person schreiben würde, obwohl ihn die Nähe zwischen Autor und Erzähler störte, zu der ihn eine solche Erzählperspektive und vor allem die Tatsache, dass der Protagonist unverkennbar autobiografische Züge trug, zwingen würde. Auch wenn er selbst sich nie auf die Suche nach einer Frau gemacht hatte, würden seine Erwartungen, Wünsche und Enttäuschungen in diese Figur, die ihm am Ende unweigerlich ähneln würde, einfließen. Und das war nicht fair gegenüber einer Person, die nicht so sein wollte, wie sie war, dachte er, die nicht so sein wollte, wie er gewesen war, dachte er, die nie den Mut hatte, ein vermeintlich behagliches Leben aufs Spiel zu setzen, und dennoch glaubte, dass das Leben scheiße war. Wie konnte man die männliche Hauptperson mit der romantischen, existenziellen Vitalität, die María Fernanda auszeichnete, in Einklang bringen?

Am Ende wusste Mauricio, dass er diese Geschichte nie würde schreiben können, sosehr er es sich auch vornahm. Sie überforderte ihn ganz einfach. Aber ihm gefiel der Gedanke an ein Abenteuer mit María Fernanda, denn nach so vielen Monaten in Angola war es der einzige greifbare Beweis dafür, dass er nicht für immer ausgetrocknet war. Und er schaute sich noch einmal die *Venus vor dem Spiegel* an und bewunderte Velázquez' Kühnheit und seinen Sinn für die künstlerische Freiheit, die kein König ihm ganz und gar hatte nehmen können. Wer warst du, María Fernanda, wer bist du wirklich?, fragte er sich, während er das vom Maler geschaffene Antlitz dem Halbschatten des Spiegels zu entreißen versuchte und ins Träumen geriet.

Mauricio nahm die Einladung an. Frankie kannte ein ausgezeichnetes argentinisches Restaurant ganz in der Nähe des Paseo de la Castellana, wo, auch wenn der Wein nicht erstklassig sei, die besten Steaks von ganz Madrid serviert würden. Sie lassen das Fleisch extra aus Buenos Aires kommen, sagte Frankie, denn er erinnerte sich daran, dass Mauricio noch nie einem guten Steak hatte widerstehen können. Und dies hier war mehr als nur ein gutes Steak: Mauricio schätzte, dass sein Stück Fleisch etwa ein Pfund wog, begleitet von einem weiteren Pfund Pommes frites und einer halben Flasche argentinischem Wein aus der Region Mendoza. Den Abschluss des Menüs bildeten Crêpes mit Honigsirup und ein dickes Stück Turrón aus Alicante.

»Den Hunger hast du aber schon lange mit dir rumgeschleppt, *man*«, sagte Frankie lachend und zündete sich eine Zigarette an.

»Im Flugzeug kann ich nichts essen, davon muss ich kotzen. Und mir war sowieso schon schlecht.«

»Wie läufts in Kuba?«

Mauricio hatte Lust auf eine Zigarette. Vor fünf Jahren hatte er das Rauchen aufgegeben, und die ersten Monate in Angola hatte er überstanden, ohne rückfällig zu werden. Er erinnerte sich, dass ausgerechnet er es gewesen war, der Frankie zur ersten Zigarette verführt hatte – das war nun schon zwanzig Jahre her –, bevor er später dann selbst zum Nichtraucher geworden war. Er zündete sich die Zigarette an und stellte fest, dass sie hervorragend schmeckte.

»Immer schlechter, glaube ich. Nein, es läuft nicht gut«, antwortete er nur. Weitere Erklärungen abzugeben, hatte er keine Lust.

»Hast du nie daran gedacht, abzuhauen?«

»Nein, ich werde nicht abhauen, trotz allem. Weißt du, dass man mich vor drei Jahren verwarnt hat und dass mein Einsatz in Angola Teil der Strafe war? Aber ich kann nicht fortgehen. Und das Schlimmste ist, ich weiß nicht, warum ...«

»Genau das habe ich auch gedacht, und dann bin ich abgehauen, und jetzt bin ich hier. Ich konnte eben doch.«

»Glückwunsch.«

»Lass den Scheiß, Mauricio. Du kannst dir nicht vorstellen, wie ich mich im Moment fühle. Ich hab dich seit zehn Jahren nicht mehr gesehen, und wie lange es noch dauern wird, bis ich meine Eltern wiedersehe, weiß ich nicht. Deine Mutter ist vor vier Jahren gestorben, und ich wusste es nicht mal. Um ausreisen zu dürfen, musste ich behaupten, ich sei schwul, und zum Glück war da so eine kleine Schwuchtel in dem Büro, der hat gesagt, ja, es stimme, ich sei ein verkappter Schwuler, er habe mich mit meinen Freunden, er sagte *Freundinnen*, in der Coppelia gesehen.«

»Es war allein deine Entscheidung, nicht wahr?«

»Ja, es war meine Entscheidung, und ich bereue sie

nicht ... Und wie ist es dir in Angola ergangen? Da muss es ja schrecklich sein, hab ich gelesen.«

Mauricio war versucht, ihm zu erzählen, dass es ihm in Angola recht gut ergangen sei und dass es nicht so schrecklich sei, wie man sich erzähle. Doch dann musste er an Alcides denken, wie er hinter seinem Schreibtisch saß und den Brief beendete, den Mauricio seiner Frau übergeben sollte. Sag ihr nicht, dass ich alt werde und hohen Blutdruck habe, und schon gar nicht, dass ich so langsam zum Scheißalkoholiker werde, hatte Alcides ihn gebeten und den Umschlag zugeklebt.

»Ehrlich gesagt, ich hatte ständig Angst«, sagte er laut. »Aber ich habe mich beherrscht, und ich bin froh, dass ich trotz der Angst durchgehalten habe.«

Lächelnd streckte Frankie eine Hand über dem Tisch aus, so als wollte er sich dieses Augenblicks versichern, indem er die Hand seines Freundes berührte; doch dann legte er seine Hand auf die Zigarettenschachtel.

»Fellini sagt, die Person, die er am meisten hasse, sei Achilles, weil der vor nichts Angst gehabt habe. Daran musste ich denken, weil ich nie vergessen werde, wie du einmal zu mir gesagt hast, *Amarcord* sei der beste Film der Welt.«

»Jetzt glaube ich, dass es *Amadeus* ist. Zehn Jahre sind eben eine lange Zeit.«

Frankie blickte sich im Lokal um, als fürchte er, dass jemand sie hören könnte. Mauricio wusste, dass er jetzt etwas sagen würde, das er für sehr wichtig hielt.

»Wirst du jemandem erzählen, dass wir uns gesehen haben?«

»Ich hatte ohnehin vor, deine Eltern zu besuchen, auch wenn ich dich nicht getroffen hätte. Natürlich werde ich es ihnen erzählen ... Aber du hast mir noch gar nicht gesagt, ob du eine Frau hast.«

»Nein, im Augenblick nicht. Hier ist es nicht so leicht wie in Kuba. Manchmal fühle ich mich verdammt einsam.«

»Wie ein Chinese auf der Zanja ... Auch ich fühle mich manchmal einsam, also mach dir darüber nicht zu viele Gedanken. Angola war alles andere als einfach. Ich hatte wirklich Angst, vom ersten Tag an. Angst, zu sterben und nicht wieder nach Kuba zurückzukehren, Angst, dass Graciela mir Hörner aufsetzt, Angst, für immer auszutrocknen und nie mehr schreiben zu können. Alles hat seinen Preis, und jeder zahlt ihn, wie er kann. Ich habe weder Auto noch Farbfernseher, und meine Frau braucht dringend einen Büstenhalter, und wir haben keine Kinder, weil sie bei uns im Bett schlafen müssten. Aber das ist meine Entscheidung ... oder meine Unentschiedenheit. Trotzdem frage ich mich oft, ob das alles so richtig ist, ob es unvermeidlich ist, so zu leben. Ich weiß es wirklich nicht. Das Dumme ist nur, dass unser Leben ein einmaliges Projekt ist, und wenn du einen Fehler machst, wirst du nie mehr die Möglichkeit haben, das, was geschehen ist, zu korrigieren.«

»Aber du kannst das Projekt doch ändern ...«

»Unsinn. Erzähl mir nichts. Bist du sicher, dass du keinen Fehler gemacht hast, he? Los, sags mir.«

Frankie trank einen Schluck Kaffee und zündete sich eine weitere Zigarette an.

»Nein, bin ich nicht. Ich denke jeden Tag darüber nach. Und ich weiß, dass es sehr schwer für mich sein wird, wieder glücklich zu sein.«

»Glücklich, ja? Hast du in der Velázquez-Ausstellung die beiden Gemälde *Blick auf die Gärten der Villa Medicis* gesehen?«

Frankie dachte einen Moment nach, bevor er antwortete. »Die, die aussehen wie von einem Impressionisten gemalt?«

»Genau die. Das ist das vollkommenste Glück, das ich

kenne. Ich glaube, wenn ich eines Tages so etwas schreiben kann oder in der Lage bin, mich so zu fühlen, als wäre ich dort, ich glaube, dann wäre ich glücklich.«

»Und ich glaube, du wirst so langsam verrückt, *man*.«

»Sag lieber, dass ich bereits verrückt bin. Aber ich weiß, wovon ich rede. Man kann nicht sein Leben lang Häuser abreißen oder glauben, dass alles nur Scheiße ist. Irgendwann musst du so etwas wie die *Blicke* machen, auch wenn du kein Genie bist wie Velázquez ...«

Plötzlich herrschte Stille an ihrem Tisch. Frankie und Mauricio sahen sich an. Mauricio bemerkte Tränen in den Augen seines alten Freundes und Schulkameraden und senkte den Blick, um ihn nicht weinen sehen zu müssen.

»Bist du dir klar darüber, dass wir uns vielleicht zum letzten Mal im Leben sehen?«, fragte Frankie, und Mauricio nickte, wagte aber immer noch nicht, ihn anzusehen.

»Du kannst deinem Gott danken, dass wir uns noch einmal getroffen haben«, sagte er. »Ich danke Velázquez und María Fernanda.«

»Ich weiß nicht, ob es gut ist oder nicht, dass ich dich noch einmal gesehen habe. Es gibt so einiges, an das ich lange nicht mehr gedacht habe, und jetzt ...«

»Du warst immer schon sentimentaler als ich, deswegen habe ich nie verstanden, was du getan hast. Aber ich freue mich, dass ich dich getroffen und dieses Steak gegessen habe. Bestell noch etwas Wein, los«, sagte Mauricio, und ohne nachzudenken, nahm er die letzte Zigarette aus der Schachtel seiner Freundes und zündete sie in aller Ruhe an. »Jeder hat sein Kreuz zu tragen, nicht wahr? Übrigens, hast du gesehen, was für einen Arsch die Venus von Velázquez hat?«

Es war kalt geworden in Madrid. Das Thermometer auf der Straße zeigte 7 Grad an, und auch wenn Wein und Fleisch die Kälte erträglicher machten, bedauerte es Mauricio, nicht wie Frankie einen Schnaps zum letzten Kaffee getrunken zu haben. Dennoch genoss er es, durch die kalte und zu dieser nächtlichen Stunde fast ausgestorbene Stadt zu schlendern. Während der zwei Jahre in Luanda war es ihm streng untersagt gewesen, nach sechs Uhr abends durch die Stadt zu gehen. Wieder einmal mitten in der Nacht durch die Straßen zu bummeln, bedeutete für ihn, eine seiner schönsten Gewohnheiten wiederaufzunehmen. Er stellte sich vor, wie er zusammen mit María Fernanda durch Madrid schlenderte: Er hatte sie im Prado getroffen, vor einem der Gemälde stehend, fasziniert von Velázquez' Glück und der Stille in den *Gärten der Villa Medicis*, und sie sofort erkannt. Er hatte zu ihr gesagt: »Du bist María Fernanda, ich wollte dir dein Buch zurückgeben«, und nun entdeckten sie endlich, was sie seit so vielen Jahren gesucht hatten ...

»Ich möchte mich noch nicht von dir verabschieden«, sagte Frankie zu ihm und blieb stehen. »Ich weiß, dieser Moment wird unwiederholbar sein. Warum gehen wir nicht noch ein bisschen ...?«

»Dieser Moment *ist* unwiederholbar, *man*«, sagte Mauricio lächelnd. Sogleich merkte er, dass der Scherz nicht gelungen war, und er bedauerte seine Bemerkung. »Los, halt ein Taxi an, lass uns zur Puerta de Alcalá fahren.«

Während der gesamten Fahrt schwiegen sie. Auf einigen Thermometern waren es nur noch fünf Grad, und Mauricio hatte wieder Lust auf eine Zigarette. Das Taxi brachte sie an die Straßenecke, an der sie sich getroffen hatten. Frankie zahlte.

»Hör mal, Alter«, sagte Mauricio, »schenkst du mir deine Zigaretten?«

Frankie lächelte und gab ihm die Schachtel »Kaiser«, in der nur zwei Zigaretten fehlten.

»Fängst du jetzt wieder an?«

»Ich glaube, ja. Hier, ich schenke dir eine.«

Lachend zündeten sie die Zigaretten an.

»Sag mal, Mauricio, soll ich dir Geld geben, damit du dir was kaufen kannst? Den Büstenhalter für deine Frau, irgendwas?«

»Nein, ich glaube, der Büstenhalter kostet weniger als sechzehn Dollar. Außerdem weiß ich nicht, ob ich überhaupt Zeit dafür haben werde ...«

»Hier, nimm das Geld und kauf dir am Flughafen eine Flasche Whisky.«

»Hör auf mit dem Scheiß, Frankie. Es gibt Dinge, die sind unwiederholbar, wie du sagst. Aber du kannst mir dein Feuerzeug schenken.«

Frankie beeilte sich, das vergoldete Feuerzeug hervorzuholen, und gab es seinem Freund.

»Danke«, sagte Mauricio und steckte es in seine Jackentasche, aus der er nun das Buch hervorzog. Einen Moment lang betrachtete er den Buchdeckel, auf dem, unter dem Titel und dem Namen der Autorin Emma Micheletti, ein Ausschnitt aus *Die Spinnerinnen* abgebildet war. Im bernsteinfarbenen Laternenlicht schien das Bild zu leuchten. Mauricio blätterte in dem Buch und hielt auf der Seite 23 inne, sah Frankie an und las: »›Wieder in Rom, suchte Velázquez erneut die Villa Medicis auf, um der zarten Poesie des Ortes und der abendlichen Stunde nachzuspüren. Alles, was er malt, scheint wie ein Echo auf einen längst vergangenen Augenblick, wiedergefunden und wiedererlebt mit einer vollkommeneren und reiferen Sensibilität ...‹ Das hat María Fernanda unterstrichen. Aus irgendeinem Grund hat sie es wichtig gefunden, weiß der Himmel, warum. Es wäre schön, wenn wir die Gärten der Villa Medicis irgendwann gemeinsam besuchen könnten. Hier, ich schenke es dir«, sagte er und reichte Frankie das Buch. »Von mir und von María Fernanda«, fügte er hinzu und warf die Zigarettenkippe auf die Straße.

»Danke«, sagte Frankie, nachdem er den mit roter Tinte unterstrichenen Absatz noch einmal gelesen hatte.

»Bis dann, *man*«, sagte Mauricio und entfernte sich langsam.

Er spürte ein Brennen in der Kehle und wusste, dass es weder die Kälte noch die Zigarette war, sondern etwas sehr viel Tiefergehendes und, jawohl, Unwiederholbares. Er ging um die Rotunde der Puerta de Alcalá herum und blieb an der Stelle stehen, von der aus er das Monument am Nachmittag betrachtet hatte. Da waren die holländischen Tulpen, frisch und hübsch, der Triumphwagen von Carlos III., die symmetrischen, perfekten Bögen, durch die man nach Madrid hinein- und wieder hinausgelangte. Und als er durch den mittleren Bogen hindurchblickte, sah er auf der anderen Seite, ganz am Ende der Straße, einen eleganten Mann in grauem Anzug und mit einem Buch in der Hand, der im nächtlichen Nebel und im bernsteinfarbenen Licht der Straßenlaternen nur noch undeutlich zu erkennen war. Mauricio kam es vor wie die Vision eines Augenblicks aus längst vergangener Zeit, wiedergefunden und wiedererlebt mit einer vollkommeneren und reiferen Sensibilität. Und endlich weinte er.

1991

Neun Nächte mit Violeta

Die in der Erzählung ganz oder teilweise zitierten Boleros sind: *Me recordarás (Du wirst dich an mich erinnern)* von Frank Domínguez, *Vete de mí (Geh fort von mir)* von Virgilio und Homero Expósito und *La vida es un sueño (Das Leben ist ein Traum)* von Arsenio Rodríguez.

Am Anfang war die Faszination.

Die Gegend um die Rampa mit ihren Kinos, Clubs und Restaurants war zum Herzen der Stadt geworden. Hier pulsierte das nächtliche Leben. Und ich, jung und provinziell, katholisch und revolutionär, schlecht gekleidet und soeben in Havanna angekommen, um mich an der Universität einzuschreiben, verbrachte meine einsamen Samstagabende damit, diese prachtvolle Avenida zwischen dem endlosen Meer und dem kürzlich eröffneten Eiscafé La Coppelia auf und ab zu schlendern. In einer Art Dauereuphorie bummelte ich über die Rampa, berauschte mich an der unwiderstehlichen Welt aus buntem Neonlicht und riesigen amerikanischen Autos, den ersten Miniröcken und den ersten unterentwickelten tropischen Hippies, die auf der Insel auftauchten, und den letzten Spuren des strahlenden Glamours der Fünfzigerjahre, der angesichts der unaufhaltsamen sozialistischen Propaganda mit ihren überschwänglichen Plakaten und den permanenten roten Aufrufen zum Kampf und zum Sieg zu verblassen begann.

Ich möchte glauben, dass es auf einem meiner ersten abendlichen Bummel über die Rampa war. Fasziniert von so vielen Reizen und Versprechungen eines mir unbekannten Lebens, stieg ich die Treppe zum schummrigen Nachtclub »La Gruta« hinunter und sah ein glasgeschütztes Plakat, von dem mich Violeta del Río anblickte, »La Dama Triste del Bolero«. Eine überwältigende Kraft, die von meinem Magen ausging, erfasste unaufhaltsam jeden Winkel meines Körpers, zwang mich dazu, stehen zu bleiben und das zartbraun schimmernde Gesicht der etwa dreißigjährigen Frau zu betrachten, in dem sich die Spuren Tausender Vermischungen widerspiegelten, die dieses Wunder vollbracht hatten: leicht geschlitzte und von asiatischem Leid erfüllte Augen, üppige rote Lippen, zwischen denen trotzig eine qualmende Zigarette steckte, und vielleicht etwas zu blonde Haare, die in opulenten Wellen auf die makellosen, verheißungsvollen Schultern fielen. Das Plakat kündigte an, dass Violeta del Río dienstags bis sonntags jeden Abend um elf Uhr im Club La Gruta sang. Doch während ich das außergewöhnliche, laszive Gesicht betrachtete, dachte ich nicht im Traum daran, dieses vielleicht sündige, für mich viel zu schicke Lokal zu betreten, das die Vorstellungskraft des – wie gesagt – revolutionären, katholischen und armen naiven jungen Mannes, der ich damals war, bei Weitem überstieg.

Auch möchte ich glauben, dass jene Begegnung, lange bevor ich das Foto oder das Foto mich sah, vom Schicksal vorherbestimmt war. Denn nur so ist es zu erklären, dass Violeta del Ríos Gesicht seit dem Abend im Jahre 1967 zu einer jener Obsessionen wurde, die mich mein Leben lang begleiten sollte. Und noch heute sehe ich, wenn ich einen von Bola de Nieve gesungenen alten Bolero höre – und dabei ein schmerzhaftes Prickeln auf der Haut spüre –, wieder jenes Gesicht auf dem Plakat vor mir, in dem ich trotz der Jahre und der erlittenen Niederlagen keinerlei Spuren der abgrundtiefen Traurigkeit zu entdecken vermag, auf die ihr Künstlername hinweist. Dennoch, davon bin ich mehr denn je überzeugt, schwebte von Anfang an eine höhere tragische Macht über uns, und es stand geschrieben, dass alles auf ebenjene katastrophale Weise enden würde, auf die es endete.

Seit jenem Abend blieb ich, während ich an den Samstagen oder irgendeinem anderen Tag der Woche allein oder mit meinen Studienkollegen über die Rampa bummelte, immer ein paar Minuten vor dem Bild der Traurigen Dame des Boleros stehen. Ich berauschte mich an den Geheimnissen, die ihr betörendes Gesicht auf dem Foto zu verbergen schien, und träumte davon, diese faszinierende Frau irgendwann einmal in voller Größe und Schönheit erleben zu dürfen. Inzwischen hatte ich in meinem Zimmer im Studentenwohnheim damit begonnen, mir die Bolero-Sendungen im Radio anzuhören, ohne dass ich an dieser süßlichen, stets klagenden Musik Gefallen gefunden hätte oder von seiner tiefen Melancholie ergriffen worden wäre; denn noch wusste ich nicht, dass erst die bitteren Erfahrungen des Lebens den wahren Genuss am Bolero möglich machen.

Dies alles führte dazu, dass ich mir am 13. Dezember 1967, meinem achtzehnten Geburtstag, von meinen Eltern und Onkeln und Tanten nicht etwa ein Parfüm oder ein Hemd – das ich so sehr brauchte –, sondern Geld wünschte. Mein Plan war so einfach wie wohlüberlegt: An jenem Abend wollte ich ins La Gruta gehen, um endlich Violeta del Río zu sehen.

Wie zu erwarten, musste ich meinen Studentenausweis vorzeigen, um nachzuweisen, dass ich schon achtzehn war, und in den Club eingelassen zu werden. Dann trat ich in die angenehm kühle Dunkelheit einer Grotte, die der Club dem Namen nach ja sein wollte. Die Luft war geschwängert vom Geruch nach Rum und Begierde, vom Rauch schwarzer Zigaretten und den letzten Überresten einer sterbenden Vergangenheit, eines *ancien régime*, das die Revolution, wie jede anständige Revolution, von der Insel verbannen sich vorgenommen hatte, indem sie es immer vehementer verdrängte und auslöschte. Doch das sollte mir erst später klar werden.

Im Dämmerlicht des Lokals konnte ich erkennen, dass sich im Hintergrund eine kleine Bühne befand. Ich tastete mich zur Theke vor, und als der Barkeeper sich mir zuwandte, bestellte ich, unschlüssig und unerfahren, wie ich war, einen Rum Collins – weil mir dieser Cocktail angemessen erschien – und wartete. Nach und nach gewöhnten sich meine Augen an das Halbdunkel, und ich erahnte mehr, als ich sie sah, die Paare, die in den gepolsterten Separees ihre Liebesspiele vorantrieben.

Plötzlich erloschen die wenigen Lichter, und in der undurchdringlichen Dunkelheit machte sich Stille breit. Es ertönte eine langsame, sehnsuchtsvolle Melodie, gespielt von einem Piano, und dann hörte ich, noch immer im Dunkeln, zum ersten Mal die Stimme von Violeta del Río:

> Du wirst dich an mich erinnern,
> wenn abends die Sonne versinkt.
> Du wirst nach mir rufen
> in den verborgenen Stunden
> deiner Sinnlichkeit.
> Du wirst es bereuen,
> so grausam gewesen zu sein zu meiner Liebe,
> du wirst es beweinen,
> doch dann wird es zu spät sein,
> für ein Zurück.
> Verfolgen werden dich
> die göttlichen Erinnerungen an gestern,
> quälen wird dich
> dein unglückliches Gewissen …

Man musste die Sängerin nicht sehen, um zu spüren, dass ihre Stimme etwas Besonderes hatte, eine leise, warme, volle, sorgfältig gesetzte Stimme, die mehr flüsterte, als dass sie sang. In dem Augenblick, als sie »Du wirst es bereuen« hauchte, fiel ein schwacher Lichtstrahl auf die Bühne, der Violeta del Ríos Gestalt herausmodellierte. An einen Barhocker gelehnt, den Kopf geneigt, als würde sie von tiefem Kummer übermannt, fuhr sie in ihrem Liebesgeflüster fort. Ihr Haar bedeckte fast das ganze Gesicht, und erst als sie sich mit der Hand die wilde Mähne nach hinten strich, konnte ich sehen, dass sie mit geschlossenen Augen sang, das Mikrofon – jeder weiß, wie ein Mikrofon aussieht – unmittelbar vor, ja, fast zwischen ihren Lippen. Sogleich spürte ich die Magie, die von dieser Kombination aus Licht, Musik, Gerüchen, Gefühlen, Stimme und Frau ausging und die nichts zu tun hatte mit der Begeisterung eines jungen Mannes aus der Provinz, der, wie zu erwarten, völlig hingerissen war. Was dort vor sich ging, war real, greifbar, jedoch in einer anderen Sinnesdimension, in der ich eine dem Lied und der Musik eigene Logik entdeckte, und das verdankte ich jener Frau, die kleiner war, als ich sie mir vorgestellt, mit weniger Rundungen, als ich sie mir erträumt hatte, jener Frau, die kaum gestikulierte, sich kaum bewegte, die aber mit ihrer warmen Stimme und ihrer starken Präsenz ihre Zuhörer zu verführen vermochte. Betrunkene und Bekiffte, Nachtschwärmer und Liebespaare, überzeugte Einzelgänger und unschuldige Jungen, alle waren wir von Violeta del Río und dem tyrannischen Zauber ihrer Boleros gefangen.

Acht weitere Boleros folgten, und der Bann blieb unwiderstehlich, auch über den Moment hinaus, als sie »Vielen Dank« murmelte, fast gegen ihren Willen, als hätte sie keine Stimme mehr. Niemand war imstande, sich zu bewegen, zu sprechen, zu trinken, gefangen noch im Netz der Faszination durch Violeta del Río und ihre innige, fast demütige Art, Boleros zu singen. Dann nahm sie die bereits angezündete Zigarette, die der Pianist ihr reichte, sagte leise »Gute Nacht« ... und ich begann zu applaudieren, als das Scheinwerferlicht erlosch und Violeta del Río sich, wie in dem Traum, den wir soeben geträumt hatten, in der Dunkelheit auflöste.

Nie zuvor hatte ich gedacht, dass ein so schmalziger, zu Tränen rührender Bolero eine solche Verführungskraft entfalten könnte. Nie zuvor hatte ich jenes körperliche Bedürfnis verspürt, das Violeta del Río in mir hervorgerufen hatte. Nicht einmal im Traum hatte ich mir vorstellen können, dass diese Welt aus Rum, schummrigem Dämmerlicht, Zigaretten, Nächten und latenter Sinnlichkeit mir das Gefühl von Zugehörigkeit vermitteln könnte, das ich in diesem Moment verspürte. Doch zweifellos war das, was ich so geduldig erwartet hatte und am Tage meines achtzehnten Geburtstags erleben durfte, etwas so Wunderbares, dass ich am nächsten Abend um dieselbe Uhrzeit und auf demselben Barhocker einen Rum Collins bestellte und auf einer noch höheren, noch uneinnehmbareren Wolke den Boleros lauschte, die Violeta del Río für mich zu singen begann.

Wer nie gespürt hat, dass die dekadente und offenkundige Ästhetik des Boleros eine der schönsten Ausdrucksformen des Lebens ist, wird sicherlich nicht imstande sein, die wunderbare Kommunikation zwischen dieser Musik und den Gefühlen, die hervorzurufen sie imstande ist, zu verstehen. Auch wenn die Texte die Poesie mit Sätzen malträtieren, mit denen banalste Gefühle ausgedrückt werden sollen, und ihre Melodien erbarmungslos die lieblichsten Stufen der Tonleiter erklimmen, besteht die unvergängliche Qualität eines guten Boleros in seiner verführerischen, suggestiven Kraft, die, mehr als durch die Verse oder die Melodie, durch eine Stimme und eine bestimmte Art zu singen entsteht. Aber wer nie die Gelegenheit hatte, Violeta del Río in einer jener verlorenen Nächte von Havanna zu hören und zu sehen, wird auch nicht verstehen können, warum ich, sobald ich jeweils das nötige Geld beisammenhatte, Studium und politische Versammlungen vergaß und wie ein Besessener ins La Gruta eilte, um dort meine Zeit und mein Geld zu vergeuden, nur um sie singen zu hören, rauchen zu sehen, sie »Vielen Dank« und »Gute Nacht« sagen zu hören und ihr danach – mit immer größerem Entzücken – dabei zuzusehen, wie sie ihren *Carta Blanca* trank, immer nur einen, der ihr, mit einem Stück Eis und mit *Ginger Ale* verlängert, in einem hohen Glas serviert wurde.

Irgendetwas Sonderbares ging von dieser Frau aus, wenn sie, Zigarette im Mund, nach ihrem Auftritt zur Bar ging und schweigend ihren Rum trank. Es war wie ein uraltes Ritual, denn sobald sie sich auf den Barhocker setzte, stellte der Barkeeper den *Carta Blanca* vor Violeta auf die Theke, und sie trank ihn in kleinen, langsamen Schlucken, während sie eine Zigarette nach der anderen rauchte, ohne mit irgendjemandem zu sprechen, und durch den Vorhang ihrer Haare hindurch beobachtete, wie sich der Eiswürfel im Rum auflöste. Um zwei Uhr dann, wenn der Club schloss, leerte sie ihr Glas und trat hinaus auf die Straße, ohne sich zu verabschieden, ohne von jemandem begleitet zu werden, ohne dass jemand auf sie gewartet hätte, während ich ihr, voller Fragen und voller Verlangen, hinterherblickte, unfähig, mich ihr zu nähern.

So viele Nächte sah ich sie singen, ihren Rum trinken und alleine davongehen, ihrem Geheimnis entgegen, dass ich unter Aufbietung all meiner Willenskraft beschloss, diese Geschichte zu beenden, die mich inzwischen bedrückte und mir jede Konzentration raubte. Wenn mich meine Schüchternheit daran hinderte, mehr zu tun, als sie von meinem Platz aus anzusehen und ihr zu lauschen, während ich mir Dinge vorstellte, die ich nie wagen würde, dann war es das Beste, meine Erwartungen zu begraben und das Unmögliche zu vergessen, das von meiner Existenz nicht einmal etwas ahnte, das mich zum Raucher gemacht hatte und mich das erste Studienjahr kosten konnte. Also fasste ich den Entschluss, nicht mehr ins La Gruta zu gehen, nicht mehr über die Rampa mit ihren Versuchungen zu schlendern, keine Boleros mehr zu hören und alle Wege zu vermeiden, die mich in die Nähe eines Phantoms namens Violeta del Río führen konnten.

Es kam der September 1968, und mein zweites Jahr an der Universität begann. Die Sommerferien, die ich zu Hause bei meinen Eltern verbracht hatte, fern von Havanna und seinen zahlreichen Versuchungen, sollten mir helfen, Violeta del Río zu vergessen, und als ich in die Hauptstadt zurückkehrte, glaubte ich mich von dem Gift geheilt, das jene Frau und ihre Lieder mir eingeflößt hatten. Ich hatte meine gewohnte Ruhe wiedergefunden und konnte mich wie zuvor mit meinen Freunden in dem Eiscafé Coppelia treffen, wo wir bei Eis und Rum, den wir in kleinen Fläschchen mitbrachten, lange Diskussionen über anspruchsvolle Themen führten, die ganz und gar nichts mit dem Bolero und seiner dekadenten Welt zu tun hatten. Problemlos widerstand ich dem Drang, die Rampa in Richtung La Gruta hinunterzugehen, und ich glaube, Violeta del Río wäre heute nur eine schöne Erinnerung für mich, wenn meine Freunde eines Abends nicht vorgeschlagen hätten, auf einen Sprung ins La Gruta zu gehen. Jene, die bereits einen Auftritt der Sängerin erlebt hatten und von ihrer besonderen Art, Boleros zu interpretieren, schwärmten, wollten unbedingt hin, und meine Abwehrkräfte, die schwächer waren, als ich geglaubt hatte, zerflossen wie Wachs im Feuer.

Kaum hatte ich den Club betreten und einen Rum Collins bestellt, da hatte ich das Gefühl, an einen vertrauten Ort, meinen Ort, zurückgekehrt zu sein. In einer Viertelstunde sollte Violeta del Ríos Auftritt beginnen, und schon jetzt klopfte mein Herz wie wild, und meine Hände waren schweißnass vor ungeduldiger Erwartung. Ungläubig wurde mir bewusst, wie stark mein Willen gewesen war, der mich fast zwei Monate lang davon abgehalten hatte, an diesen Ort zurückzukehren. Doch sogleich wusste ich auch, dass ich nicht hätte hierherkommen sollen, und als die Lichter erloschen und aus dem Dunkel die heisere, fast flüsternde Stimme Violeta del Ríos erklang, war ich mir absolut sicher, dass ich einen Fehler begangen hatte.

> Du, der du alles mit Freude und Jugend erfüllst
> und Phantome siehst in der Dämmernacht
> und den blau duftenden Gesang vernimmst,
> geh fort von mir ...
>
> Bleib nicht stehn, betrachte nicht
> die verdorrten Zweige der Rosen,
> die verwelken, ohne zu erblühn,
> betrachte das Land der Liebe,
> das der Grund ist zu träumen und zu lieben ...
>
> Ich, die ich gekämpft habe gegen all das Böse,
> kann dich nicht mehr halten
> mit meinen Händen, die müde sind vom Drücken.
> Geh fort von mir ...
>
> Ich werde in deinem Leben das Beste sein
> des Nebels von gestern,
> wenn du mich vergessen haben wirst,
> so wie der beste Vers der ist,
> an den wir uns nicht mehr erinnern können ...
> Geh fort von mir.

Als sie geendet hatte, geschah etwas Unfassbares, Wunderbares: Violeta del Río, die den Bolero mit der ihr eigenen Intensität und Verzweiflung gesungen hatte, ohne sich dazu herabzulassen, das Haar, das ihr Gesicht bedeckte, zu bewegen, strich sich nun ihre wilde Mähne hinters Ohr, und ich sah, dass ihre Augen auf mich gerichtet waren und sich auf ihren Lippen der leichte Anflug eines Lächelns zeigte. Schaute sie mich an? Lächelte sie mir zu, sie, Violeta del Río?

Vor Verlangen zerfließend, lauschte ich ihrem weiteren Programm, und während sie den letzten Bolero sang – *La vida es un sueño*, wie könnte ich das vergessen! –, sagte ich zu meinen Freunden, dass ich mich nicht wohlfühlte und gehen wolle. Ohne eine Antwort abzuwarten, verließ ich das Lokal, überquerte die Rampa und wartete hinter einem schweren Chevrolet Bel Air Baujahr 1957, bis meine Freunde auf die Straße traten und in Richtung Wohnheim fortgingen. Dann überquerte ich wieder die Straße, stieß die Tür zum La Gruta auf, vor der um diese Uhrzeit kein Türsteher mehr stand, und sah, wie die Traurige Dame des Boleros ihr Glas hob und einen Schluck von ihrem *Carta Blanca* trank.

Mit einer Entschiedenheit, die ich an mir nicht kannte, und einem Verlangen, das stärker war als meine Angst, ging ich an die Bar und bestellte, wobei ich Violetas Arm beinahe berührte, einen *Carta Blanca on the rocks*, zündete mir eine Zigarette an und wandte mich der Frau zu, die es geschafft hatte, mich mit ihrer Stimme und ihren Boleros zu verführen.

»Da bist du ja endlich ...«, sagte sie zu mir in demselben rauen Flüsterton, in dem sie sang, und strich sich ihre widerspenstige Haarpracht aus dem Gesicht. »Ich dachte schon, du wärst fortgegangen ... Jeden Tag gehen so viele fort.«

»Nein, ich ...«, begann ich und wollte etwas sagen, merkte jedoch, dass es mir nicht möglich war. Ich trank einen riesigen Schluck von meinem Rum. »Hast du mich bemerkt?«, gelang es mir endlich hervorzubringen.

Violeta gab keine Antwort. Violeta gab nie eine Antwort. Eingehüllt in den Zigarettenrauch, den wir beide ausstießen, schaute sie auf ihr Glas, in dem sich der Eiswürfel beinahe aufgelöst hatte, und leerte es in einem Zug.

»Gehen wir?«, fragte sie mich – oder besser gesagt, befahl sie mir –, und als hätte ich auf dieses Stichwort gewartet, schob ich einen Geldschein unter mein Glas und half ihr vom Hocker.

Meine erste sexuelle Erfahrung hatte ich mit einer ehemaligen Prostituierten gemacht, die von der Revolution offiziell reaktiviert worden war. María, »die Kämpferin«, wie sie sich nannte, übernahm es für zwei Pesos, die Jungen aus dem Viertel mit der Präzision eines Chirurgen zu entjungfern. Danach kam Irina, »die Russin, die uns das Ficken beigebracht hat«, wie wir sagten. Sie war eigentlich Ukrainerin und schien an so etwas wie Uterusfeuer zu leiden. Kaum war ihr Mann, ein schwarzer Riese, ins Manöver gezogen – er war Offizier der Streitkräfte und Absolvent der ersten Artillerielehrgänge, an denen Kubaner in der Sowjetunion teilgenommen hatten –, riss sie die Fenster auf, spazierte nackt durchs Haus und gab sich der Ausschweifung hin, indem sie, gratis und sozialistisch, den geilen Jungen des Viertels ihre Liebesdienste anbot. Nach Irinas Tod durch die Hand des gehörnten Artilleristen hatte ich mehrere Freundinnen, doch nur eine von ihnen, die so pummlige wie aufgeschlossene Isabel María, erlaubte mir, zum Wesentlichen zu kommen. Aber keine der Frauen, die ich begehrte und für die ich sogar so etwas wie Liebe empfand, rief in mir jenes Gefühl des Ausgeliefertseins hervor, in das mich der verführerische Zauber Violeta del Ríos stürzte.

Was ich in der ersten und den acht darauffolgenden Nächten erleben durfte, ist eine andere Geschichte. Die Pension, in der wir uns verkrochen, befand sich ganz in der Nähe der Universität und muss wohl genauso schäbig gewesen sein wie alle Pensionen damals in Havanna. Doch ich, verrückt vor Verlangen, interessierte mich für nichts anderes als den sexuellen Festschmaus, den mir jene Frau bereitete, die in der Liebe über dieselben wunderbaren Fähigkeiten verfügte wie beim Singen ihrer Boleros. Ihr Körper war nicht sonderlich üppig. Violeta war eher dünn und hatte kleine Brüste, und ihre festen Pobacken waren nicht im Entferntesten so ausladend, wie es bei vielen Kubanerinnen üblich ist. Doch ihre Verführungskünste und das Geschick, mit dem sie, bisweilen fast ruppig, ihre Waffen einsetzte, waren umwerfend. Und wenn ich bisher in ein eher imaginäres Wesen verliebt gewesen war, das mich mit seiner Stimme umarmt hatte, so entbrannte ich nun für eine höchst reale Frau, die es ablehnte, außerhalb der Bühne Boleros zu singen, die sich weigerte, mir etwas aus ihrem Leben zu erzählen, die es mir nicht gestattete, sie zu begleiten, wenn sie die Pension verließ. Doch in den zwei Stunden, die sie mir jeweils schenkte, brachte sie es fertig, mich mit ihrer Meisterschaft in der Liebe, die sie in Gott weiß wie vielen Betten der Stadt erworben und perfektioniert haben musste, zu hypnotisieren.

Für Violeta del Río war in der Intimität der Liebe alles möglich und erlaubt. Ihr gesamter Körper beteiligte sich am Liebesakt, und sie wusste jedes meiner Glieder, jede Körperhöhlung, jede Falte in Erregung zu versetzen. Seltsamerweise schwieg sie die ganze Zeit über, gab wie ein Orchesterdirigent Anweisungen mit den Händen, lenkte mit den Augen, tat mit den Lippen ihre Absichten kund.

Mit tiefer Weisheit, möglicherweise derselben, dank der sie auf der Bühne über sich hinauswuchs und ihre Zuhörer zuerst faszinierte und dann verführte, entfaltete sie ihre unerschöpflichen erotischen Talente, die sie neun unvergessliche Nächte lang in meine Dienste stellte.

Was wäre geschehen, wenn wir mehr als neun Nächte zur Verfügung gehabt hätten? Noch heute kann ich mir das nicht einmal vorstellen, denn von Rendezvous zu Rendezvous steigerte sich Violeta auf der erotischen Tonleiter, führte behutsame oder brutale, sanfte oder mitreißende Varianten in unser Liebesspiel ein, und das mit einer überfließenden Kreativität, die ich bei keiner anderen Frau je wieder erlebt habe. In jeder Nacht verhielt sie sich so, als wäre es die erste. Völlig nackt, halb oder vollständig bekleidet machte sie sich ans Werk mit ihrem hartnäckigen Bedürfnis, jemanden zu verführen, der mehr als nur verführt, der bereits verrückt war vor Liebe und Begierde, zu einer hirnlosen Masse geworden und kaum noch fähig, die Lust, die sie ihm verschaffte, zu genießen. Wenn wir mehr als nur neun Nächte gehabt hätten ...

Genauso wenig kann ich vergessen, dass meine zehnte Nacht mit Violeta del Río die vom 2. auf den 3. Oktober 1968 hätte sein sollen. Soeben war eine desaströse »Revolutionäre Offensive« angeordnet worden. Nicht nur das ideologische, sondern auch das ökonomische Schicksal der Insel sollte in die Hände des Staates gelegt werden, und so wurde im Jahr 1970 eine gigantische Zuckerrohrkampagne gestartet, die zehn Millionen Tonnen Zuckerrohr erbringen sollte und das Land auf einen Schlag aus der Unterentwicklung katapultieren würde. Doch ich, gefangen im Strudel von Liebe und Sex, kümmerte mich nicht um die verheerenden Stürme, die entfesselt worden waren, denn jede einzelne meiner Nervenzellen war auf Violeta del Río gerichtet.

Wie an den vorangegangenen Abenden verließ ich um Punkt zehn Uhr mein Zimmer im Studentenwohnheim und machte mich auf den Weg zur Rampa mit seinen Lichtern, seinen Erwartungen und Versprechungen, die mittlerweile in einem Maße eingelöst worden waren, wie ich es mir nie hätte vorstellen können. Es war kurz vor elf, als ich die Avenida überquerte ... und in ein tiefes Loch fiel. Die Neonlichter des La Gruta waren ausgeschaltet, und einen Moment lang überlegte ich, ob es nicht Montag sei, obwohl ich mir sicher war, dass es Donnerstag, der 2. Oktober, war. Die Straßenlaternen beleuchteten die Treppe, die zum Club hinunterführte, und vom Gehsteig aus sah ich, inzwischen der Verzweiflung nahe, dass die Tür geschlossen war, und auf einem handgeschriebenen Schild las ich: BIS AUF WEITERES GESCHLOSSEN. Panik erfasste mich, drohte mich zu ersticken, und ich überlegte mir, was wohl geschehen war, als ich im Eingang des Clubs auf dem Boden das verglaste Plakat liegen sah, auf dem ich Violeta – oder sie mich – zum ersten Mal gesehen hatte. Langsam stieg ich die Stufen hinab, drehte das Plakat um und stellte fest, dass das Glas zersplittert war. Doch auf der Pappe klebte immer noch das Bild der »Dama Triste del Bolero« mit der Ankündigung ihrer Auftritte, die nun wohl nie mehr stattfinden würden. So behutsam, wie ich es meinen zitternden Händen abverlangen konnte, löste ich das Foto von der Pappe und floh die Treppe des La Gruta hinauf zurück auf die Straße, ganz so, als hätte ich eine Bank ausgeraubt.

Mit meinem Schatz in der Tasche lief ich zu den anderen Clubs in der Nähe und musste feststellen, dass alle geschlossen waren, ebenfalls bis auf Weiteres. In meiner Verzweiflung fragte ich mehrere Passanten, ob sie wüssten, was geschehen sei, und nach und nach konnte ich mir die Antwort zusammenreimen. Da das gesamte Land sich der Großen Zuckerrohrernte zur Verfügung zu stellen hatte, waren die Clubs und Cabarets von Havanna zu Brutstätten bürgerlicher Dekadenz und schädlicher Nachtschwärmerei erklärt worden, weil sie die Einsatzfreude der Männer für das gewaltige ökonomische Vorhaben untergraben konnten. Und so hatte man entschieden, die Lokale zu schließen, bis sich ein besserer Verwendungszweck für sie finden würde: Arbeiterkantinen vielleicht oder Lokale für politische Versammlungen oder auch »demokratische Restaurants« für Werktätige, die sich durch besondere Leistungen in der Arbeitswelt oder in der Landwirtschaft ausgezeichnet hatten.

In dieser Nacht schlief ich nicht, und am nächsten Tag machte ich mich auf die Suche nach Violeta del Río. Alles war gegen mich, ich kannte ja nicht mal ihren richtigen Namen, denn ich vermutete, dass Violeta del Río ihr Künstlername war. Doch ich hatte eine Spur: In einer unserer Liebesnächte hatte ich sie in einen Bus der Linie 68 steigen sehen. Und wieder fasste ich einen ganz einfachen Plan: Vom Vedado aus folgte ich der Route des Busses, der bis in den abgelegenen Vorort Mantilla fuhr. Ich zeigte das Foto Anwohnern, Angestellten der staatlichen Läden, Bäckern und sämtlichen Busfahrern der Linie 68, durchkämmte, von Hunger, Durst und Verzweiflung geplagt, unter der unbarmherzigen Sonne die Stadt von Norden nach Süden, ohne jedoch einen konkreten Hinweis darauf zu erhalten, was mit der Frau, ohne die ich bereits nicht mehr leben zu können glaubte, geschehen war.

Nachdem ich achtzehn Tage lang Nachforschungen angestellt und meine Schuhe ruiniert hatte, stand ich an der Endhaltestelle der Linie 68. Mit jedem Tag waren meine Hoffnungen, Violeta zu finden, geschwunden. Doch dann hatte ich das Glück, den Mann zu treffen, der normalerweise den Nachtbus der Linie 68 fuhr. Der etwa fünfzigjährige Mulatte, der bis vor Kurzem zur Arbeit in der Reparaturwerkstatt verdonnert gewesen war, erkannte sogleich das Foto, das ich ihm zeigte, und erzählte mir, dass Violeta mit ihm bis zur Calzada de Dolores gefahren und dann in die Linie 54 nach Lawton umgestiegen sei. Aber er hielt noch eine andere Information für mich bereit: Alle Angestellten der Clubs und Cabarets waren zum Kaffeepflanzen ins Umland, dem sogenannten Cordón de La Habana, geschickt worden, und vor ein paar Tagen, als er eine Probefahrt mit einem soeben reparierten Bus gemacht habe, sei er ihr in El Calvario begegnet.

Ohne auf den Bus zu warten, der von Mantilla in jenes Örtchen fuhr, das ausgerechnet El Calvario hieß, machte ich mich sogleich auf den Weg dorthin, um Violeta del Río zu suchen. Nie zuvor war ich in dieser Gegend gewesen, und sie erschien mir wunderschön, denn in meiner Verzweiflung hatte ich endlich eine Spur zu der Frau gefunden, die ich so sehr zu brauchen glaubte, die mich verführt hatte und von der ich mich jetzt verlassen fühlte. Kurz vor El Calvario fragte ich ein paar Jungen, und sie zeigten mir den Weg zu dem freien Feld, auf dem »die Künstler«, wie sie sagten, arbeiteten. Ich lief über das Ackergelände, auf dem kleine Kaffeesträucher zu sehen waren, und schließlich entdeckte ich, unter einem Baum sitzend und den kühlen Wind genießend, einen alten Sänger, der durch seine zahlreichen Fernsehauftritte als »Die Goldene Stimme des Boleros« im ganzen Land bekannt war. Ich muss nicht sagen, wie sehr mein Herz klopfte, da ich jetzt sicher war, Violeta del Río gefunden zu haben, und nachdem ich dem alten Bolerosänger einen guten Tag gewünscht hatte, fragte ich ihn, ob er sie gesehen habe.

»Ja, sie war letzte Woche hier, für zwei Tage«, sagte er. »Aber wenn du sie sehen willst, musst du nach Miami fahren ... Sie soll letzten Montag in ein Boot gestiegen sein und das Land verlassen haben.«

Ganz offenbar wurde diese Geschichte von den Launen des Schicksals und von Vorahnungen bestimmt. Seit meiner letzten Begegnung mit Violeta del Río sind nun dreißig Jahre vergangen, und wie die Goldene Stimme des Boleros – die wenig später für immer verstummt war, ohne dass der alte Sänger die Bühnen der Cabarets, die ihn berühmt gemacht hatten, je wieder betrat – mir prophezeit hatte, musste ich erst nach Miami fliegen, um Violeta del Río wiederzusehen.

Es war im Mai 1998, als ich zum ersten Mal in die Vereinigten Staaten reiste, um an einer akademischen Veranstaltung teilzunehmen. Bevor ich wieder nach Havanna zurückflog, fand ich noch Zeit, ein paar Tage in Miami zu verbringen, wo jetzt viele meiner alten Freunde, meine einzige Schwester, fast alle meine Cousinen und Cousins und die Onkel und Tanten, die noch auf dieser Erde weilen, heute leben.

Es waren Tage voller Emotionen, glücklicher Wiederbegegnungen und endgültiger Zerwürfnisse mit Freunden, die ich verschollen oder tot geglaubt hatte. Tage voller Erinnerungen an gemeinsame Zeiten und durchlebte Abenteuer mit Menschen, die ich einmal sehr geliebt und seit zehn, zwanzig, dreißig Jahren nicht mehr gesehen hatte. Mit anderen Worten, eine notwendige Wiederbegegnung mit einem Teil meines Lebens und meiner Vergangenheit, den die politischen Entscheidungen von mir abgetrennt hatten.

Am Vortag des Abschieds beschloss meine Schwester, dass der Abend ihr gehöre. Nachdem wir im Restaurant La Carreta kubanisch gegessen hatten, machten sie und mein Schwager den Vorschlag, in einen Club in Miami Beach zu gehen, der, wie sie sagten, für seine angenehme, ruhige Atmosphäre bekannt sei und in dem man ausschließlich Boleros zu hören bekomme. Es war elf Uhr abends, am 16.

Mai, als wir das La Cueva betraten, eines der angesagten Lokale am Ocean Drive. Irgendetwas – die Luft, das Licht, der Geruch – rief Gefühle in mir wach, die ich vergessen geglaubt hatte, und ohne zu überlegen, bestellte ich beim Kellner einen Rum Collins. Meine Schwester und mein Schwager, die wohl aus Angst, ich könnte mich langweilen, ununterbrochen davon redeten, wie schön es hier sei, verstummten, als die Lichter erloschen. Und aus der Dunkelheit und dem entferntesten Winkel der Vergangenheit erklang, leise und warm, eine Stimme, die für mich, für mich ganz allein sang:

> Nach zwanzig Enttäuschungen,
> die du erlebt,
> was macht da schon eine mehr.
> Wenn du weißt,
> wie das Leben ist,
> weinst du nicht mehr.
> Es gilt zu erkennen,
> dass alles Lüge ist,
> nichts wahr.
> Es gilt das Glück des Augenblicks zu leben,
> zu genießen, was du genießen kannst,
> denn unterm Strich
> ist das Leben ein Traum,
> und alles geht dahin.
> Wirklichkeit, das ist Entstehen und Vergehen,
> warum uns vor Sehnsucht verzehren,
> wenn alles nichts ist als unendliches Leiden,
> und die Welt aus Unglück gemacht ist.

Eine der grausamsten Prüfungen, die mir das Leben auferlegt hat, war die, Violeta del Río vergessen zu müssen. Als ich an jenem fernen Tag im Jahre 1968 unter dem Baum in

El Calvario gesagt bekam, dass sie Kuba verlassen hatte, und begriff, in welchen Abgrund ich gestürzt war, beschloss ich, sie für immer aus meiner Erinnerung zu verbannen, weil ich sonst verrückt geworden wäre. Mit dem Vorsatz, nichts mehr über sie und ihre Geheimnisse herausfinden zu wollen – weder ihren richtigen Namen noch, ob sie ihre Familie zurückgelassen hatte oder woher sie kam, als sie in mein Leben getreten war –, lief ich wieder über den Acker, auf dem die mickrigen Sträucher eines Kaffees, den nie jemand trinken würde, unter der unbarmherzigen Sonne verdorrten, und fing an zu weinen, während ich versuchte, mich von dem übermächtigen Verlangen zu befreien, das jene Frau in mir entfacht hatte. Doch das war alles andere als einfach. Jahre später noch weigerte ich mich, Boleros zu hören, und es war mir unmöglich, eine andere Frau zu begehren. Mit keiner erreichte ich die Höhen der Lust, die ich mit ihr, Violeta, erlebt hatte, und Sex erschien mir wie ein leeres, sich immer wiederholendes Vergnügen. Doch der Eifer, mit dem ich mich meinem Studium widmete, die langen Monate, die ich weit weg von Havanna verbrachte, um Zuckerrohr zu schneiden für die Große Zuckerrohrernte, die am Ende nicht so groß war, wie man erhofft hatte, und uns nicht aus der Unterentwicklung befreite, sowie vor allem die Begegnung mit einer anderen Frau – *meiner* Frau – halfen mir mit der Zeit, jene Erinnerung zu verdrängen, die abzutöten mir nie ganz und gar gelang und die ich in der fest verschlossenen Truhe meiner schmerzhaftesten Sehnsüchte aufbewahrte.

Die Frau auf der Bühne, die den dramatischen, schwermütigen Stil jener Dame, die früher einmal »La Dama Triste del Bolero« genannt worden war und die verlorenen Nächte des La Gruta belebt hatte, zu imitieren versuchte, war sechzig Jahre alt und einige Pfunde schwerer, ihre Stimme war weniger warm und ihr Haar, das schlaff über ihr Gesicht fiel, noch blonder als früher. Dennoch hatte dieses Zerrbild der Frau, der ich früher einmal verfallen gewesen war, ihre Fähigkeiten nicht verloren und besaß noch immer eine faszinierende Ausstrahlung, wenn sie ihre Lieder sang, wie ins Ohr geflüstert, mit jenem innigen Gefühl, das Violeta del Río so perfekt auszudrücken vermochte. Der Mann aber, der ihr jetzt lauschte, hatte mit seinen fast fünfzig Jahren auf dem Buckel nichts mehr mit dem katholischen, provinziellen Jungen von damals gemein. Als überzeugter Skeptiker glaubte er sich gegen diese magische, in der Vergangenheit eingekapselte Verführungskraft gefeit, musste jedoch sogleich feststellen, dass er sich geirrt hatte.

Mit schweißnassen Händen, wie dreißig Jahre zuvor, bestellte ich einen *Carta Blanca on the rocks* und leerte mein Glas genau in dem Augenblick, als Violeta del Río den letzten Bolero beendete. Unvermittelt sprang ich auf und rannte hinaus auf die Straße. Ich hatte das Gefühl, es gäbe auf der ganzen Welt nicht genug Sauerstoff, um meine Lungen zu füllen.

Meine Schwester und mein Schwager, die nicht wussten, was mit mir los war, fragten mich, ob ich woandershin gehen wollte, und ich gab ihnen die einzige Antwort, die mir schlüssig erschien: »Ich möchte gehen.«

In jener Nacht, als ich im Hof des Hauses meiner Schwester saß und rauchte, begriff ich, dass es Erinnerungen und Erfahrungen gibt, die unbestechlich sind und sich weder durch die Entfernung noch durch die Zeit abtöten lassen. Aber ich begriff auch, dass dreißig Jahre eine lange Zeit sind und dass es nicht nur unmöglich ist, in die Vergangenheit zurückzukehren, sondern dass es widernatürlich wäre, es zu versuchen. Erinnerungen müssen Erinnerungen bleiben, und jeder Versuch, sie aus ihren Schlupfwinkeln hervorzulocken, muss zu Katastrophen und Enttäuschungen führen.

Doch wenn ich heute einen von Bola de Nieve gesungenen Bolero höre und dabei das Foto von Violeta del Río betrachte, steigt in mir die Erinnerung an ihre unwiderstehliche Faszination auf, an ihre unerschöpfliche Verführungskraft. Und mich tröstet der Gedanke, dass das Schicksal, das diese Geschichte so hartnäckig begleitet hat, nicht so grausam zu mir war, wie ich immer geglaubt habe. Immerhin hatte ich die Gelegenheit, neun Nächte der Lust mit Violeta del Río zu genießen und mit Haut und Haaren zu spüren, dass ich in einem heißblütigen Liebeslied, genannt Bolero, lebte. Und diesen Teil meines Lebens kann mir niemand nehmen.

2001

Adelaida und der Dichter

Adelaida spürte ein leichtes Prickeln auf der Haut. Sie entsicherte die Walze der klapprigen Underwood und zog, zufrieden und glücklich, das letzte Blatt ihres letzten Werkes heraus. In ihren Jahren als leidenschaftliche Schriftstellerin hatte sie sich nie so erfüllt gefühlt wie jetzt. Befriedigt und befreit dachte sie an die zwei arbeitsintensiven, qualvollen Wochen bis zu dieser letzten Zeile, wo die Mutter langsam ihre schwarze Trauerkleidung anzulegen beginnt, noch bevor man ihr den Tod der Tochter mitteilt. Während des Schreibens hatte sie sogar mehrmals weinen müssen, überzeugt, dass ihre Leser mit dieser Geschichte ewiger Liebe ebenso mitleiden würden wie sie.

Sie ordnete die Seiten, überprüfte ihre Nummerierung und heftete sie mit einer Klammer zusammen, wobei sie den Duft frischer Gardenien einsog, der ihren rheumatischen Fingern entströmte. Sie wollte über den Titel der Erzählung nachdenken, fühlte sich andererseits aber erschöpft und glücklich und sehnte den Abend herbei, um das fertige Manuskript ihren Kollegen der städtischen Literaturwerkstatt zu präsentieren, insbesondere dem jungen Dichter, der alle zwei Monate an ihren wöchentlichen Sitzungen teilnahm. Fürs Erste, dachte sie, würde sie diese Geschichte, die ihr von allen am meisten am Herzen lag, einfach »Delfina« nennen.

Während Adelaida das Mittagessen zubereitete, versuchte sie für einen Moment, die Literatur zu vergessen, doch die Erzählung wollte ihr nicht aus dem Kopf gehen.

Was sie während der Arbeit an dieser todtraurigen Geschichte erlebt hatte, war nur vergleichbar mit den Monaten, in denen sie mit ihrer Tochter Delfina schwanger gewesen war. Sie stellte die Kartoffeln und das letzte Stück Fleisch, das sich im Kühlschrank gefunden hatte, auf den Herd, und als sie die heimtückische Zwiebel enthäutete, musste sie wieder weinen. Der junge Dichter würde anders über sie denken, nachdem er »Delfina« gelesen hätte, und vielleicht würde er sogar seinen Einfluss geltend machen, um die Erzählung in einer Zeitschrift des Schriftstellerverbandes unterzubringen, was nicht einfach war. Denn niemand will eine alte und unbekannte Schriftstellerin veröffentlichen. Aber sie war eine Frau, die sich stark von Vorahnungen leiten ließ, und jetzt sagte ihr ihre Vorahnung, dass mit diesem Text alles möglich sein würde. Die sechs Stunden, die sie bis zum Abend warten musste, um ihre Arbeit dem sicherlich großzügigen Urteil ihrer Kollegen unterwerfen zu können, wurden ihr zur Qual. Sie aß langsam, kaute sorgfältig jeden einzelnen Bissen und beschloss, auf das Nitrazepam für schwierige Tage zurückzugreifen, um einen Mittagsschlaf zu halten und so ihre Angst besiegen und das zähflüssige Vergehen der Zeit überlisten zu können.

Sie nahm das Schlafmittel mit einem großen Glas Wasser und legte sich mit einem Buch von Hemingway aufs Bett. Seit der junge Dichter ihnen etwas über Hemingways Schreibtechnik erzählt hatte, las sie gerne diese Kurzgeschichten, in denen alles glaubhaft erschien. Und während sie an das Gesicht dachte, das der junge Dichter machen würde, wenn er sie »Delfina« würde lesen hören, schlief sie ein.

Um fünf erwachte sie mit Sodbrennen. Es war, als wäre eine Spinne in ihrem Magen gefangen, und sie bereute es, nach dem Essen geschlafen zu haben. Das Alusil gegen

Sodbrennen hinterließ einen süßlich sandigen Geschmack zwischen ihren Zähnen, und Adelaida stellte sich vor, wie das weiße Pulver ein Netz über die Spinne warf, sie umhüllte, sie erdrückte.

Sie duschte sich kalt ab und hielt auch den Kopf unter den Wasserstrahl. Sie wollte die bleierne Dumpfheit nach der Siesta vertreiben, seifte sich zwei Mal ein und ließ sich dann zehn Minuten vom Wasser liebkosen. Doch es machte sie rührselig, und als sie sich dessen bewusst wurde, stellte sie die Dusche ab.

Für den Abend wählte Adelaida das malvenfarbene Kleid, das sie am Tag ihrer Pensionierung zum ersten Mal getragen hatte. In dem Büro, in dem sie seit 1940 beschäftigt gewesen war, hatten ihre Arbeitskollegen eine Abschiedsparty für sie vorbereitet, und auf dem Kleid waren noch Spuren der Exzesse zu sehen, die sich dort abgespielt hatten: Direkt neben der seitlichen Naht schimmerte der verblasste, aber unübersehbare Schatten des Rotweins, den María ihr übers Kleid gekippt hatte, während sie mit dieser entsetzlichen Stimme »Meine liebe Adelaida / wenn ich dich wiedersehe / wird es weder Kummer noch Vergessen geben« gesungen hatte. Sie mochte dieses Kleid. Ihre schlaffen Brüste hielten sich dank der strategisch geschickt angebrachten Abnäher aufrecht, und der weiche, fließende Stoff verbarg ihren vorstehenden Bauch. Sie fühlte sich wieder als Frau, als sie in den Spiegel schaute und anfing, sich zu schminken. »Ich sehe aus, als hätte ich ein Rendezvous«, dachte sie und lächelte sich zu. Sie entschied sich für das Parfüm »Schwarzer Kater«.

Reinaldo betrachtete die Figuren, die die Feuchtigkeit auf der Zimmerdecke hinterlassen hatte, und fühlte Ärger in sich aufsteigen. Trotz all seiner Bemühungen und seiner vielen Kontakte war es ihm nicht gelungen, die nötigen

Kacheln und den Zement zu bekommen, um die durchsickernde Feuchtigkeit fernzuhalten, und wenn es so weiterging, dachte er, würde ihm eines schönen Tages die Decke auf den Kopf fallen. Doch er wollte nicht mehr daran denken. Der auf Hochtouren laufende Ventilator wirbelte die Luft gegen den Wind an, der durchs Fenster hereinwehte, und wenn die feuchte Decke und die undankbare Aufgabe, die ihn am Abend erwartete, nicht gewesen wären, hätte sich Reinaldo glücklich gefühlt.

Neben ihm schlief Belkis, nackt und warm und faul wie immer nach der Liebe. Reinaldo betrachtete die Pobacken der jungen Frau, auf denen sich das knappe Bikinidreieck abzeichnete, und er hatte Lust, sie zu wecken und es noch einmal mit ihr zu machen. Doch die Uhr zeigte halb sechs, und in einer halben Stunde würde ihn der Wagen der Städtischen Kulturabteilung abholen, um ihn zum Treffen der Literaturwerkstatt zu bringen, an dem teilzunehmen er in seiner Funktion als Literaturberater der Provinz verpflichtet war. ›Du hast die Arschkarte gezogen, Poet‹, dachte er.

Beim Duschen erwischte sich Reinaldo dabei, wie er wieder an die feuchte Zimmerdecke dachte. Eine große Wohnung mit einem Zimmer eigens für seine Bücher und seinen Schreibtisch war schon immer sein sehnlichster Wunsch gewesen, aber jetzt, mit Anfang dreißig, wusste er, dass diese Dachkammer wahrscheinlich seine einzige und endgültige Bleibe sein würde. Doch er tröstete sich mit dem Gedanken, dass immerhin Platz für Belkis und ihn war und er morgens wenigstens seine Ruhe hatte, um hin und wieder ein gutes Gedicht zu schreiben wie das über Dächer und Fernsehantennen. Aber Belkis wollte unbedingt ein Kind, und er ahnte, dass mit so einem Jungen – das Geschlecht des Kindes stand für ihn außer Zweifel – alles zu Ende sein könnte, denn auf dem Sofa hier war kein Platz für drei. »Danke, Jerry«, sagte er leise.

Als er aus dem Bad kam, sah er, dass Belkis sich umgedreht hatte und nun in einer unschuldig obszönen Stellung auf dem Rücken lag. Er bedauerte, keinen Fotoapparat zu haben, um diesen verheißungsvollen Körper, den er so sehr begehrte, der Zeit und dem Vergessen zu entreißen. Nun zur Literaturwerkstatt zu fahren, um sich die öden Ergüsse gelangweilter Senioren und literaturbesessener Typen anzuhören, war eine unverzeihliche Beleidigung des Lebens, das ihn dazu einlud, von dieser rosigen, vollkommenen Frucht zu kosten, die einstmals Adam und all seine verfluchten Nachkommen aus dem Paradies vertrieben hatte, dachte er.

Adelaida beschloss, vor der Tür des Kulturzentrums auf ihn zu warten. Das Beste wäre es, ihn zu sich zu winken und ihm zu erzählen, dass sie etwas geschrieben habe, was ihm bestimmt gefallen werde, denn beim Schreiben, Reinaldo, habe sie jeden seiner Ratschläge befolgt. Selbstverständlich habe sie die Erzählung ihm gewidmet, und es wäre wunderbar, wenn er sie, wenn möglich, noch heute läse und sie dann, wenn es nicht zu viel verlangt sei, analysiere und ihr sage, was er von der Anlage der Personen, dem Stil, dem Rhythmus, der Glaubwürdigkeit der Dialoge und der Schönheit der Sprache denke, sie sei doch nicht zu melodramatisch, nicht wahr? Aber wenn er keine Zeit dafür habe, schön, dann könne sie ihn gern zu sich nach Hause einladen, bei ihr gebe es immer Kaffee und selbst gebackenen Kuchen, das sei schon immer eine Spezialität von ihr gewesen. Und Sie können natürlich auch Ihre Frau mitbringen, ich würde sie so gerne kennenlernen, würde sie sagen.

Adelaida sah auf ihre goldene Armbanduhr und stellte fest, dass es fünf vor sechs war. Jeden Dienstag um sechs Uhr erschien sie pünktlich zu den Treffen angehender

Schriftsteller und las ihren Kollegen und den gelegentlichen Besuchern die letzten Ergebnisse ihres Schaffens vor. Sie hoffte nicht darauf, dass ihre Literatur jemals über diesen fast familiären Rahmen hinaus bekannt werden würde. Ihr genügte der kleine Kreis ihrer Zuhörer, trotz einiger hyperkritischer junger Leute, die sich für die neue Nüchternheit begeisterten. Für Adelaida war die Literatur bisher stets ein tröstlicher Zeitvertreib gewesen, doch Reinaldos Anwesenheit in der Werkstatt hatte ihre Vorstellung von Kunst verändert und ihr ein neues, bisher unbekanntes Selbstvertrauen verliehen. Jetzt maß sie ihrem Schreiben eine größere Bedeutung bei und dachte sogar an eine mögliche Veröffentlichung und an die Fortschritte, die sie machen konnte. Kurz und gut, sie hatte die Herausforderung angenommen, die ihr an dem Tag bewusst geworden war, als der junge Dichter seine bezaubernden Gedichte vorgetragen hatte: Literatur muss ambitioniert sein. ›Heute lässt er aber auf sich warten‹, dachte sie.

Um diese Uhrzeit waren die Busse proppenvoll, und die Luft war erfüllt vom penetranten Gestank schmutziger Autogase. Adelaida hatte Angst um ihr Make-up und wischte sich mit dem Taschentuch den Schweiß von den Händen. Sie wartete neben dem Tor des Kulturzentrums. Von Weitem glich die zweiundsechzigjährige Frau mit dem weißen Haar und dem malvenfarbenen Kleid einer einsamen, zitternden Orchidee.

Adelaida spürte, dass sich die Spinne in ihrem Magen regte, und wieder bereute sie den unverzeihlichen Leichtsinn, am helllichten Tag geschlafen zu haben. Dieser Tag war ihr wichtigster seit vielen Jahren, wichtiger als der ihrer Pensionierung nach einem siebenunddreißigjährigen Arbeitsleben, und das Sodbrennen drohte ihn ihr zu verderben. Sie schluckte mehrmals, um die Magensäure, die ihre Speiseröhre hochkroch, zu vertreiben, schlug ihre Mappe auf und begann zum x-ten Mal den ersten Absatz ihrer Geschichte zu lesen: »Delfina kam im Oktober, und ich wusste, dass die Welt von nun an eine andere sein würde.« Sie las weiter, und als Delfina ihre ersten Schritte machte, hielt ein Auto fast direkt vor ihr, und Reinaldo schenkte ihr sein herzliches Lächeln.

»Oh, Reinaldo! Wie geht es Ihnen, Reinaldo?«

Adelaidas Stimme klang jung und schüchtern. Sie schloss die Mappe und sah dem Dichter entgegen.

»Guten Abend, Adelaida«, sagte Reinaldo. »Gibt es etwas zu feiern? Sie sehen heute sehr elegant aus.« Er drückte die weiche, feuchte Hand, die ihm die alte Dame lächelnd reichte. »Sind die anderen schon da?«

»Ich glaube, ja, aber ich war noch nicht drin. Ich bin gerade erst gekommen, wissen Sie, und habe noch einmal das Manuskript durchgesehen.«

»Was sagen Sie zu dieser Hitze? Ich habe gerade geduscht und bin schon wieder schweißgebadet. Zum Glück haben sie mir das Auto geschickt ...«, sagte Reinaldo und ging auf den Eingang des Kulturzentrums zu. Adelaida wollte den passenden Moment abwarten, um ihn um eine Minute seiner Zeit zu bitten. »Also los, gehen wir, es ist schon spät, Rosa Hilda wartet bestimmt schon auf uns.«

Er sah zur Eingangstreppe hin, und Adelaida lächelte, wischte sich wieder die schweißnassen Hände ab und ärgerte sich über sich selbst, weil sie mit ihren zweiundsechzig Jahren immer noch so schüchtern war.

Reinaldo stieß den Rauch seiner Zigarette aus und betrachtete Rosa Hildas perfekt geschwungenen Hals. Das kurz geschnittene Haar endete in einem Dreieck im Nacken, und Reinaldo fragte sich, was in diesem Moment im Kopf der städtischen Literaturberaterin vor sich ging. Es schauderte ihm bei dem bloßen Gedanken, dass diese sensible, intelligente Frau von erst vierundzwanzig Jahren drei Mal wöchentlich einen Sturm bemühter Literatur über sich ergehen lassen und angehenden Schriftstellern verschiedensten Formats Ratschläge erteilen musste, Leuten, die keine Ratschläge hören wollten, sondern nur jemanden brauchten, der ihnen zuhörte. Wie zum Beispiel die surrealistische Dichterin, die gerade las, eine eingeschworene Feindin von Rhythmus und Reim, eifrig bemüht, Alltagspoesie einer Hausfrau zu schreiben und Vers um Vers in einem langen, nach ihrer eigenen Definition episch-narrativ-psychologischen Gedicht die absurde Situation der Patienten in der psychiatrischen Klinik von Havanna zu beschreiben.

›Was für eine Plackerei, Poet‹, dachte er und erinnerte sich an die längst vergangenen Jahre der Literaturwerkstatt an der Universität, als die Literatur für ihn ein unbeschwertes, romantisches Fest unter dem Motto »Liest du mich, lese ich dich« gewesen war und sie, auf der Suche nach Anerkennung als Debütanten, unzählige Gedichte, Erzählungen und Romanfragmente geschrieben hatten. Das alles schien ihm jetzt weit weg, aber er sehnte sich nach jener Zeit zurück, in der er sich mit hektografierten Veröffentlichungen begnügt hatte, und er sehnte sich auch nach den talentierten jungen Leuten, die hin und wieder in der städtischen Literaturwerkstatt aufgetaucht waren, um wenige Monate später wieder von der Bildfläche zu verschwinden, nachdem sie sämtliche lokalen Wettbewerbe gewonnen und sich das Leben schwer gemacht hatten, indem sie ambitionierte Literatur zu schreiben versuchten und entdecken mussten, dass Schreiben die einsamste Sache der Welt ist. Und deshalb ziehen es einige vor, zu resignieren, dachte Reinaldo.

Seine Gedanken schweiften ab. Er bedauerte, Belkis allein gelassen zu haben, dachte mit Grauen an die Feuchtigkeitsflecken an der Zimmerdecke und erinnerte sich plötzlich daran, dass er vergessen hatte, im Verlag anzurufen, um sich zu erkundigen, wann die Korrekturfahnen seines neuen Buches kommen würden. Dann dachte er an den Film, den er machen wollte, und nahm plötzlich die Stimme des jungen Mannes mit den Augen eines schüchternen Homosexuellen wahr, der eine abstruse, vor lateinischen Ausdrücken und billigen Anglizismen strotzende Geschichte las, in der er – so meinte Reinaldo jedenfalls zu verstehen – die sexuellen Abenteuer eines Jungen mit seiner Tante in einem Landhaus à la *Vom Winde verweht* schilderte. Das alles kam ihm sehr bekannt vor. Als der Junge geendet hatte, sah Rosa Hilda Reinaldo auffordernd an, und er gab dem Jungen den Rat, eine weniger kryptische Sprache für sein Werk zu wählen, damit es verständlicher rüberkommen würde. »Findest du nicht auch, Rosa Hilda?«

»Ja, Ernesto«, sagte die Literaturberaterin zu dem jungen Mann, »ich habe den Eindruck, dass deine Sprache bisweilen die Gedanken und die Geschichte verschlingt. Achte in Zukunft darauf. Und auch auf die Dialoge, die Art, wie die Personen sprechen.«

Doch Ernesto entgegnete, dass das nun mal sein Stil sei und er nicht anders schreiben könne, und schaute die anderen Mitglieder der Werkstatt Zustimmung heischend an.

Nun erteilte Rosa Hilda Adelaida das Wort, und Reinaldo spürte, dass ihm buchstäblich das Herz stehen blieb, als die alte Dame ihre Mappe aufschlug. Da lagen mindestens vierzig eng beschriebene Manuskriptseiten, und er fühlte, dass er nicht die Kraft haben würde, sich eine Stunde lang Geschichten über eine Jagd in Afrika oder einen Flug über die Anden anzuhören, die diese Frau zu schreiben pflegte. Adelaida sagte, sie sei dem Genossen Reinaldo sehr dankbar – ›Jetzt gibt die Alte also mir die Schuld‹, dachte er – für die Ratschläge, die er ihr auf den vorangegangenen Treffen gegeben habe, und ihm verdanke sie auch die Inspiration zu dieser ihrer Erzählung, und sie bitte alle um ein wenig Geduld, denn ihre Geschichte sei nicht gerade kurz, sagte sie. ›Geduld, ja, viel Geduld‹, dachte der Dichter.

Auch Adelaida hatte das Gefühl, ihr Herz würde stehen bleiben, als Rosa Hilda sie bat, ihre Arbeit vorzulesen. Plötzlich schämte sie sich, in der Öffentlichkeit aus einem ihrer Werke zu lesen, und sie hatte Angst, dass ihr die Stimme versagen würde. Für einen Moment war ihr die Sicherheit abhandengekommen, die sie seit jenem Morgen, als sie diesen Text begonnen hatte, begleitete, und sie dachte, dass all die Bemühungen der vergangenen Tage umsonst gewesen waren und es besser gewesen wäre, wenn sie an diesem heißen Abend irgendeine ihrer fantastischen, lustigen Geschichten mitgebracht hätte. Eine, in der sie in einem von der Strömung des Amazonas mitgerissenen Boot vor allem floh, nachdem sie eine prächtige Inkastadt besichtigt hatte, wo noch niemand etwas von Pizarros und Almagros Ankunft wusste und stattdessen der strahlende Viracocha erwartet wurde. Adelaida durchlebte solche Abenteuer, die ihre ausufernde Fantasie ihr eingab, mit großer Intensität und war, auf ihre bescheidene Art, glücklich.

Doch nun musste Adelaida sagen »Also dann«, zwei Mal, um den Klang ihrer Stimme zu festigen, und sich noch einmal die Hände abwischen. Wie sie schwitzten! Dann dankte sie Reinaldo für seine Ratschläge und die Inspiration für die Erzählung und senkte ihren Blick auf die ersten Zeilen des Textes, während sie um ein wenig Geduld bat.

»Delfina kam im Oktober, und ich wusste, dass die Welt von nun an eine andere sein würde. Das vergangene Jahr war wunderschön gewesen, glücklich, doch nie hätte ich gedacht, dass das runzlige rote Gesicht des Mädchens, das man mir auf den Bauch legte und von dem man sagte, dass es meine Tochter sei, so viel Glück in mein Leben bringen könnte.« Während sie zu lesen begonnen hatte, waren ihre Ängste verflogen. Sie fühlte sich jetzt frei und leicht und las langsam weiter, betonte jedes Komma und jede Endung einer Silbe, und ein Lächeln umspielte ihre Lippen, als Delfina zum ersten Mal in den Armen ihrer Mutter weinte und später dann auch zu lachen lernte, und mit jedem Tag wurde das Mädchen größer, wie eine wunderbare Blume, aus deren Blättern Blüten hervorsprießen. Adelaida fuhr in ihrer Geschichte fort, und Delfina begann herumzutapsen unter den Anwesenden, die nach und nach ihr Haar und ihre Stimme, ihr Weinen und ihre Schritte zu erkennen meinten. Adelaida las mit einer solchen Inbrunst, dass sie nicht sah, wie ihre Kollegen sich vorbeugten, um sie besser hören zu können, auch nicht, wie Reinaldo, der seine malträtierte Zigarette vollkommen vergessen hatte, den Bewegungen des heranwachsenden Mädchens und den schlaflosen Nächten und den Sehnsüchten der Mutter folgte, die Jahre später die Geschichte dieser langsam wachsenden Liebe erzählte.

Bei Delfinas erster Menstruation vergossen ihre Mutter und Adelaida eine Träne. Der Baumwollstoff saugte das klebrige Blut auf, und die Mutter gab dem jungen Mädchen einen Kuss, während sie sich an ihr erstes Mal erinnerte. Adelaida gestikulierte, bewegte ihre vom Alter knotigen Hände, als würden die Worte nicht ausreichen, und ihre Stimme war klar und kühn. Der violette Widerschein ihres Kleides hüllte sie in ein traumartiges Licht. Der Straßenlärm war verebbt, und Delfina gestand ihrer Mutter, dass sie verliebt sei. Sie war sich ganz sicher, denn jedes Mal, wenn sie dem Jungen begegnete, bekam sie einen trockenen Mund und zittrige Knie, und sie verspürte einen wunderbaren, feierlichen Schwindel.

Als Adelaida die letzte Seite ihrer Erzählung zu lesen begann, hustete Rosa Hilda zwei Mal, und Reinaldo biss auf die bitter schmeckende Zigarette. Ernesto schaute zum Fenster hinaus, und die surrealistische Dichterin knetete ihre Hände. Adelaida weinte, als Delfinas Mutter ihren dreitürigen Kleiderschrank öffnete und das alte schwarze Trauerkleid herausnahm. Delfina hatte am Abend das Haus verlassen, um nie wieder zurückzukehren, und die Mutter, heimgesucht von einer furchtbaren Vorahnung, wusste, dass dies das Ende ihres Glücks bedeutete, das achtzehn Jahre zuvor an einem Oktobertag begonnen hatte.

Adelaida schloss die Mappe und trocknete sich die Augen. Sie überlegte, ob sie sich für den unvorteilhaften Anblick, den sie bot, entschuldigen sollte, aber sie brachte es nicht über sich. Sie fühlte sich kraftlos und leer wie Delfinas Mutter und darüber hinaus nackt vor den fremden Menschen, denen sie ihre geheimsten Gefühle offenbart hatte. Draußen war es dunkel geworden. Schließlich bedankte sich Adelaida, bereit, sich die zu erwartenden kritischen Kommentare anzuhören.

Reinaldo betrachtete Adelaida und sah ihre hohen Wangenknochen, ihre Augen, die denen einer müden Taube ähnelten, und die wie zwei kokette kleine Fächer gespreizten Wimpern, und er sagte sich, dass diese Frau einmal sehr schön gewesen sein musste. ›Sie verdient ein Gedicht‹, dachte er sogar und erinnerte sich an seine wunderschöne Belkis, die ihn in seiner Dachkammer zum Abendessen erwartete. Und er fragte sich, warum er Adelaida nach Hause begleitete.

Er nahm ihren Arm, als sie die Straße überquerten, und fühlte die Wärme ihrer zarten Haut über dem schon etwas wabbligen Fleisch. Langsam gingen sie eine von regungslosen Flamboyants gesäumte Straße entlang. In allen Häusern lief die Telenovela. Es war immer noch sehr warm. Reinaldo brauchte eine Zigarette.

»Was für eine schöne Geschichte, Adelaida«, traute er sich endlich zu sagen. »Sie haben mich überrascht.« Er musste lächeln, als er daran dachte, dass er, als Rosa Hilda ihn nach der Lesung nach seiner Meinung gefragt hatte, lediglich gesagt hatte, dass die Erzählung ihm gefallen habe. Ihm waren keine Ratschläge oder blödsinnigen Empfehlungen eingefallen, und ohne so recht zu wissen, warum, hatte er Adelaida gefragt, ob er sie nach Hause bringen dürfe. Natürlich, Reinaldo, klar, ich wohne ganz in der Nähe, hatte die Frau geantwortet.

»Hätten Sie Lust auf ein Eis?«, fragte er, als sie an einer Cafeteria vorbeikamen.

»Das wär genau das Richtige jetzt, es ist heiß, und abends esse ich gern etwas Leichtes ... Die Gallenblase, wissen Sie«, fügte Adelaida hinzu, und sie gingen hinein. Es waren mehrere Tische frei, die Telenovela hielt die Leute zu Hause.

»Warum haben Sie diese Erzählung geschrieben, Adelaida?«

»Ich habe es Ihnen schon gesagt, für Sie. Ich mag Ihre Gedichte sehr, Reinaldo. Sie handeln von Dingen, die jeder von uns fühlt und denkt. Ich lese sehr oft Ihre Bücher, und ich wollte etwas schreiben, was Ihnen gefällt.«

»Was ist real an dieser Geschichte und was fiktiv?«

Adelaida nahm ein wenig Eis von ihrem Löffelchen und ließ es zwischen ihren Lippen schmelzen. Reinaldo gefiel es, wie sie die Lippen bewegte.

»An dieser Geschichte ist nichts fiktiv. Alles war genau so. Na ja, jedenfalls habe ich es so in Erinnerung.«

»Delfina starb mit achtzehn Jahren?«

Adelaida nickte.

»Es macht mich glücklich, dass Ihnen die Erzählung gefallen hat, Reinaldo. Ich habe mir sehr viel Mühe gegeben.«

Der junge Dichter sah auf sein Eis und dann auf die

Hände der Frau. Sie hatte die schlanken Hände und die langen Finger mit den spachtelförmigen Kuppen einer pensionierten Sekretärin, die viel auf der Maschine getippt hat. Hände, die jene Geschichte einer tragischen Liebe geschrieben hatten.

Reinaldo zahlte, und sie gingen hinaus auf die Straße. Adelaida hielt die Mappe an die Brust gepresst wie eine von der Zeit vergessene Schülerin. Reinaldo wäre gern allein gewesen. Hoffentlich sind wir bald da, dachte er, und er fragte sich, mit welchem Recht er die Leute dazu ermunterte, über ihre Ängste zu schreiben und ihre Erinnerungen und ihre Toten auszugraben. Vielleicht hatte Adelaida ja wirklich das Bedürfnis gehabt, ihre Geschichte aufzuschreiben, aber er hätte es vorgezogen, nicht der Anlass für diese schmerzliche Katharsis zu sein. Am liebsten hätte er sich jetzt eine Zigarette angezündet und über seine eigenen Probleme nachgedacht, um Delfinas Gespenst loszuwerden.

»Es ist gleich um die Ecke«, sagte Adelaida, und fast wäre Reinaldo ein »Gott sei Dank« entschlüpft. »Möchten Sie noch einen Kaffee trinken? Ich hab auch noch Zigarren im Haus, aus dem staatlichen Laden ...«

Reinaldo war versucht, Ja zu sagen, aber er brachte es nicht über sich.

»Nur keine Umstände, Adelaida, vielleicht ein andermal. Es ist schon spät, meine Frau wartet auf mich. Bestimmt glaubt sie, ich wär mit einem Freund einen trinken gegangen ... oder was Schlimmeres.«

»So sind wir Frauen eben, Reinaldo. Haben Sie keine Kinder?«

»Nein, noch nicht«, sagte er und schämte sich ein wenig, weil er noch nicht Vater war.

»Na dann, vielen Dank, dass Sie mich nach Hause begleitet haben. Heute war ein sehr schöner Tag für mich, und ich danke Ihnen sehr für das, was Sie über meine Erzählung gesagt haben«, sagte sie und streckte ihm die Hand hin.

Reinaldo drückte die feuchte, schüchterne Hand der Frau und hätte beinahe gefragt, ob er die Erzählung haben könne, um sie noch einmal zu lesen. ›Vielleicht finde ich eine Zeitschrift, die sie veröffentlichen will‹, wollte er ihr sagen, ›wenn man das eine oder andere Adjektiv streicht, ist sie absolut zur Veröffentlichung geeignet.‹ Doch er sagte es nicht, und er verkniff es sich auch, ihr einige Ratschläge zu geben, die er für notwendig hielt.

»Bis bald, Adelaida«, sagte er. »Ich komm irgendwann mal auf einen Kaffee vorbei.«

»Aber bitte, jederzeit, Reinaldo. Ich erwarte Sie. Adiós.«

Sie lächelte ihn an und bog um die Ecke. Der junge Dichter sah ihr hinterher, wie sie in ihrem malvenfarbenen, festlichen Kleid und der an die Brust gepressten Mappe auf ihr Haus zuging, und glaubte den Schatten eines jungen Mädchens von etwa achtzehn Jahren zu erkennen, das die Straße überquerte und direkt auf die alte Frau zuging.

›Sie verdient ein Gedicht‹, dachte Reinaldo.

1988

Sonatine für Rafaela

»Play it again«, Rick said.
Casablanca

Rafaela schloss die Augen. Sie fühlte, wie der Schweißtropfen, der sich am Hals gebildet hatte, zwischen ihre Brüste glitt und sich dann, nach einer kurzen Pause, größer und zielstrebiger geworden, auf den Weg in Richtung Bauch machte. Sie verfluchte die Hitze und den Bus, der nicht kam, und auch die sich auf dem Straßenpflaster reflektierende Sonne, die in den Augen schmerzte. Ich seh bestimmt aus wie ein alter Lappen, dachte sie, nahm ein mit Veilchenparfüm beträufeltes Taschentuch aus ihrer Handtasche und betupfte sich Lippen und Stirn. Da kommt ja der verdammte Bus, seufzte sie.

Die ganze Fahrt über musste sie stehen. Achtundzwanzig Minuten. Sie war weder jung noch alt genug, um einen Platz angeboten zu bekommen, und hörte nicht auf zu schwitzen. Die Luft, die durch die offenen Busfenster hereindrang, war heiß und feucht, und sie konnte den Ruß fast sehen, der sich in ihren Poren festsetzte. Ein alter Lappen. Als sie aus dem Bus stieg, holte sie wieder ihr Taschentuch hervor und sah auf die Uhr. ›Zeit genug‹, dachte sie und ging langsam in Richtung Restaurant, wobei sie versuchte, nicht auf die Risse im Bürgersteig zu treten. Vor dem Restaurant wartete eine Schlange von acht Personen, vier Paare, die sie anstarrten, als sie an die schmiedeeiserne Tür klopfte und darauf wartete, dass man ihr öffnete. Sie mochte es nicht, wenn man sie anstarrte, und klopfte ein zweites Mal.

»Guten Tag«, begrüßte Roberto sie.

»Diese Hitze! Großer Gott, ich dachte, ich würde wegschmelzen«, erwiderte sie und blieb einen Moment im Vorraum stehen, um sich an die angenehme Temperatur der Klimaanlage und an das Halbdunkel, das immer in dem Restaurant herrschte, zu gewöhnen. Hier hatte sich seit achtundzwanzig Jahren nichts verändert.

Wie gehts, Manolo, sagte sie, während sie auf der Anwesenheitsliste unterschrieb und die Uhrzeit ihres Arbeitsbeginns hinzufügte: 11 Uhr 47. Manolo legte den braunen Lappen zur Seite, mit dem er die Gläser polierte, und servierte ihr einen doppelten *Carta Blanca* mit einem halben Löffel Zucker, ein paar Tropfen Limonensaft und zwei Löffeln gestoßenem Eis. Ohne darauf zu warten, dass sich der Rum abkühlte, trank Rafaela einen Schluck und fühlte sich gleich besser. Ihr Blick wanderte durch das leere Restaurant mit den mit braunen Decken und Kerzen versehenen Tischen und dem schwarzen Piano im Hintergrund, und sie überlegte, dass sie in den vier Jahren bis zur Rente mehr als tausend Mal mit dem Bus hierher und mehr als tausend Mal wieder nach Hause fahren würde. Und das zwei Mal täglich. ›Das halte ich nicht durch‹, dachte sie. Manolo band sich die Fliege um und berichtete ihr von seiner gestrigen Odyssee nach San Juan y Martínez, wo seine Tochter einen freiwilligen Arbeitseinsatz absolvierte. Er krempelte sich die Ärmel runter, zog sein Jackett an, das dieselbe dunkelbraune Farbe hatte wie die Tischdecken, und nahm den braunen Lappen in die Hand, um mit dem Gläserpolieren fortzufahren. Rafaela trank noch einen Schluck. Das scharfe, kalte Getränk vertrieb die Hitze, die sie von draußen mitgebracht hatte, und ließ sie sich wieder als Mensch fühlen. Was für eine Wohltat! Eine Dusche, mein Piano und ein Königreich für eine Dusche, dachte sie und sehnte sich nach Hause zurück.

Roberto ließ die ersten Gäste ein. Sie lächelten, immer

lächelten sie angesichts der Gewissheit, gleich dreißig Pesos auszugeben. ›Ans Piano, Pianist‹, dachte Rafaela und ging auf die Toilette, um ihr ramponiertes Make-up zu erneuern. ›Wie ein alter Lappen‹, dachte sie wieder, als sie in den Spiegel schaute. Ihr gefiel immer weniger, was die Spiegel ihr zeigten.

Längst hatte sie aufgehört, sich etwas vorzustellen. Früher ja: Abendkleider, Festbeleuchtung, Applaus, ein schwarz glänzender Steinway-Flügel und eine große, mit rotem Samtteppich ausgelegte Bühne; sie setzt sich an den Flügel und streichelt ihre Finger mit einer Sinnlichkeit, die weit übers professionelle Massieren hinausgeht. Sie sieht niemanden an. Ihr Herz klopft heftig, doch sie weiß, dass sich ihre Welt nun auf ihre Finger und die Tasten beschränken muss, auf den Kampf um die beste Interpretation, den schönsten Klang. Sie streicht sich übers Haar, schließt die Augen und fängt an zu spielen, gleichgültig gegenüber dem Applaus, der später wie ein wohlverdienter Sturzbach auf sie niederprasseln wird.

Sie rieb ihre Hände, um sie zu wärmen, und klappte den Deckel des verstimmten Pianos hoch, auf dem sie sich fünfundzwanzig Jahre lang Tag für Tag abgemüht hatte, um die Verdauung von Zuhörern anzuregen, die sich nur für die Qualität und die Größe des Bratens und die Reichhaltigkeit des Desserts interessierten. Ihre Träume hatten sich verflüchtigt wie ein zerstäubtes Parfüm, und Rafaela wünschte sich jetzt nur noch, man möge sie in Ruhe spielen lassen, ohne Sonderwünsche zu äußern, die sie ablehnen musste. Ihr unveränderliches Repertoire von zwölf Liedern, die sie mittags und abends zu spielen pflegte, war mit den Jahren zu einer leichten, angenehmen Übung geworden, die es ihr erlaubte, den Kopf frei zu halten oder an die alltäglichen Probleme zu denken, während ihre Hände weit weg von ihr die Tastatur bearbeiteten. Früher waren ihr die Stücke wie Sonatinen für Klavier und Rafaela vorgekommen, komponiert von einem Genie, das ihre wunderbaren, einzigartigen Finger liebte. Vielen Dank.

In solchen Momenten träumte sie vom Ruhm und konnte sich alles wieder vorstellen: die großen Erfolge, die Tourneen, ihr Name in den Zeitungen, ihre Konzerte, die ganze Theater füllten. Das schwarze Klavier im Restaurant war ihr dankbar für die wunderbaren Klänge und folgte ihr, in einen Steinway-Flügel verwandelt, auf dem gemeinsamen Weg zum Ruhm, zu den höchsten Höhen und den schwierigsten Passagen der berühmtesten Talente.

Früher war Rafaela eine junge und vornehme Erscheinung gewesen, hatte sich mit der auffälligen Eleganz einer Konzertpianistin gekleidet – Schwarz stand ihr so gut – und die Stücke mit echter Dramatik interpretiert. Die Männer sahen sie an, begehrten sie, viele näherten sich ihr und baten sie, ein bestimmtes Lied zu spielen. Oder sie luden sie – wenn Sie zu Ende gespielt haben, Señorita – auf einen Drink ein. Doch nachdem sie das Stück Nr. 12 aus dem Repertoire für Pianisten in gastronomischen Einrichtungen der Kategorie 1 beendet hatte, klappte sie den Klavierdeckel zu, deutete eine knappe Verbeugung vor dem begeisterten Publikum an und verschwand in der Küche des Restaurants, überzeugt, dass in der Garderobe auch dieses Theaters Berge von Blumen und Glückwunschkarten auf sie warten würden und dazu irgendein aufdringlicher Journalist, der mit ihr ein Exklusivinterview zu dem soeben beendeten Auftritt machen wollte.

Nur ein Mal hatte sie die Einladung zu einem Drink angenommen. Ganz zu Anfang. Er, in dunkelblauem Anzug, stellte sich neben das Piano, um besser hören und sehen zu können, wie sie *As Time Goes By* spielte. Hinterher erzählte er ihr, dass er den Film mehr als zehn Mal gesehen habe und Bogart nicht ein einziges Mal »*Play it again*« habe sagen hören, und er versicherte ihr, dass sie genauso schön sei wie Ingrid Bergman in Casablanca. Dann bat er sie, noch einmal das Lied zu spielen, das er so noch nie gehört habe. »Play it again«, sagte er. Und schließlich lud er sie zu einem Drink ein. Es war Rafaelas einziges außereheliches Abenteuer gewesen, obwohl sie es fast vergessen hatte.

Nachdem Rafaela dieselben Lieder in derselben Reihenfolge so oft gespielt hatte, Tag für Tag, mittags und abends, an Silvester und am 1. Mai und am Vatertag, fing sie an, die fleckigen Tasten ihres alten, drittklassigen Klaviers wahrzunehmen, den Applaus und die Blumen zu vergessen, zu spüren, dass Ruhm nichts für sie war, und sich daran zu erinnern, dass zu Hause ein Haufen schmutzige Wäsche auf sie wartete. Bis zu jenem Tag, als sie, während sie das Lied Nr. 10 spielte, zum ersten Mal einen Gast etwas sagen hörte. »Die Pianistin muss mal eine schöne Frau gewesen sein«, bemerkte der Mann an Tisch 6, und sie spürte, dass die Gelenke ihrer Finger steif wurden. Sie spielte das Lied zu Ende und eilte in die Küche, durch die man früher immer in die Garderobe gelangt war, und sie sah, wie Atanasio, der Koch, sich die mit dem Blut toter Tiere beschmierten Hände an der Schürze abwischte.

Ebenfalls an jenem Tag, ebenfalls zum ersten Mal, stellte sich Rafaela an die Theke und bestellte bei Manolo einen doppelten *Carta Blanca on the rocks*.

Sie verstand nicht, warum sie sich plötzlich an so vieles erinnerte. Sie wollte die Mittagsschicht beenden, dieses Scheißklavier zuklappen – wann tauscht es die Geschäftsleitung endlich gegen ein neues ein? –, und jedes weitere Stück kam ihr noch länger vor, noch unerträglicher. Als sie schließlich *Yesterday* gespielt hatte, das letzte Lied des Pflichtprogramms, verspürte sie unendliche Erleichterung. Sie klappte den Deckel des Pianos zu, nahm ihr leeres Glas und ging zur Theke zurück.

»Willst du nicht erst was essen?«, fragte Manolo erstaunt, doch sie schüttelte den Kopf. Der Barkeeper bereitete den zweiten doppelten *Carta Blanca* für sie zu. »Heute wollen die Leute immer nur Sangria, wie ich das hasse!«

»Auf dein Spezielles, Keeper«, sagte sie und trank einen großen Schluck.

Insgesamt mehr als viertausend Busse und mehr als zwanzigtausend Lieder. ›Das halte ich nicht durch, ehrlich nicht‹, dachte sie wieder, und sie dachte an die Hitze, die draußen herrschte, daran, dass sie zu Hause seit zwei Tagen kein Wasser hatte, an das Fleisch, das sie im staatlichen Laden abholen musste. Mit dem zweiten Schluck leerte sie ihr Glas. »Noch einen, Manolo.«

»Noch einen?«

»Los, mach schon, ich bin heute richtig mies drauf.«

Der Barkeeper lächelte bei dem Wort, das Rafaela nur selten in den Mund nahm. »Ich hab auch Lust, mich zu besaufen.«

»Dann mal los, später ist es zu spät«, erwiderte die Frau und schaute Manolo in die verträumten blauen Augen. »Du hast heute wunderschöne Augen«, entfuhr es ihr unvermittelt. Ohne auf die Gäste zu achten, stießen sie über die blanke Theke hinweg an und lächelten sich zu.

»Auf dein Wohl.«

»Auf deins.«

»Auf unser beider.« Sie tranken und schauten sich eine Weile in die Augen.

Wieder lächelte Rafaela, und überrascht betrachtete sie ihre gealterten Hände. Sie hatte Lust, *As Time Goes By* zu spielen.

»Das hab ich seit etwa hundert Jahren nicht mehr gespielt.«

1988

Wie die Zeit vergeht

I

Wie viele Jahre, Lucrecia?«

»Mehr als sechs, vielleicht acht, keine Ahnung, wahnsinnig viele«, sagt sie und lächelt. Doch sogleich verschwindet ihr Lächeln wieder, denn sie denkt: ›Es gehört sich nicht, vor Juan Manuel so zu lächeln.‹ Aber sie freut sich, Elías wiederzusehen.

»Ich habe oft an dich und an Juan Carlos gedacht«, sagt er, während sie die Trauerhalle verlassen.

Es ist kalt, der Himmel hängt wie eine graue Glocke tief über der Stadt. Draußen stehen mehrere Menschen, fast alles junge Leute. Sie rauchen und reden, und er denkt wieder: Wie viele Jahre? Unter den Trauergästen kann er keinen der vielen Freunde ausmachen, die er und Juan Carlos in der Oberstufe hatten. Es sind die neuen Freunde des Toten, und nur Lucrecia und er stammen aus den alten Zeiten. Treu wie immer.

»Ich kenne hier niemanden.« Er hat das Gefühl, etwas sagen zu müssen, und bietet Lucrecia eine Zigarette an.

»Danke, ich rauche nicht. Ich kenne auch niemanden. Jeder geht seine eigenen Wege. Gut, dass du gekommen bist, Elías. Ich hatte Lust, dich wiederzusehen, ehrlich. Nur traurig, dass es ausgerechnet hier sein muss.«

Als Hortensia ihn am Morgen nach seiner Rückkehr aus Angola weckte, los, aufstehn, Elías, und zu ihm, der noch halb schlief, sagte: Komm, mein Junge, ich muss dir was sagen, hätte er sich im Leben nicht vorstellen können, dass seine Mutter ihm diese Nachricht überbringen würde. Er dachte: Irgendjemand ist zu Besuch gekommen, bestimmt mein Vater oder meine Großmutter, aber Hortensia sagte: »Juan Carlos ist tot.«

Mit einem Schlag war Elías hellwach, wie damals in den Steppen von Huambo, wenn der frühmorgendliche Schlachtruf die Kaserne erschütterte: Los, Soldaten, aufstehn, verdammt noch mal!, und es mit dem Schlaf vorbei war und er das Gefühl hatte, zwei Tage nicht geschlafen zu haben, obwohl er wusste, dass er vollkommen ausgeschlafen war, auch wenn er noch keinen eigenen Gedanken fassen konnte und nur Befehle entgegennahm: In Reih und Glied aufstellen! Genau so: Eine Stimme, das Gewehr, die Munition, kampfbereit, in Reih und Glied.

»Juan Carlos ist tot«, wiederholte sie.

»Was ist passiert?« Er sah seine Mutter an, nachdem er sich die Hose zugeknöpft hatte.

»Ein Unfall. Auf der Autobahn. Gestern Nacht gegen zwei war Efraín noch einmal hier, um es dir zu sagen. Er hats erfahren, nachdem er weggegangen war. Aber ich hab dich schlafen lassen.«

»Wann ist die Beerdigung?«, fragte er und spuckte kupferfarbenen, süßlichen Speichel ins Klo, eine Mischung aus Kaffee, Zigaretten und Rum.

»Um zehn. Beeil dich, es ist schon sieben. Und zieh dir was über, nicht dass du dich jetzt erkältest ...«

Lucrecia trägt das Haar sehr kurz, und ihr Gesicht wirkt noch zarter als früher. Die zwei Linien, die vom Mund ausgehen, werden irgendwann einmal Falten sein. Während sie ihm beim Rauchen zuschaut, schwankt der Ausdruck ihrer Augen zwischen Freude und Kummer.

»Jetzt geht es schon los mit dem Sterben«, sagt sie, und er raucht, nickt, schweigt aber weiter und sieht sie an. »Ich bin schon siebenundzwanzig«, seufzt sie und lächelt.

»Hast du inzwischen dein Studium abgeschlossen? Als ich nach Angola gegangen bin, hat mir jemand gesagt, du würdest gerade deine Abschlussarbeit schreiben.«

»Ja, alles bestens. Nach der Uni hab ich in einem städtischen Kulturzentrum angefangen. Jetzt arbeite ich in einem Verlag.«

»Und, bist du verheiratet?«

»Fast wär ichs gewesen, aber ich konnte meine Unabhängigkeit noch so eben retten.«

»Hast du Juan Carlos später mal gesehen?«

»In den letzten Monaten, ja. Nach seiner Scheidung von Belkis tauchte er eines Tages bei mir zu Hause auf. Hat mich hin und wieder zum Essen eingeladen ... bis ich mich in ihn verliebt habe. Anscheinend hat er sich daran erinnert, dass ...«

»Ich glaube, du hast ihm immer schon gefallen«, unterbrach Elías sie.

»Sprechen wir besser nicht darüber. Das ist lange vorbei, Elías. Vergiss nicht, ich bin siebenundzwanzig ... und du auch.«

»Wie die Zeit vergeht, großer Gott«, seufzt er resigniert, und sogleich weiß er, dass er Unsinn geredet hat: Er ist erst siebenundzwanzig, auch wenn er sich manchmal sehr müde fühlt.

»Das Beste daran ist, dass so viele Dinge passieren, Elías Roberto González Cárdenas. Erinnerst du dich?«

»Elías Roberto González Cárdenas!«

»Hier, Prof.«

»Lucrecia González Carmenate!«

»Anwesend.«

»Wir sind fast Geschwister«, sagte eine Stimme. Lucrecia drehte sich um und sah ein schmales, lächelndes, mit Akne übersätes Gesicht, das ganz von den weißen Zähnen beherrscht wurde.

»Wärst du nicht gerne meine Schwester?«, fragte er.

»Meine Mutter hat keine behinderten Kinder«, entgegnete Lucrecia und wandte den Kopf mit einer schwungvollen Bewegung ab, die ihre schwarze Haarpracht tanzen ließ.

»Geschieht dir ganz recht, du frecher Kerl«, sagte eine andere Stimme neben der ersten.

»Was ist dahinten los?«, brüllte Vicente, der Physiklehrer, und sofort trat wieder Stille ein.

Du hast mich in der Schulkantine angesprochen und mir deine Limonade angeboten. Wenn ich weiter in der Schlange gewartet hätte, wäre ich um zwölf noch nicht dran gewesen, weil sich die Typen aus der obersten Klasse immer vordrängten. Du hast mir gefallen, ehrlich.

»Ich geb dir meine Limo, aber dann darfst du mir auch nicht mehr böse sein. Schließlich werden wir drei Jahre in dieselbe Klasse gehen, oder?«

»Nein, danke, ich kann mir meine Limo selbst kaufen«, sagte Lucrecia und sah in das Gesicht, das sie über Elías Roberto González Cárdenas' Schulter anblickte: Juan Carlos, das kastanienbraune Haar über den Ohren, kleine, flinke Augen, ein leichtes, fast nicht vorhandenes Lächeln.

»Nimm schon, Kleine, sei nicht blöd. Los, komm, sonst kipp ich mir die Limo über den Kopf …«

»Das möchte ich sehen«, sagte sie amüsiert, aber schließlich nahm sie das lauwarme Getränk an, das er ihr mit aufmunterndem Kopfnicken, jetzt nimm schon, aufdrängte.

Hast du an dem Tag wirklich nichts getrunken?

Als es zu regnen beginnt, dringen laute Schluchzer aus dem Innern der Trauerhalle. Sie drehen sich um und sehen Luisa, Juan Carlos' Mutter, ins Freie treten, gestützt von Juan Manuel, seinem Vater, und dahinter, umgeben von Tanten und anderen Verwandten, Niurka, seine Schwester.

Elías schaut auf die Uhr: zehn vor zehn. Anscheinend haben sies eilig, denkt er, nimmt Lucrecias Arm und tritt mit ihr zur Seite, um für die Herauskommenden Platz zu machen. Die Angehörigen von Juan Carlos verteilen sich auf die vier Autos, die in einer Reihe unter dem Vordach der Halle warten. Weitere Autos schließen sich dem Konvoi an. Jemand ruft: Die anderen können im Bus des Ministeriums mitfahren.

»Gehen wir«, schlägt Elías vor, und Arm in Arm eilen sie durch den Regen zu dem bereitstehenden Bus. Mit ihnen sind es sechs Fahrgäste.

Zwei Minuten später fährt der blumengeschmückte Leichenwagen durch die regennassen Straßen, gefolgt von einer Autoschlange und dem so gut wie leeren Bus des Ministeriums für Außenhandel.

»Nicht zu fassen, Juan Carlos hat den Arsch zugekniffen«, sagt Elías, ohne über das, was er da sagt, nachzudenken.

Juan Carlos' Mutter umarmte ihn weinend. Mein Junge, sagte sie, mein armer Junge, und Elías wiederholte nur immer, aber, aber, Luisa, kommen Sie. Auch Juan Manuel weinte, schweigend. Er drückte ihm fest die Hand, hielt aber den Blick gesenkt. Niurka bemerkte ihn nicht mal. Sie weinte still in sich hinein, und auch ihr Blick war nach innen gerichtet.

Elías näherte sich dem grauweißen Sarg, und durch das kleine Fensterchen konnte er das Gesicht von Juan Carlos sehen. Er schien zu schlafen, doch sein Gesicht drückte ein tiefes Unbehagen aus, so als würde er, von heftigen Kopfschmerzen geplagt, im nächsten Moment aufwachen. Die schwarzen Schnurrbarthaare, hart und gekrümmt, bedeckten seine Oberlippe vollständig. Wie du damals gelitten hast, als du keinen Schnäuzer bekamst, dachte er. Die

Wangen waren voller und die Stirn höher geworden, und das kastanienbraune Haar drohte nun nicht mehr die buschigen Augenbrauen zu verschlingen. In den letzten beiden Jahren hatte er sich sehr verändert. Ob er dennoch derselbe geblieben war?, fragte sich Elías und erinnerte sich an den einzigen Brief, den er in Angola von seinem Freund bekommen hatte. »Ich habe mich scheiden lassen, Alter. Das war der Hammer! Ich war lächerliche drei Monate zum Arbeiten in Mexiko, und schon hat Belkis mir Hörner aufgesetzt. Halb Havanna wusste Bescheid. Und weißt du, was die Schlampe gesagt hat? Dass es nur ein Ausrutscher gewesen sei und dass sie mich immer noch liebe. Eine tolle Liebe, was? Und ich alter Blödmann, wie immer ... Du müsstest mal sehen, was ich alles für sie gekauft hatte! Du kannst von Glück sagen, Alter, dass du nicht geheiratet hast, denn wenn du von hier weg bist und nach zwei Jahren wiederkommst, hast du mehr Hörner als ein Hirsch ...«

Elías versuchte, Juan Carlos' Gesicht mit dem der Kameraden zu vergleichen, die er in Angola hatte sterben sehen, aber es gelang ihm nicht. Da fehlte etwas. Oder war etwas zu viel?

Noch immer fällt ein feiner, eiskalter und ausdauernder Nieselregen. Die Autos parken in der Straße vor dem Friedhof, und die Bestattungsgehilfen gehen hinter dem Leichenwagen her.

»Ich war noch nie auf einer Beerdigung«, sagt Lucrecia.

»Ich auch nicht«, antwortet Elías, »aber ich hab schon ein paar Tote gesehen.«

»Übrigens, wie wars in Angola?«

»Kannst du dir ja vorstellen, da ist Krieg. Aber am schlimmsten sind die Erinnerungen. Die Leute denken die ganze Zeit an Kuba und daran, was sie tun werden, wenn sie zurückkommen.«

»Und was wirst du jetzt machen?«

»Weiß ich noch nicht. Ich hab so viel darüber nachgedacht, dass ichs vergessen habe«, sagt Elías und bleibt ein paar Meter vor dem offenen Grab stehen.

Die Zeremonie geht schnell vonstatten, niemand geht zu den Angehörigen, um ihnen sein Beileid auszusprechen. Über Luisas Schluchzen und Niurkas jetzt durchdringendes, anhaltendes Weinen hinweg hört man die wenigen Worte, die ein Onkel von Juan Carlos spricht. Er dankt allen für die Freundlichkeit, sie in einem so schweren Augenblick begleitet zu haben. Vielen Dank euch allen, sagt er, und die Trauergäste zerstreuen sich.

Der Regen ist stärker geworden, und Elías und Lucrecia eilen auf den Friedhofsausgang zu.

»Um Himmels willen, was für ein Tag!«

»Jeder Tag ist ein schlechter Tag zum Sterben«, philosophiert Elías.

»Wie in einem englischen Film. Ich weiß nicht …«

Elías sieht sie an und kann ein Lächeln nicht unterdrücken. Lucrecia hat immer solche Einfälle. Und als er die Autos davonfahren sieht, stellt er sich vor, Juan Carlos würde noch leben, die altbekannte Geschichte, er hat sich nur tot gestellt, um sich die schäbige Beerdigung anzusehen, die er bekommen hat. Wenn es doch nur so wäre! Er schämt sich, dass er so etwas denkt, dass er angesichts des Todes so zynisch sein kann.

»Komm, lass uns schnell in den Bus einsteigen, ich will weg von hier.«

»Sag mal, Lucrecia, hast du heute Abend schon was vor?«

Du hast mich überrascht. Ich wusste, dass so etwas kommen würde, aber an dem Tag habe ich es nicht erwartet. Einfach so, ganz plötzlich.

»Warum?«, fragte sie mit Unschuldsmiene.

»Nur so ... Du stehst doch auf Theater und solche Sachen, und ich hab gehört, es wird gerade ein Stück gespielt, das soll sehr gut sein ... Hast du Lust, hinzugehen?«, fragte er schließlich, ohne sie anzusehen. Er schaute auf den Boden der Turnhalle, so als würde ihn die Antwort nicht interessieren.

Was wäre passiert, wenn ich an dem Tag Nein gesagt hätte, an dem Tag und später auch, immer Nein?

»Nur wir beide?«

»Klar, meine Mutter muss ich nicht mitnehmen.«

»Nein, aber du und Juan Carlos, ihr seid doch sonst unzertrennlich.«

Bestimmt erinnerst du dich nicht mal mehr daran, wie das Stück hieß. Wie auch, wegen dir hab ich fast nichts davon mitgekriegt. Du musstest mich ja gleich da anbaggern. Konntest du nicht bis nach dem Theater warten?

»Was gibt es da groß zu überlegen?«

»Eben, Elías, ich muss mir überlegen, ob ich deine Einladung annehme.«

»Aber gefalle ich dir? Ja oder weiß nicht?«

»Das kann ich dir nicht sagen.«

»Aber du musst doch wissen, ob du mich magst oder nicht?«

»Natürlich weiß ich das.«

»Also?«

»Ich muss darüber nachdenken. Lass mir Zeit.«

Einen Monat lang hab ich dich so hingehalten, nicht wahr? Bis zu dem Tag, als du mich zu dem Fest eingeladen hast, auf dem Los Kent spielen sollten, das dann aber gar nicht stattfand, und du mir vorgeschlagen hast, stattdessen ins La Red zu gehen. An dem Abend hast du dir ein kariertes Hemd von deinem Vater angezogen und dazu die Mokassins von Juan Carlos getragen. Das ist jetzt zwölf Jahre her, Elías.

»Wann bist du zurückgekommen, Elías? Komm, lass uns einen Kaffee trinken«, schlug Juan Manuel vor, als sie die Kapelle verließen. »Du kannst dir vorstellen, wie das für uns gewesen ist, so ganz plötzlich, so jung noch, in der Blüte seines Lebens, wie man so sagt. Hast du gehört, dass er in Mexiko war? Und in Kanada war er auch, und nächsten Monat sollte er nach Venezuela reisen. Die Zukunft gehörte ihm.«

»Zwei Kaffee«, bestellte Elías und legte das Geld auf die Theke.

»Nein, im Moment möchte ich keine Zigarette. Hab drei Schachteln an nicht mal einem Tag geraucht. Ich kann einfach nicht mehr ... Scheiße, wie gerne er dich wiedergesehen hätte! Er hat immer von dir gesprochen, und er hat dir viele Briefe geschrieben, stimmts? Er hat zu mir gesagt, wenn er nach Venezuela fährt, bringt er dir 'n Haufen Dinge mit. Und er hat mir erzählt, dass er dich im Ministerium unterbringen wollte, vielleicht hättest du dann auch reisen können ... Übrigens, am Ende hast du dein Studium nicht abgeschlossen, oder?«

»Nein, ich bin eingezogen worden.«

Elías trat die Kippe auf dem Boden aus. Er sah Juan Manuel an und wurde traurig. Dann dachte er an Juan Carlos und wurde noch trauriger. Er fragte sich, was er mit der Flasche Kognak machen sollte, die er ihm aus Angola mitgebracht hatte. Der Sold von drei Monaten!

»Man kann sich nie damit abfinden, wenn ein junger Mensch stirbt, aber stell dir vor, der eigene Sohn! Ich dachte, Luisa übersteht das nicht. Die Ärmste, er war ihr Ein und Alles.«

»Die Ärmste«, wiederholte Elías und erinnerte sich daran, wie seine Mutter ihn tags zuvor begrüßt hatte: Mein Junge, Gott sei Dank, manchmal hab ich gedacht, ich würde dich nicht mehr wiedersehen.

»Mit Belkis hatte er am Ende Pech, und dabei hat er alles für sie getan ... Scheiße, wie gerne hätte er dich wiedergesehen«, sagte Juan Manuel noch einmal. »Du warst sein bester Freund, seit der Oberstufe ...«

»Ja«, sagte Elías und dachte an die drei Jahre, in denen Juan Carlos und er nicht miteinander geredet hatten. Dann sah er Lucrecia: Lucrecia.

»Was wolltest du sagen, Elías?«

»Ach, nichts, ich denke die ganze Zeit über all das nach, was seitdem passiert ist. Am liebsten würde ich mit dir in eine Zeitmaschine steigen.«

»Um wohin zu fahren? Weißt du nicht, dass das keinen Sinn hat?«

»Erinnerst du dich noch, wie wir das erste Mal ins La Red gegangen sind? Es war kalt und hat geregnet, genauso wie heute.«

Sie betrachtet den Regen und den verlassenen, schrecklich friedlich daliegenden Friedhof. »Es hat keinen Sinn, noch einmal von vorn zu beginnen.«

»Und noch einmal zu leben?«

»Das auch nicht, glaube ich ... Der englische Film ist zu Ende, das jetzt ist mehr ein Bolero. *Mein Liebster, mit dir möchte ich noch einmal leben*«, singt sie, und ein feines Lächeln umspielt ihre Lippen. »Was ist los mit dir? Hast du niemanden, mit dem du ausgehen kannst?«

»Das ist es nicht, das weißt du. Lass es uns einfach ausprobieren. Wir machen es genauso wie damals, als wir zum ersten Mal ins La Red gegangen sind. Ich warte an derselben Stelle auf dich, um dieselbe Uhrzeit, ja?«

»Eine Reise in die Melancholie?«, fragt sie und lächelt.

Da bemerkt Elías die Falten um Lucrecias Augen, die früher nicht da waren. Und er denkt: ›Hat es wirklich Sinn?‹

2

Elías schaut in den Kleiderschrank und überlegt: ›Was soll ich anziehen?‹ Er kann sich nicht entscheiden. Alle Hemden sind ihm zu klein geworden, alle haben zwei Abnäher auf dem Rücken, wie es modern war, bevor er nach Angola ging. Jetzt trägt man sie weit, bequem, wie zu der Zeit, als sie in der Oberstufe waren und er sich die Hemden seines Vaters auslieh. Er betrachtet die Hosen: mit Schlag. Jetzt trägt man sie unten wieder eng, wie zu der Zeit, als sie … Na ja. Er muss lachen. Zwölf Jahre sind seitdem vergangen. Oder zurückgekommen. Er fühlt sich von einer Welle umspült, die ihn weder ans Ufer zurückbringt noch aufs Meer hinausträgt.

Schließlich entscheidet er sich für die einzige Jeans, die er besitzt, und das karierte Hemd. Weil er dünner geworden ist, sitzt das Hemd nicht zu knapp, und außerdem verdeckt das Jackett alles. Die Jacketts sind immer gleich. Gott sei Dank.

Durch das Busfenster schaut er auf die Stadt, die er seit zwei Jahren nicht mehr gesehen hat und die ihm jetzt so fremd erscheint, in sich zurückgezogen wegen der Kälte. Er erinnert sich an die eiskalten Nächte in Huambo, als er mehr als ein Mal dachte, er würde nie mehr durch Havanna gehen können. In einem Hauseingang liegt ein nasser Hund, starr vor Kälte, und Elías überkommt ein Gefühl des Mitleids, das Straßenköter, die keine Liebe kennen, immer in ihm hervorrufen.

Ihm wird bewusst, dass er in den letzten Stunden kaum

an Lucrecia gedacht hat und noch weniger an jene Nacht, als sie sich zum ersten Mal im Dämmerlicht des Nachtclubs geküsst haben. Er hatte feuchte Hände, und die ganze Fahrt über, die er jetzt wiederholt, wischte er sich den Schweiß von den Händen, weil er meinte, sie würde sauer werden, wenn sie erführe, dass die Party mit den Kent gar nicht stattfand. Jetzt ist er nicht aufgeregt. Er verspürt nur eine gelassene Neugier und denkt: ›Entweder bin ich alt geworden, oder es fehlt die Emotion. Oder beides.‹

»Ich weiß nicht, was du mit Lucrecia hast«, sagte Juan Carlos zu ihm, während dieser die Mokassins anprobierte. »Sie lässt dich zappeln, aber bestimmt ist sie nicht so heilig, wie sie tut.«

»Es reicht, Alter, das geht dich nichts an.«

»Ganz wie du meinst.«

Im Yara wird *Einer flog über das Kuckucksnest* gespielt. Elías betrachtet die Fotos im Schaukasten und beschließt, sich den Film anzusehen. In den zwei Jahren hat er so viele Filme verpasst! Zwanzig gute?, überlegt er. Die Menschen im Vedado vergessen die Kälte und schlendern die Rampa auf und ab, gehen ins Kino, laufen zum Bus. Eine Gruppe Jugendlicher unterhält sich betont gelangweilt und gleichzeitig lautstark auf dem Gehweg vor der Coppelia. Attraktive Frauen mit prallen, hochstehenden Pobacken kommen ihm entgegen. Er hat eine Vorliebe für stramme Pobacken. Einige der Frauen sehen ihn an, aber Elías weiß, dass sie ihn abschätzig mustern. Mit diesem Haarschnitt! Seh ich komisch aus? Bestimmt seh ich komisch aus.

Um Punkt neun schaut er zum Hotel Habana Libre hinüber. Sie hat sich erinnert, da steht sie, betrachtet die rote Ampel dieser Nacht und einer Nacht wie dieser vor zwölf

Jahren, und Elías kann sich nicht wehren gegen die Erinnerung an jenes Treffen, das sich in seinem Gedächtnis versteckt.

»Elías, ich muss mit dir reden. Du bist mein Freund, wir sind seit einer Ewigkeit zusammen, und darum muss ich es dir sagen, obwohl ich weiß, dass man Männern bestimmte Dinge nicht sagen sollte, aber du bist mein Freund, und danach kannst du machen, was du willst. Lucrecia betrügt dich. Ernestico hat sie neulich gesehen, mit einem Typen, der älter ist als wir und ein Motorrad hat. Sie haben geredet, eng umschlungen, und das ist echt Scheiße. Mach, was du willst, Alter, aber die Leute fangen schon an zu reden, und wenn du nicht aufpasst, bist du der, dem man Hörner aufsetzt, und das ist das Schlimmste, was es gibt. Ich weiß, dass du in sie verliebt bist, aber du musst Schluss machen, Alter.«

Mir blieb die Sprache weg, Lucrecia, am liebsten hätte ich mich umgebracht, oder zuerst dich und danach mich. Für mich brach eine Welt zusammen. Ich hatte mir die ganze Zeit vorgestellt, dass wir heiraten würden, dass du zu mir ziehen würdest, dass wir zusammen an der Uni studieren und später ein Kind haben würden, das alles hatte ich mir vorgestellt, und dann das. Wie eine Bombe!

»Und damit dus glaubst: Ich hab sie auch gesehen.«

Das reichte. Ich weiß nicht mehr, wie ich den Mut aufbrachte, dich anzurufen und dir zu sagen, dass ich nichts mehr von dir wissen wollte. Noch jetzt, wenn ich daran denke, wie du »Dummkopf« zu mir gesagt hast, »Blödmann«, und dann weinend weggelaufen bist, dann ist es, als würde mir jemand eins in die Fresse hauen.

Als ich dich da so stehen sah, wartend, rauchend, da wurde mir klar, dass ich in dich verliebt war. Trotz der Kälte gab es lange Schlangen vor dem Radiocentro, an dem Tag wurde nämlich *Der Pate* gespielt. Erinnerst du dich an das Radiocentro? Ich hab dich sofort entdeckt in der Menschenmenge, du hast so erwachsen ausgesehen.

»Schön, dass du immer noch so pünktlich bist«, sagt er und küsst sie auf die Wange.

»Gerade habe ich mich an damals erinnert«, sagt Lucrecia, und sie schlendern die Calle M hinunter.

»Darf ich den Arm um deine Schultern legen?«, fragte er, und Lucrecia sah ihn ernst an, mit dieser ernsten Miene, die sie immer aufsetzte, und dann schob sie ihren Arm unter seinen.

»Was soll das denn?«, fragt Elías erstaunt.

»Darf ich mich nicht bei dir unterhaken?«

»Alles, was du willst.«

Sie lachen.

Du hast mich mit so einem Gesicht angesehen, dass ich wirklich dachte, es wäre was Schlimmes passiert.

»Hör mal, Lucrecia, ich muss dir was sagen«, begann er. »Gerade hab ich gehört, dass Ringo, der Schlagzeuger von den Kent, krank geworden ist und dass deshalb die Party ausfällt.«

»Und wohin gehen wir jetzt?«, fragte sie und beobachtete den hüpfenden Kehlkopf des Jungen. Er schluckte mehrmals hintereinander und versuchte, seine Verlegenheit zu überspielen, indem er sich eine Zigarette anzündete.

»Seitdem war ich nie mehr hier, Elías«, sagt Lucrecia. »Wie oft sind wir zusammen hier gewesen?«

»Erinnerst du dich noch an den Abend, als wir nicht genug Geld dabeihatten?«

»Das war das letzte Mal, dass wir hier waren. Wir waren schon ungefähr fünfzehn Monate zusammen. Fünfzehn Monate, o Gott!«

Als ich mich mit Belkis einließ, ging es mir so langsam etwas besser. Vorher hatte ich ein halbes Jahr lang nicht gewusst, wohin ich mein Ei – oder meine Eier? – legen sollte. Aber das mit Belkis war eine Katastrophe. Ich war immer noch in dich verliebt, und sie war weder in mich verliebt, noch konnte sie sich in sonst jemanden verlieben. Dafür liebte sie sich selbst viel zu sehr. Aber sie hatte einen Vorteil: Ich glaube, sie war schon bei ihrer Geburt keine Jungfrau mehr, und sie vögelte für ihr Leben gern. Zum Glück war die Oberstufe zu Ende, und ich musste dich nicht jeden Tag sehen. Das war die beste Entziehungskur.

Alles wäre so weitergegangen, wenn Cataclismo mir eines Tages nicht rein zufällig gesagt hätte, dass Juan Carlos mit dir zusammen war.

»Hör mal, Juan Carlos, stimmt es, was ich gehört habe? Dass du Lucrecia zu Hause besucht hast und dass ihr zusammen geht?«

»Es ist nicht so, wie du denkst, Elías. Wir sind nur befreundet, weiter nichts, und da meine Fakultät ganz in der Nähe von ihrer ist, essen wir manchmal zusammen in der Mensa und …«

»Und warum lässt du dich mit Schlampen ein? Schämst du dich nicht?«

»Erzähl keinen Quatsch, Elías, das mit dir und Lucrecia ist schon eine Ewigkeit her.«

»Schon gut, schon gut, ich will nichts mehr davon hören. Aber auf jeden Fall ist es eine Schweinerei von dir, finde ich.«

»Moment mal, Elías …«

»Scheiß was auf Elías, Alter!«

Ich war noch immer in dich verliebt, oder?

Die klimatisierte, von Rum- und Nikotingeruch geschwängerte Luft, das Ginger Ale und das vom Speichel verwischte

Rot der Lippen schaffen eine unverwechselbare Atmosphäre, die sich Elías' geruchsorientiertem Gedächtnis sogleich einprägt. Er schließt für einen Moment die Augen, und als er sie wieder öffnet, findet er sich im Dämmerlicht des Clubs besser zurecht. Zu seiner Linken die Theke hinter einem Netz, das nie den Geruch des Meeres wahrgenommen hat. Im Hintergrund der Saal mit der Tanzfläche und die der in ihnen nur halb vollzogenen und vergossenen Liebe überdrüssigen Separees. Die Musik ist unangenehm laut, und die träge, verbrauchte Stimme von Roberto Carlos schreit ihren Kummer über eine verlorene Liebe heraus.

Der Kellner führt sie mit einer Taschenlampe zu einem der Separees und fragt, was sie trinken möchten.

»Carta Blanca, oder?«, fragt Elías Lucrecia.

»Añejo, sei nicht knickrig.«

»Zwei Añejo«, sagt Elías zum Kellner, und der Mann geht zur Theke.

»Es ist fast leer hier, anscheinend gefällt es den jungen Leuten nicht mehr.«

»Heutzutage gehen sie direkt in die Pension, was?«

»Na ja, bei dieser Musik ...«, mault sie, als Roberto Carlos von Nelson Ned abgelöst wird. »Total dekadent.«

»Weißt du noch, *Get Ready*?«

»Rare Earth, die lange Version, siebzehn Minuten«, erinnert sie sich. »Siebzehn Minuten tanzen, ohne Pause. Das sollte ich heute mal machen!«

Elías trinkt einen großen Schluck von seinem Rum, Lucrecia nippt genießerisch an ihrem Glas.

»Und dann der Rum ... Alles genauso wie damals?«

Lucrecia lächelt.

»Damals hattest du mehr Geduld und hast nicht so viel gefragt. Willst du, dass ich mich wieder in dich verliebe? Los, sag schon, damit ich in Stimmung komme ...«

Er fasste sie bei den Schultern und zog sie zu sich heran,

obwohl er Angst hatte, dass sie seinen rasenden Herzschlag spürte. Er küsste sie auf den Hals, wartete einen Augenblick und küsste sie dann noch einmal, behutsam, näherte sich langsam ihrem Mund, in dem er nach zehn, fünfzehn vorbereitenden Küssen einen leichten Basilikumgeschmack wahrnahm, den er in seinem ganzen Leben nicht mehr würde vergessen können.

»Ich habe seit mehr als zwei Jahren keine Frau mehr geküsst ... auch sonst niemanden«, fügte er hinzu, nachdem er sich buchstäblich auf Lucrecias Mund gestürzt hatte. »Und dich habe ich seit ungefähr zehn Jahren nicht mehr geküsst.«

»Hörst du? Barry White! Los, lass uns ein wenig tanzen!«

»Auch mir ging es sehr schlecht. Ich habe nichts verstanden und wollte mehrmals mit dir reden, aber dann dachte ich, das sei unter meiner Würde. Stell dir vor, meine Würde! Außerdem war ich mir sicher, dass du dich bei mir entschuldigen würdest. Ich wusste ja, dass du in mich verliebt warst, und schließlich war zwischen uns nichts vorgefallen. Aber weder bist du zu mir gekommen, noch ich zu dir, und so ist alles den Bach runtergegangen.

Nach dir hatte ich zwei Freunde, aber nicht aus der Oberstufe, und mit keinem hat es länger gedauert als zwei Monate. Dann auf der Uni zwei weitere, bei denen wars mehr oder weniger dasselbe, bis zu dem Tag, als ich William kennenlernte. Von Anfang an lief es sehr gut, und es wurde immer besser. Wir waren zwei Jahre zusammen, dachten sogar schon daran, zu heiraten, aber eines schönen Tages eröffnete er mir, dass er eine andere hatte. Natürlich ein siebzehnjähriges Mädchen, klar, dabei war er schon dreißig ... Ehrlich gesagt, Elías, als ich mit William zusammen war, hab ich nicht mehr an dich gedacht. Hab mich kaum noch an dich erinnert, und wenn doch, dann hat es nicht mehr wehgetan. Und dann, vor einem Jahr, kam Juan Carlos. Er hatte sich von Belkis getrennt und wollte am liebsten sterben. Es war wieder so wie auf der Uni: Wir gingen zusammen aus, dann hat er mich angebaggert, dann hab ich zu ihm gesagt, nein, doch nicht, aber er hat insistiert.«

»Komm, gib mir eine Zigarette.«

»Elías, Juan Carlos ist da«, sagte meine Mutter zu mir.

Sie machte ihm Vorwürfe, weil er sich in letzter Zeit so rargemacht hatte, und er: Stellen Sie sich vor, Hortensia, die Universität hält mich auf Trab. Und soll ich dir die Wahrheit sagen? Ich habe mich gefreut, ihn wiederzusehen, aber ich habe nichts gesagt.

Zuerst haben wir miteinander geredet, als wäre nichts passiert. Über die Uni, die Scheidung meiner Eltern, so ein Quatsch, über Niurkas Heirat, mit sechzehn Jahren!, deine Schwester ist verrückt, bis er zu mir sagte, dass auch er heiraten werde und gekommen sei, mich einzuladen.

»Du bist mein Freund, Elías, mein ältester Kumpel, und ich möchte, dass du dabei bist. Im Grunde ist zwischen uns nichts Ernstes passiert.«

»Natürlich nicht«, antwortete ich und dachte: ›Natürlich nicht, ich war nur eifersüchtig.‹ Und ich fragte ihn: »Mit wem machst du das Geschäft?«

»Mit Belkis«, sagte er.

Was soll ich dazu sagen, Lucrecia? Wo ich mich doch trotz allem gefreut habe, ihn wiederzusehen …

»Erzähl mir was aus deinem Leben, Lucrecia.«

»Aus meinem Leben? Pah! Was soll ich dir da erzählen?«

»Alles«, bittet Elías und fasst sie unters Kinn. »Soll ich dir mal was sagen?«

»Nur zu.«

»Ich finde dich immer noch ganz toll.« Und er küsst sie, wie er sie vor zwölf Jahren geküsst hat, beißt sie, fährt mit der Zunge über jeden einzelnen ihrer Zähne, vermischt seinen alkoholgetränkten Speichel mit ihrem und spürt, dass in so einem Moment die Hose die schlechteste Erfindung der Welt ist. Und dann die Musik! Scheiße, sagen sie wie aus einem Mund. Gerade läuft, langsam und gedehnt, ein Song von den Beatles, was ist das denn, *The Fool On The Hill*, in welchem Jahr sind wir? Stimmt es wirklich, dass ich mich zwei Jahre in Angola rumgetrieben habe, oder hab ich heute Nachmittag auf dem Schulhof Baseball gespielt?

»Wer hat dir eigentlich erzählt, dass ich dir untreu war, Elias? Sag mir die Wahrheit, denn das ist die einzige Wahrheit, die mir bei dem Ganzen noch fehlt. Bitte!«

3

Den besten Freund, den ich in Angola hatte, habe ich zwanzig Meter von mir entfernt sterben sehen. Wir waren gerade dabei, einen Hinterhalt zu legen, als er auf eine Mine trat. Danach durften wir seine Körperteile einsammeln. Er war aus Sancti Spíritus, ein Schwarzer, völlig kahl, mit vorstehenden Augen, und in der Kompanie hatte er die Nummer 22. Frosch, sagte jemand, als die Nummern aufgerufen wurden, und seitdem hieß er »Der Frosch«. Den ganzen Tag über hat er nichts als Unsinn geredet, hat Witze erzählt, um die anderen zum Lachen zu bringen, und er hat immer von einer Mulattin gesprochen, die zwei Häuserblocks von ihm entfernt wohnte: Dalia. Er sagte, sie habe die schönsten Titten der Welt, er habe sie einmal von Weitem gesehen. Er schrieb ihr Liebesbriefe, und manchmal hat sie ihm geantwortet, und die anderen sagten, Dalia werde erst dann Ja sagen, wenn dem Frosch Haare wachsen würden.

Fast immer schoben wir gemeinsam Wache, und manchmal habe ich ihm von dir erzählt und von Juan Carlos, von Efraín und den anderen aus der Oberstufe, solche Sachen eben, Erinnerungen, und er hat mir von seinen Freunden erzählt.

Eine Woche, bevor er zwanzig wurde, wurde er von der Mine getötet, und an seinem Geburtstag kam ein Brief von Dalia. Sie wünschte ihm Glück und schickte ihm einen Kuss, einen dicken Kuss.

Deswegen kam es mir so komisch vor, Juan Carlos im Sarg liegen zu sehen. Man hat das Gefühl, dass hier niemand stirbt, dass wir alle hundert Jahre alt werden. Da drüben war das anders, man dachte: Wird es heute mich treffen? Hier denkt man nie an den Tod, und trotzdem sterben die Leute auch hier. Jetzt war er an der Reihe, er, der nie um etwas kämpfen musste.

»So war das also?«

»Hat er dir das nie erzählt?«

»Natürlich nicht, Elías. Sei nicht blöd. Du weißt doch, in der Oberstufe hat er kaum ein Wort mit mir gewechselt. Wenn wir drei zusammen waren, hat er immer nur mit dir geredet. Manchmal tat er so, als wäre ich gar nicht anwesend. Deswegen war ich auch so überrascht, als er mich in der Uni angesprochen hat. Aber ich hab nicht länger darüber nachgedacht, hab mir gesagt, wir sind doch jetzt erwachsen, oder? Mich hat nur gestört, dass er sich an mich rangemacht hat, wo er doch dein Freund war. Ich weiß nicht, das hat mir nicht gefallen. Aber das sind wohl überholte Ansichten aus dem Mittelalter.«

Elías sieht sie an und trinkt sein Glas leer. Er spürt, dass der Alkohol ihm zu Kopf zu steigen beginnt. »Warst du wirklich mit einem anderen zusammen, Lucrecia?«

Sie schaut auf die zu dieser späten Stunde leere Tanzfläche. »Warum hast du mich das nicht vor zehn Jahren gefragt?«

»Weil ich ein Idiot war. Und weil ich damals sicher war, dass …«

»Und jetzt nicht mehr?«

»Ich weiß es nicht. Jetzt haben wir über so vieles geredet, und außerdem ist viel Zeit vergangen.«

»Zu viel, glaube ich.«

»Ehrlich gesagt, es ist mir egal, ob du es getan hast oder nicht.«

»Jetzt ist es dir egal. Jetzt ist es dir egal, ob ich eine Schlampe war. Ist es dir wirklich egal?«

»Bitte, Lucrecia, ich hab geglaubt, dass …«
»Natürlich hast du das geglaubt.«
»Aber Juan Carlos hat sich das doch nicht ausgedacht.«
»Was glaubst du? Sag mir die Wahrheit: Was glaubst du?«, fragt Lucrecia und steht auf. »Ich muss zur Toilette«, erklärt sie, ohne eine Antwort abzuwarten.

Elías sieht ihr hinterher und fühlt, dass Lucrecia ihm entgleitet, wie vor zehn Jahren. Und er denkt: ›Warum habe ich das alles geglaubt? Was, zum Teufel, habe ich mit meinem Leben gemacht?‹, während vom Band die Instrumentalversion eines gefühlvollen Songs aus früheren Zeiten läuft, den Elías lange nicht mehr gehört zu haben glaubt.

»Hör mal, wie schön«, sagt er, als Lucrecia zurückkommt.

»*As Time Goes By*«, erwidert sie. »Der arme Bogart, träumt von der Vergangenheit.«

Träge spielt das Piano die melancholische Melodie aus glücklichen Zeiten.

»Komm, wir gehen«, sagt Lucrecia fast im Befehlston, und Elías begibt sich zur Kasse, um die Getränke zu bezahlen.

Als sie in die kalte Nacht hinaustreten, folgt ihnen die Musik noch einen Moment, bis sie von der sich schließenden Tür, dem Geräusch des Windes, der durch die Bäume fegt, und dem Rascheln der Blätter verschluckt wird.

Was willst du sonst noch über mein Leben wissen? Es gibt nichts mehr darüber zu erzählen. Das Leben kann manchmal so einfach sein: Ich habe nie jemanden sterben sehen, musste nie große Opfer bringen, und mir wurde nie etwas Außergewöhnliches abverlangt. Aber das soll nicht heißen, dass ich mein Leben nicht mag. Es war immer ruhig, leicht, während du in Angola warst und der Frosch sterben musste, noch bevor er zwanzig wurde.

Nachdem Williams mich verlassen hatte, habe ich noch

andere Männer kennengelernt, fast hätte ich gesagt, andere Jungen, dabei bin ich selbst ja kein junges Mädchen mehr, obwohl es mir schwerfällt, es zu glauben. Aber es gab keinen Mann, der mir etwas bedeutet hätte. Ich glaube, ich wollte nur nicht allein sein. An manchen Tagen beneide ich meine Freundinnen, die verheiratet sind und Kinder haben, aber dann wieder tun sie mir leid. Sie haben für den Rest des Lebens ihre Freiheit verloren. Sie sind nicht mehr sie selbst, sie sind die Mutter ihrer Kinder und die Frau ihres Mannes.

Aber die Jahre gehen vorüber, und in diesen Jahren passieren immer noch Dinge, und ich frage mich, wohin das führen wird. Ich brauche jemanden an meiner Seite, warum soll ich es leugnen, obwohl ich immer wählerischer werde. Ich ertrage immer weniger Leute, denn ich schleppe eine Bürde mit mir herum, und die heißt Erfahrung. Hast du gehört? Ich bin eine Frau mit Erfahrung. Einzig und allein deshalb, weil die Zeit vergeht und immer mehr Narben zurückbleiben. Es gibt Narben, die nicht verblassen, Elías. Erinnerungen können ein Unglück sein … Scheiße, das hört sich wieder an wie ein verdammter Bolero.

»Hast du dich gut gefühlt?«

»Ja, ich glaube, ja«, antwortet Lucrecia. »Warum bist du damals nicht zu mir gekommen, Elías? Warum hast du nicht mit mir gesprochen?«

»Hab ich dir doch schon gesagt, Lucrecia. Aber das ist vorbei. Vergiss es, bitte.«

»Ich kann nicht. Wolltest du nicht die Zeitmaschine ausprobieren? Nun, ich kann jetzt nicht mehr aussteigen. Warum sind wir sonst hier?«

»Versuch nicht, mich durcheinanderzubringen, Lucrecia, ich hab zu viel getrunken.«

»Man hat ein Recht darauf, zu erfahren, warum sich sein Leben verändert hat, findest du nicht?«

»Ja, ich glaube, ja.«

»Wie gläubig du bist. Ja, gläubig. Ich dagegen werde langsam zur Atheistin.«

»Hör auf damit, ja?«, bittet Elías und legt ihr den Arm um die Schultern.

»Keine Sorge, ich hör schon auf. Besser, wir hätten gar nicht davon angefangen.«

Schweigend gehen sie durch die menschenleere Straße, lauschen dem Flüstern der Luft und des Meeres, atmen die kalte Brise ein, die die Wirkung des Añejo mildert.

»Wohin gehen wir?«, fragt Elías, als er merkt, dass Lucrecia bestimmt, wohin ihr Weg sie führt.

»Ich gehe zu mir, und du zu dir. Wie damals. Alles wie damals in jener Nacht.«

»Was bin ich doch für ein Blödmann. Ich hab wirklich geglaubt ...«

»Zuerst hab ich das auch geglaubt. Aber ich habe dir von Anfang an gesagt, dass es keinen Sinn hat. Und jetzt noch weniger. Jetzt hat es wirklich keinen Sinn mehr, und außerdem bin ich Atheistin«, sagt Lucrecia und kneift die Augen zusammen, um die Nummer des Busses zu entziffern, der die Stille der Nacht zerreißt. »Schade, nicht wahr?«

1985

Die Grenzen der Liebe

Für Villafaña, den bekloppten Spinner

Mittwoch

Um zwanzig nach zwei in der Nacht klingelt der Wecker. Es ist eine Erleichterung. Du stellst fest, dass du schlecht geschlafen hast, weil dir kalt war. In den vier Stunden, die dem Schlaf gewidmet waren, hast du ständig den unbegreiflichen Wunsch verspürt, aufzustehen und etwas zu tun, vielleicht nur zu urinieren, aber du hast dich nicht getraut, das Bett zu verlassen. So geht es dir immer.

Du spürst die Kälte, die durch die offene Balkontür ins Zimmer kriecht. Magaly, bis zum Kinn bedeckt, hat sich des gemeinsamen Lakens und der einzigen Wolldecke bemächtigt. Du betrachtest sie, während du dich ankleidest. Noch im Schlaf, mit leicht geöffnetem Mund, das Haar über der Stirn, behält sie ihre lässige, kühle Eleganz. Du würdest sie gern küssen, aber die Uhr zeigt schon halb drei.

Du stellst die gusseiserne Kaffeekanne auf den Herd und trittst hinaus auf den Balkon. Deine Augen brennen, dein Mund ist trocken. Der Wind weht dir ins Gesicht und vertreibt die mittlerweile chronische Müdigkeit. Zu dieser nächtlichen Stunde weht eine sanfte Meeresbrise, die einzige des Tages, die den leichten Geruch der nahen Bucht heranträgt. ›Ich werde die Balkontür schließen‹, denkst du, denn du fürchtest, die kühle Luft könnte Magaly aufwecken, doch dann tust du es doch nicht. Du spuckst auf die Straße hinunter. ›In diesem Moment‹, denkst du, ›ist es in Havanna neun Uhr abends, und es ist warm.‹

Im Stehen trinkst du eine Tasse von dem starken und bitteren angolanischen Kaffee, an den du dich erst nach mehreren Monaten gewöhnen konntest. Nur noch eine

Viertelstunde bis zur Wachablösung, doch gegen deine Gewohnheit, pünktlich den Dienst anzutreten, stützt du die Ellbogen auf die Balkonbrüstung und rauchst in aller Ruhe eine Zigarette, die den Kaffeegeschmack auf der Zunge verstärkt. ›Meine letzte Wache‹, denkst du, ›das wars dann, Leute‹, und du schaust auf die schlafende Stadt, auf die mit wenigen Lichtern gesprenkelten Häuserfassaden, die menschenleeren Straßen, die fast stockdunkle Nacht, die nur von den gleißenden Spuren der Leuchtraketen durchbrochen wird, die irgendein gelangweiltes Mitglied der Befreiungsarmee Angolas, der FAPLA, in der Gegend um den Mutamba-Platz abfeuert. Luanda ist trist und nachts noch ungastlicher. Du versuchst, alles in dich aufzunehmen, als fürchtetest du, die Orte, an denen du zwei Jahre gelebt hast, zu vergessen. Denn am nächsten Mittwoch, wenn du mit deiner Kalaschnikow wieder Wache schieben müsstest, wirst du bereits in Havanna sein, und die endlosen Monate deines Einsatzes verwandeln sich dann in eine Verdienstmedaille, eine Notiz in der Wochenzeitung für die freiwilligen Kämpfer und eine lange Geschichte mit unterschiedlichen Versionen und Wahrheiten, je nachdem, ob du sie deiner Frau oder deinen Freunden erzählen wirst, oder deinen Kindern, die doch irgendwann wohl kommen werden, oder?

Mittwoch

»Das Wasser fehlt«, sagt er, und Magaly dreht sich um und schaut auf den Tisch, als könnte sie nicht glauben, dass dort tatsächlich etwas fehlt. Sie stellt den Wasserkrug zwischen die Schüssel Reis und die Schälchen fürs Dessert und lässt sich mit einem Seufzer der Erleichterung auf einen Stuhl fallen. Sie essen schweigend, während eine Ballade von den Beatles läuft. Magaly bemüht sich, die Musik, die er immer auflegt, nicht zu hören. Sie mag die Bee Gees und Donna Summer lieber, zu deren aufpeitschenden Songs sie auf den letzten Partys bis zur Erschöpfung getanzt hat. Sie versteht seine übertriebene Begeisterung nicht, seine Ergriffenheit jedes Mal, wenn er die Geschichte von diesem *fool on the hill* hört, die er immer, leise und mit gerunzelter Stirn, mitsingt.

Zwanzig Monate haben sie in dieser Wohnung, die zu ihrem gemeinsamen Zuhause geworden ist, zu Mittag und zu Abend gegessen. Zuerst war er im fünften Stock untergebracht gewesen, zusammen mit drei weiteren Männern, während er darauf gewartet hatte, dass der Funktionär abreiste, dessen Platz er einnehmen sollte. Als er endlich in die Funktionärswohnung im zehnten Stock des Gebäudes umziehen konnte, sah er sich plötzlich mit dem Problem konfrontiert, selbst für seine Verpflegung sorgen zu müssen. Sein ganzes bisheriges Leben hatten sich andere zu seiner vollsten Zufriedenheit darum gekümmert, zuerst seine Mutter, dann Tania, und jetzt lastete die Aufgabe, für sich selbst zu kochen, genauso schwer auf ihm wie die Einsamkeit.

Doch dann war ihm, wie ein Engel, Magaly begegnet, ein Himmelsgeschenk. Von seinen Freunden, die bereits in Angola gewesen waren, wusste er, wie wichtig die Gesellschaft einer Frau war, doch er hatte sich nicht getraut, das Ministerium um die Verschiebung seines Einsatzes zu bitten, damit Tania ihn nach Abschluss ihres Studiums begleiten könnte.

In der von Konserven, pappigem Reis und Einsamkeit geprägten Zeit spielten sich seine Tage zwischen dem Dienst, den langen Jammerbriefen an seine Frau und dem allabendlichen Anschauen von Videokassetten im Keller des Gebäudes ab. Die Zeit kam ihm endlos zäh vor, und jede Woche, die er dem Kalender entreißen konnte, erschien ihm wie ein Jahr seines Lebens. Als jedoch die Ankunft einer neuen Sekretärin aus Camagüey angekündigt wurde, jung, hübsch und ledig, zählte der Genosse im Büro auf, ahnte er, dass seine Stunde gekommen war. Er war im wilden Afrika, sagte er sich, und die Jagd hatte begonnen. Er würde sie mit gespielter Gleichgültigkeit einladen, ihn irgendwann in seiner Wohnung zu besuchen, er habe da eine wunderbare Kassette mit den schönsten Balladen der Beatles.

Mittwoch

Er küsst sie auf die Schultern und den Hals und fährt mit der Zunge über ihre zweiundzwanzigjährigen, festen Brüste, deren Warzen bei der kleinsten Berührung hart werden. Erregt von der Wärme ihres Bauchs, hebt er eins ihrer Beine und legt es an seine Hüfte, um sie intensiver zu spüren. Magaly reibt ihren üppigen Schamhügel an ihm. Sie geben sich einander schweigend hin, decken sich mit Küssen und Speichel ein, und dann lieben sie sich mit dem Ungestüm des Unwiederbringlichen.

Während er in sie eindringt und ihre sich windenden, zuckenden Bewegungen spürt, sieht er Tania vor sich, ebenfalls nackt und weit geöffnet. Er muss die Augen aufmachen, das zufriedene Schnurren Magalys hören, wieder ihre Brüste und ihre Lippen küssen, um das hartnäckige Gespenst seiner Frau aus seinem Kopf zu verbannen.

Danach holt er ein Glas Kaffee aus der Küche. Er zündet sich eine Zigarette an und legt sich wieder neben Magaly aufs Bett.

»Rauch nicht so viel, hinterher hustest du wieder die ganze Nacht.«

»Nach den Frauen sind Zigaretten und Kaffee das, was ich am meisten liebe. Ich glaube, es stimmt, man schläft mit einer Frau, um einen Grund zu haben, sich danach eine Zigarette anzuzünden. Also muss ich auch die Konsequenzen akzeptieren.«

»Alle?«

»Fast alle.«

Sie sieht ihn an, drückt seine Hand und sagt: »Ich glaube, ich muss gleich weinen.«

»Ich weiß noch nicht, was ich machen soll, ehrlich.«

»Ich möchte nicht, dass du fortgehst.«

Er nimmt die Zigarette aus dem Mund und küsst sie auf die Stirn. Dann streicht er ihr die Haare aus dem Gesicht.

»Schließlich ist Tania meine Frau, seit zehn Jahren.«

»Seit acht, die letzten beiden gehören mir. Warum kannst du dich nicht von ihr trennen?«

»Ich weiß noch nicht, was ich machen werde. Hab ich dir doch schon gesagt. Es ist die Wahrheit. Versetz dich mal in meine Lage. Ich liebe dich, aber sie ist meine Frau und hat zwei Jahre auf mich gewartet. Versetz dich in meine Lage!«

»Und warum versetzt du dich nicht in meine?«

Donnerstag

»Also, das ist der letzte Brief. Gott sei Dank. Ich kann es kaum glauben, dass es schon bald so weit ist und dass so viel Zeit vergangen ist. Dreiundzwanzig Monate!

Ehrlich gesagt, ich weiß nicht mehr, was ich dir schreiben soll. Hier geht es allen gut, auch Terry (mit seiner ewigen schlechten Laune) und El Negro (mit seinem ewigen Gekratze). Alles ist für deine Ankunft vorbereitet, wir werden eine große Party geben, um deine Rückkehr und meinen Abschluss zu feiern. Was für zwei Jahre!

Bier hab ich schon besorgt. Übrigens, ich habe es mit dem eigenen Auto geholt und kann es kaum erwarten, dass du mich am Steuer siehst. Bestimmt wirst du meckern, weil ich nicht richtig schalte, aber ich sags dir gleich: Es ist mein Auto! Na gut, ich werde dich auch mal ans Steuer lassen (um mich spazieren zu fahren).

Vergiss nicht, mir das Shampoo mitzubringen, das du mir geschickt hast, es ist super. Und gib kein Geld für Geschenke aus, kauf nur was für dich, schließlich bist du es, der sich da drüben den Arsch aufgerissen hat …

Ich hab so große Lust, dich wiederzusehen, Blödmann.

Es erwartet und liebt dich, wie immer,

Tania

Einen ganz, ganz dicken Kuss (als Vorschuss auf das, was dich erwartet). Iss anständig, du weißt ja: Jabberwocky, die Bestie des Imperiums, wird über dich herfallen. Und noch einen Kuss, nicht ganz so dick, klar.

Ach ja, das Wichtigste hab ich vergessen: Über den Freund von Felito hab ich ein Zimmer im Mar Azul reserviert. Eine Woche, von Samstag auf Samstag. Auftrag erledigt! Noch einen Kuss? Na schön, noch einen.«

Donnerstag

»Hast du Post bekommen?«, fragt Magaly. Er nickt. »Da freust du dich aber, was?«

»Sei nicht so, Magaly. Du weißt, wie schwierig es für mich ist. Jeder freut sich, wenn er nach Kuba zurückkann, und mir geht es nicht anders. Und du weißt auch, dass ich mir Sorgen um dich mache.«

»Du musst dich entscheiden, Ernesto. Zeig mir lieber, dass du dir wirklich Sorgen machst, und hör auf, es nur zu sagen. Für dich ist es einfach, abzuhauen und da weiterzumachen, wo du aufgehört hast.«

»Verdammt, Magaly, hör um Gottes willen auf mit der alten Leier.«

Der Abend senkt sich über die Stadt. Vom Balkon aus beobachtest du den unablässigen Verkehr, die modernen europäischen Autos, die Luandas Straßenbild prägen. Sie ist in der Küche verschwunden, und du denkst, dass du zu schroff zu ihr warst. Zum ersten Mal bereust du es, das Mädchen in ihren Hoffnungen und Zukunftsträumen bestärkt zu haben, was du niemals hättest tun sollen. ›Bin ich ein Scheißkerl?‹, fragst du dich, und du fragst dich auch, ob der Entschluss, mit Tania zusammenzubleiben, wirklich unumstößlich ist. Du hörst Magaly am Herd hantieren und fühlst dich nicht in der Lage, abzuschätzen, wie sehr du in sie verliebt bist und wie sehr du Tania brauchst. Seit vielen Monaten schon kannst du dich nicht mehr an Tanias Gesicht erinnern. Das ist dir irgendwann in den ersten Monaten deines Einsatzes aufgefallen, während du ihr einen Brief schriebst und ihr ewige Treue schworst. Du hast versucht, ihr Gesicht zu rekonstruieren, aber es gelang dir nur, sie dir in einer bestimmten Situation vorzustellen: Du sahst sie, wie sie in ihrem blauen Bademantel aus dem Bad kam und sich mit dem weißen Handtuch die frisch gewaschenen Haare abtrocknete. Danach hast du versucht, sie dir nackt vorzustellen, doch der vertraute Körper deiner Frau wurde unpräzise, vermischte sich mit dem anderer Frauen, die du gekannt hast. Sehr merkwürdig. Und ihr Gesicht, dieses Gesicht, das du am meisten an ihr liebst, verwandelte sich in einen undefinierbaren Fleck, der erst wieder ein menschliches Aussehen bekam, als du ihr Foto aus der

Brieftasche nahmst und es dir ansahst. Immer, wenn du seither ihre Fotos zu Hilfe nehmen musstest, fühltest du dich sonderbar, unschuldig schuldig an dem unfreiwilligen Vergessen ihres Gesichts, das du acht Jahre lang jeden Tag gesehen, das einzige Gesicht, das du als erwachsener Mann geliebt hattest. Bis Magaly auftauchte.

Erinnerst du dich? Als Magaly auftauchte, warst du von dem Gedanken besessen, du könntest hier in der Ferne sterben. Und als du dich mit Magaly eingelassen hast, wolltest du dir einreden, dass eine reale, hübsche und unkomplizierte Frau aus Fleisch und Blut besser sei als eine imaginäre aus Fantasie und Nostalgie. Es war dir nicht gelungen, dich mit deiner Arbeit und den Reisen in zweifelhaften Flugzeugen ins Landesinnere abzulenken. Die Dominopartien im dritten Stock langweilten dich schnell, und bald schon kanntest du alle Horrorfilme, die im Videoraum im Keller des Gebäudes gezeigt wurden. Und bei dem bloßen Gedanken, dich in die Küche zu stellen, um für dich alleine eine fade Mahlzeit zuzubereiten, verging dir der Appetit. Magaly war so etwas wie eine Notwendigkeit für dich, ohne dass sie den Platz der fernen Tania hätte gefährden können.

Aus der Küche kommt nun der unwiderstehliche Geruch der schwarzen Bohnen, und auf Luanda senkt sich die Nacht, verschluckt das Leben einer Stadt, die mit der Sonne stirbt. Er betrachtet die geschlossene Badezimmertür und den schmalen Lichtstreifen am unteren Rand. Er geht ins Bad und schiebt den Duschvorhang zur Seite. Magaly ist gerade dabei, sich einzuseifen, er nimmt ihr den Schwamm weg und fängt an, ihr den Rücken abzureiben, die Oberschenkel, die Pobacken.

Und dann lieben sie sich auf der blauen Kloschüssel.

Freitag

Obwohl es morgens nicht mehr so kalt ist wie im Juni und Juli, zieht er es vor, die Fenster des Lada geschlossen zu halten. Der angolanische Morgendunst, der *Cacimbo,* lichtet sich, doch der Himmel bleibt grau bis zum Mittag, und die Luft ist drückend.

Während seines einmonatigen Urlaubs in Kuba im letzten Jahr freute er sich jeden Morgen über einen klaren, fernen Himmel, der ihn alles vergessen ließ, auch Magaly, sodass er die dreißig Tage ohne Dienstvorschriften in vollen Zügen genießen konnte. Damals dachte er nicht an den Tod.

Seine Beziehung zu Tania verlief in sicheren, seit vielen Jahren klar abgesteckten Bahnen, zusätzlich befeuert jedoch von elf Monaten erzwungener Trennung. Und es stellte sich ihm nicht die Frage, ob Magaly mehr war als eine Art angolanischer Ehe. Er war überzeugt, dass das Mädchen ein erstklassiges Schmerzmittel gegen die Einsamkeit war und dass alles so problemlos enden würde, wie es begonnen hatte. Für ihn hatte das Ganze nicht das nötige Gewicht, um eine wirkliche Option zu werden.

Er schätzte die Stabilität, die Tania ihm garantierte. Vielleicht waren die Jahre intensiver Liebe vorbei, doch er genoss die Ruhe eines nach seinem Geschmack und seinen Bedürfnissen erbauten und eingerichteten Hauses. Und es verband sie so vieles: die Zeiten des gemeinsamen Studiums, Tanias aufopferungsvolle Unterstützung, mit der sie ihm ermöglicht hatte, sein Studium abzuschließen, ihre Treue, die sie ihm stets bewiesen hatte, ihr Geschick, ihm das Leben angenehm zu machen.

Doch ein weiteres angolanisches Ehejahr, zwölf Monate bedingungslosen und rettenden Zusammenseins, hatten Magalys Anwesenheit unverzichtbar gemacht. Er hatte gelernt, hinter dem Gesicht und dem wundervollen Körper des Mädchens andere Schönheiten zu entdecken. Magaly half ihm, mit sich ins Reine zu kommen, seine Ängste und Befürchtungen zu überwinden und eine angenehme innere Ruhe zu finden, ein Gefühl befriedigten Verlangens, das jedoch durch einen einzigen Kuss jederzeit erneut aufflammen konnte. Es war eine unkomplizierte, vorurteilsfreie Beziehung, der, vielleicht weil ihre Zukunft von Anfang an unsicher war, eine pralle Sinnlichkeit ohne Makel innewohnte.

Und nun, da er sich entscheiden muss, sieht er sich gezwungen, abzuwägen, und das behagt ihm nicht. Er kommt sich schäbig vor. Gegen Magaly stehen Tanias Haus, das Auto, das ihm bewilligt wurde, die Sicherheit und das Vertrauen und schließlich das Versprechen, das sie sich zwei Tage vor seiner Abreise nach Angola gegeben haben: »Ich warte auf dich«, hat sie gesagt, »wie immer. Und ich verzeihe dir alles, außer, wenn du mit einer anderen zurückkommst. Ich warte auf dich und tu alles für dich, aber das ist meine Bedingung.«

»Was ist los?«, fragt ihn Magaly, als er scharf bremst.

»Nichts, ich war mit meinen Gedanken woanders.«

»Denkst du immer noch an Kuba?«

»Denkst du nicht an Kuba?«

»Entschuldige, aber ich bin sehr angespannt. Manchmal glaube ich, dass es besser gewesen wäre, ich hätte dich nicht kennengelernt.«

»Einspruch ...«

»Scher dich zum Teufel, Ernesto! Ich meine es ernst. Manchmal glaube ich, dass ich durch dich zwei Jahre meines Lebens verloren habe.«

»So darfst du nicht denken. Du hast zwei Jahre mit mir zusammengelebt, das ist alles. Ist es dir so schlecht dabei ergangen?«

»Nein, Ernesto, und genau das ist das Problem: Ich hatte noch nie so eine Beziehung, und jetzt fällt es mir schwer, zu verstehen, dass wir uns trennen müssen.«

»Das habe ich nicht gesagt, Magaly. Ich habe gesagt, dass ich nachdenken muss, dass ich dich sehr mag und dass du Geduld haben musst ...«

»Geduld? Und wie lange, Ernesto?«

Freitag

Das Licht der Glühbirnen wird rötlich, dann zartgelb, und schließlich herrscht absolute Dunkelheit. Er tritt auf den Balkon hinaus und denkt, dass das nun bis zu seinem letzten Tag in Angola andauern wird. Eine Weile schaut er auf die im Dunkeln liegende Stadt und die Scheinwerfer der Autos, die die Straßen nachzeichnen.

»Scheint ein längerer Stromausfall zu werden«, sagt er zu Magaly und geht ins Schlafzimmer, um Taschenlampe und Gewehr zu holen. Er hängt sich die Tasche mit den drei Magazinen über die Schulter und kehrt ins Wohnzimmer zurück.

»Warte, ich hol die Petroleumlampe«, sagt sie, und er gibt ihr die Taschenlampe. Kurz darauf kommt sie mit der Lampe zurück und stellt sie auf den großen Esstisch in der Mitte des Zimmers.

»Pass auf, dass du auf der Treppe nicht stolperst«, warnt sie ihn noch, dann geht er hinaus.

Während er die zehn Stockwerke hinuntergeht, merkt er, wie die Angst in ihm hochkriecht, ein Gefühl der Beklemmung, das im Magen beginnt. In den dreiundzwanzig Monaten hat es solche Situationen häufig gegeben, und als stellvertretender Kommandant des Standorts stieg er dann immer von seiner Wohnung im zehnten Stock hinunter, um den Gebäudeschutz zu verstärken. Und immer, wenn das passierte, erinnerte er sich an die Nächte ohne Strom, in denen Tania und er, ruhig und sorglos, durch die Straßen ihres Viertels spaziert waren und gesagt hatten, dass sie gerne den Typen kennenlernen würden, der den Schalter umlegte und sie im Dunkeln ließ. Sie hatten sich ein Monster vorgestellt, behaart, mit furchtbar langen Eckzähnen. Manchmal hatten sie den Stromausfall genutzt, um sich an einer Straßenecke mitten im Stadtzentrum zu küssen und sich auf offener Straße zu liebkosen. Und einmal hatten sie sich, im Schutze der Dunkelheit, auf der Treppe ihrer alten Schule geliebt. Immer, wenn der Strom ausfiel, wünschte er sich, Tania wäre bei ihm und stünde ihm auch in solch angespannten, gefährlichen Situationen bei.

Samstag

»Gehst du jetzt zum freiwilligen Einsatz, oder nicht?«, fragt sie.

Er sieht ihr vom Bett aus zu. Magaly hat die Tarnhose für militärische Übungen angezogen und das pechschwarze Haar unter einem rot geblümten Kopftuch verborgen. Sogar in diesem Aufzug ist sie hübsch, denkt er und hat Lust, sie zu küssen.

»Nein«, antwortet er, »mir reichts. Ich hab mein Soll an freiwilligen Einsätzen schon mehr als erfüllt. Geh du hin, ich bleibe hier und lese ein bisschen.«

»Na gut«, sagt Magaly und geht.

Du zündest dir eine Zigarette an und wirfst das Streichholz durchs offene Fenster. Du drehst dich zur Wand und betrachtest die unbekannten Fische und Vögel, die die Feuchtigkeit hinterlassen hat. Du hast keine Lust, zu lesen oder sonst etwas zu tun, möchtest nur jene Tiere ansehen, die die Feuchtigkeit und deine Fantasie geschaffen haben. Die dienstfreien Samstagnachmittage und endlosen Sonntage machen dich völlig apathisch. Das Schlimmste an diesen beschäftigungslosen Stunden sind die Gedanken an den Tod. Seit deiner Ankunft in Angola ist der Tod zu einem realen Gespenst geworden, das dich jeden Moment ungestraft anspringen kann, wie du es in Kuba nie erlebt hast. Mit der Zeit hast du dich sogar an den Gedanken gewöhnt, dass du hier sterben könntest, und diese unbekannte Angst jagte dir bisweilen einen Riesenschrecken ein. Was dich vor allem fertiggemacht hat, war der Gedanke an die Wunden, die du mit deinem Scheißtod schlagen würdest. Und an die unerledigten Dinge. Und an das Endgültige des Todes ...

Nie hast du den Flug von Menongue aus in einem Gott weiß wie viel Fuß hohen Transportflugzeug der Armee vergessen können. Es war im zehnten Monat deines Einsatzes. Du atmetest die von Mehlstaub, verbranntem Öl und Kerosin getränkte Luft ein, die im Bauch der Maschine waberte, bis dein Herz plötzlich einen Sprung tat und du ein leeres Gefühl der Hilflosigkeit im Magen verspürtest. Ein schrilles Geräusch in den Ohren drohte deine Trommelfelle zum Platzen zu bringen. Dieser Flug wird dein letzter sein, dachtest du. Das Ende von allem. Und als du den Kopiloten sahst, der schwitzend aus der Kabine kam und im hinteren Teil der Maschine verschwand, hast du die Augen geschlossen und ergeben gewartet. War es Angst?

Als du, schwindlig und mit für immer ruinierten Trommelfellen, endlich den Fuß auf die asphaltierte Landepiste von Luanda setztest, wusstest du besser denn je, wie sehr du das Leben liebst und wie sehr du deine Frau liebst, die so gut wie unsichtbare Tania, an deren Gesicht du dich nicht erinnern konntest. Du hast erst in dem Moment an sie gedacht, als du dich am Ende des Weges wähntest. Ja, es war Angst.

Seither sind mehrere Monate vergangen. Du setzt dich im Bett auf und wirfst die Zigarettenkippe durchs Fenster. Ohne Magaly, denkst du, hättest du all das nicht ertragen können. Du stehst auf und drückst die Play-Taste des Kassettenrecorders. Paul McCartney singt *Till There Was You*, und du erinnerst dich an das erste Mal, als du mit Tania nach diesem Song getanzt hast. Das ist nun mehr als zehn Jahre her, und jedes Mal, wenn ihr diese sanfte Schnulze – wie sie sagte – hörtet, musstet ihr darauf tanzen. Was zum Teufel soll ich machen?, fragst du dich. Du schließt die Augen und beginnst, dich im Rhythmus der Musik zu bewegen.

Sonntag

Das Wohnzimmer erscheint größer, denn sie haben die Möbel auf den Balkon gestellt. Die Musik aus dem Recorder dröhnt ein bisschen zu laut, und auch das Licht ist einen Tick zu hell.

Er beobachtet Magaly in ihrer Rolle als Gastgeberin und versucht, sie sich als Hausherrin in Kuba vorzustellen, für immer, umringt von den Kindern, die sie sich wünscht, und er denkt an einen alten Film mit der noch im Elend wunderschönen Anna Magnani.

Magaly ist das Einzige, was ihn mit diesem Abschiedsfest verbindet. Alles andere ist ihm vollkommen gleichgültig, denn der Wunsch, wieder in Kuba zu sein, bestimmt all sein Streben und nimmt seine Gefühle voll und ganz in Anspruch. Die anderen genießen das Fest, jeder auf seine Weise. José Antonio, seine Ablösung, sitzt neben seiner Frau, beobachtet, wie alle Neuankömmlinge, das Verhalten der Veteranen und nutzt jede Gelegenheit, sie zu fragen, wie dies und das funktioniert und wo man jenes bekommt. Hermes hat tüchtig gebechert und schläft auf dem Sofa. Manuel reißt Witze, wie immer, und Arias und Chana, die von der Zeitung, hören ihm zu und lachen still in sich hinein. Sie lachen immer. Joe steht neben dem Recorder und singt im Wettstreit mit Roberto Carlos seine eigene Version von *Volver* (»Zurückkommen«), wobei er sicherlich seine eigene, kurz bevorstehende Rückkehr meint. Ernesto betrachtet die Medaille, die ihm heute Mittag verliehen wurde, und denkt, dass er sie verdient hat und dass er jetzt endlich nach Hause kommt und dass, jawohl, der Schnee der Zeit und das Chloroquin seine Schläfen weiß gefärbt haben.

Magaly kommt mit einem Glas in der Hand zu ihm und hält es ihm hin. Es ist billiger, starker Whisky, der jedoch angenehm den Gaumen kitzelt, gut runtergeht und schnell betrunken macht.

»Gehts dir gut?«, fragt sie und legt ihm den Arm um die Hüfte.

»Ja, nur etwas müde. Und dir?«

»Ich weiß nicht, geht so, ein wenig beschwipst.«

»Dann hör auf zu trinken.«

»Du hast mir nichts zu befehlen«, erwidert sie lächelnd, »also lass mich trinken«, und sie küsst ihn auf den Rand des Schnurrbarts.

»Der Salat war gut.«

»Hat er dir geschmeckt? Hab ich extra für dich gemacht.«

»Guck mal, Joe, wie er singt.«

»In vier Monaten werde ich auch so singen. Und mal sehen, wie du erst singst, wenn ich zu dir nach Hause komm und sage, hey Adonis, hier bin ich. Mal sehen, was für ein Gesicht du dann machst, mein Zuckerschnäuzchen …«

»Hast du Lust, Stress zu machen?«

»Und wie! Irgendwas muss ich doch machen, oder? Du stehst hier wie ein Holzklotz und forderst mich nicht mal zum Tanzen auf.«

Er stellt das Glas auf einen Stuhl, nimmt sie bei der Hand und führt sie in die Mitte des Zimmers. Mit dem rechten Arm umfasst er ihre Taille, und sie beginnen zu tanzen. Sie bewegt sich ungelenk und lächelt ihn an.

»Joe soll was Flotteres spielen, mal sehen, ob du mit mir mithalten kannst, Opachen.«

»Wart nur, bis die Leute weg sind, dann geb ich dir was Flotteres. Schau mich nicht so an, es ist die letzte Nacht, danach werde ich dich vier Monate nicht mehr sehen.«

»Wirst du dich an mich erinnern, Ernesto?«, fragt sie und legt die Arme um seinen Hals, als könnte sie ihn so für immer festhalten.

Sonntag

Lass sein, du brauchst nicht aufzuräumen, ich mach das alles morgen früh. Hast du gemerkt? Das ist hier wie bei einem Ferienhaus am Strand, wir müssen es blitzsauber hinterlassen, denn morgen fliegst du nach Kuba, und ich zieh in eine andere Wohnung um. Mir bleibt auch nichts erspart! Puh, ich muss mich hinsetzen, ich bin ziemlich betrunken. In meinem Kopf dreht sich alles, ich weiß nicht, warum ich so viel getrunken habe. Was schaust du mich so an? Nein, heute nicht, vergiss es. Komm, setz dich ein wenig zu mir. Gleich gehen wir schlafen. Komm her, nein, noch näher. Ich bin etwas rückständig, nicht wahr? Ich weiß noch, wie die anderen Mädchen in der Oberstufe zu mir gesagt haben, ich sei blöd, weil ich beim Tanzen keinen zu nah ranließ und weil ich sagte, dass ich heiraten und drei Söhne haben wollte. Vielleicht bin ich altmodisch, was meinst du? Na ja, du willst noch keine Kinder haben, also frag ich dich einfach nur so. Sag mal, Ernesto, bin ich betrunken? Ich hab noch nie so viel Whisky getrunken, drei Gläser, und jetzt gehorcht mir meine Zunge nicht mehr. Ich will dich ganz fest drücken, verdammt noch mal! Ich weiß nicht, es ist schwer, sich so zu verlieben, ein Scheißspiel. Was für ein schlechtes Timing! Aber ich wollte schon immer so einen wie dich haben, irgendwie nutzlos und kompliziert. Wirklich, du bist sehr kompliziert, und du denkst zu viel. Nein, lass mich, fass mich da nicht an. Ich hab mich schon seit Jahren nicht mehr so verliebt, und dann passiert mir das mit dir. Muss wohl an Angola liegen, hier wird man romantisch oder was weiß ich. Ich werd dir jeden Tag schreiben. Darf ich dir jeden Tag schreiben? Egal, ich hab Lust dazu, ich werde dir alles erzählen, wie es mir geht und dass ich dich noch genauso liebe. Ich werde dich vermissen, Alter. Wir waren viele Monate zusammen, und, na ja, wem soll ich die Wahrheit erzählen, wenn nicht dir, und die Wahrheit ist, dass ich geglaubt habe, du würdest bei mir bleiben. Hab sogar geträumt, wir würden heiraten und alles, und ich hab mich gefreut, wenn du mir erzählt hast, was wir zusammen in Kuba machen werden. Wegen dir habe ich meinen Einsatz hier leichter ertragen, und dafür danke ich dir, aber für mich wird es sehr schwer sein, nach Kuba zurückzukehren und von vorn anzufangen, wieder alleine. Ich hatte mich so an dich gewöhnt, und jetzt hab ich das Gefühl, dass ich meine Zeit vergeudet habe. Warte, ich muss dir noch was sagen. Weißt du, dass es das dritte Mal ist, dass ich mich so verliebe? Und immer passiert mir dasselbe! Alle haben gesagt, dass sie mich lieben, dass sie nicht ohne mich leben können und all das, und dann, na ja, dann haben sie einfach weitergelebt, auch ohne mich. Für mich war es sehr wichtig, mit dir hier zusammen zu sein, mehr, als du denkst, Ernesto. Zum ersten Mal hatte ich etwas, was mir gehörte, die Wohnung, die Küche, du. Zum ersten Mal hatte ich das Gefühl, etwas zu besitzen, und jetzt wird mir klar, dass alles nur ein Spiel war, und wenn ich nach Kuba zurückkomme, werde ich wieder da sein, wo ich vorher war, nur eben zwei Jahre älter und mit einer weiteren Kerbe am Revolvergriff, wie ihr sagt. Jaja, ich weiß, ich kann wieder ganz neu beginnen, aber wie oft soll ich denn noch von vorn anfangen? Ich bin eine ganz normale Frau, oder? Klar, deine Tania ist Ingenieurin, ich bin nur eine einfache Tippse, und was ich mir am meisten wünsche auf dieser Welt, ist, ein Kind zu kriegen. Lass mich ausreden, verdammt! Ich will wenigstens einen Grund haben, etwas zu bereuen. Wenigstens das. Für dich ist alles einfacher: Du kannst auswählen. Ehrlich gesagt, ich weiß nicht … Ich weiß nicht, warum einem in meinem Alter so was passieren muss. Puh, ich hab Kopfschmerzen. Lass mich, nimm die Hand da weg, Mann, hör auf, ich meine es ernst. Kannst du nicht einen Moment Ruhe geben? Heute ist nichts drin für dich, du hast es nicht verdient. Lässt mich einfach hier zurück, du Arsch, und ich liebe dich doch so sehr! Ich schwöre dir, ich wollte, morgen wär schon vorbei, und du wärst weg, und ich könnte dich und das alles einfach vergessen. Sag mal, Ernesto, kann es sein, dass die Liebe zwischen zwei Menschen so lange dauert wie ein Einsatz in Angola?

Sonntag

Was hast du? Bist du verliebt? Hat sie dich zu Tränen gerührt? Liebst du sie? Weißt du nicht, was du machen sollst? Mit Tania? Mit deinem Leben? Du verfluchst deine eigene Mutter, aber sie kann nichts dafür, oder?

Montag

Er betritt die Wohnung und ruft, Magaly, und das Mädchen kommt aus dem Schlafzimmer.

»Wie wars?«, fragt sie ihn und setzt sich aufs Sofa.

»Alles in Ordnung. Ich bin drei Kilo zu schwer, aber sonst ist alles okay.«

»Wann musst du am Flughafen sein?«

»Um drei«, sagt er und setzt sich ebenfalls aufs Sofa, allerdings auf die andere Seite. »Morgen bin ich in Kuba, kaum zu glauben. Scheiße, zwei volle Jahre«, sagt er und sieht sie an.

Magaly reibt sich die Hände, als wollte sie sie von irgendetwas säubern. Das offene Haar bedeckt praktisch ihr gesamtes Gesicht, und der verkehrt zugeknöpfte Bademantel lässt fast eine ganze Brust sehen.

»Ernesto«, beginnt sie, doch dann schweigt sie. Er sieht sie wieder an und streckt den Arm aus, um ihre Hand zu ergreifen.

»Magaly, also, ich weiß nicht, wie ich beginnen soll. Ich muss dir nicht sagen, dass ich dich liebe und dass ich dir sehr dankbar bin. Ich muss dich auch nicht daran erinnern, wie wohl ich mich mit dir gefühlt habe und wie schwer es mir jetzt fällt, mich von dir zu trennen. Ehrlich gesagt, ich weiß nicht, ob ich dich liebe, nicht einmal, ob ich irgendjemanden liebe. Ich weiß es einfach nicht. Seltsam, ich freue mich darauf, Tania wiederzusehen, und ich möchte gerne bei dir bleiben. Vielleicht ist es so, dass ich Tania mit Kuba und meinem bisherigen Leben verbinde und ich sie deshalb brauche. Vielleicht.«

»Ich verstehe dich, Ernesto.«

»Einen Scheißdreck verstehst du, weil ich nämlich auch nichts verstehe. Normalerweise mag man eine Frau, oder man mag eine andere, nicht wahr?«

»Sei nicht blöd, so einfach ist das nicht. Man kann mehrere Dinge gleichzeitig, und jetzt hast du eben zwei Frauen, aber die Rolle einer Geliebten ist nichts für mich. Und außerdem, willst du dein Leben für mich ändern? Lass sein, du musst jetzt nicht antworten, denk drüber nach. Tu, was du für richtig hältst, aber eins sollst du wissen: Es wird mich einiges kosten, dich zu vergessen.«

Montag

Das Flugzeug erreicht den Anfang der Piste und kommt zum Stehen. Es ist, als müsste es tief durchatmen, um eine außergewöhnlich große Anstrengung zu meistern. Plötzlich schüttelt es sich, die Motoren fangen an zu zittern, und die Maschine rollt über die Startbahn. Du schaust durch das Fensterchen auf den Flughafen, versuchst, Magalys roten Pullover zu erkennen, siehst aber nur entfernte Schemen, deren Umrisse in der blendenden Sonne zerfließen.

Die Räder lösen sich vom Asphalt, es beginnt der Aufstieg. In vierzehn Stunden werde ich wieder in Havanna sein, denkst du. Tania erwartet dich an der Haustür, stellst du dir vor, deine Hunde springen an dir hoch, schnüffeln an dir, rennen ausgelassen hin und her. Du denkst auch an die letzten Küsse, die du Magaly gegeben hast, und du spürst, dass du noch viel mehr gebraucht hättest. Dich tröstet die Gewissheit, dass die Zeit in Kuba schnell vorbeigeht, aber du weißt auch, dass dir die vier Monate, bis du sie wiedersiehst, wie eine Ewigkeit vorkommen werden.

Du holst dein abgegriffenes Notizbuch aus dem Köfferchen hervor, und auf einer Seite, die irgendein müßiger Sonntag leer gelassen hat, schreibst du Magaly den ersten Liebesbrief. »In der Luft, zehn Minuten nach Abflug«, beginnst du und überlegst einen Moment, wie du weitermachen sollst. Und du fragst dich, ob es wirklich Sinn hat, diesen Brief zu schreiben. Ob überhaupt noch etwas Sinn hat.

1987

Der glückliche Tod der
Alborada Almanza

Alborada Almanza erwachte langsam, aber endgültig und mit dem bestimmten Gefühl, dass ihr an diesem Tag etwas Außergewöhnliches widerfahren würde. Kaum hatte sie die Augen aufgeschlagen, traf sie die Vorahnung wie ein Blitz. Sie versuchte, den Grund für diese Vorfreude herauszufinden, die sie nach einer weiteren schlechten Nacht erfüllte, in der sie wie immer von fiebrigen, grellen Albträumen, an die zu erinnern sie sich nicht die Mühe machte, gequält worden war. Ihr Blick fiel auf den Kalender, den sie selbst angefertigt hatte, doch obwohl es der Tag ihres geliebten Heiligen, des Erzengels Raphael, war, sagte ihr das Datum weiter nichts. Es war weder ihr Geburtstag noch der irgendeines Bekannten und schon gar nicht der ungeduldig erwartete Tag, an dem die zugeteilten Lebensmittel im staatlichen Laden erhältlich sein sollten.

Mit der gebotenen Langsamkeit, um ihre steifen, von der Arthritis geplagten Gelenke nicht zu sehr zu strapazieren, setzte sich die alte Frau im Bett auf und zog ihre zerschlissenen, aus alten Turnschuhen rezyklierten Pantoffeln an. Dann nahm sie all ihre Kraft zusammen, holte Schwung und stand gleich darauf aufrecht neben dem Bett. In diesem Moment beschlich sie die Angst, ihr schönes Erwachen könne lediglich ein weiterer böser Streich der von Hunger, Hitze und Alter hervorgerufenen Albträume sein. Dennoch fühlte sie sich angenehm und leicht, ganz so wie in der Fastenzeit. So einen Traum muss man genießen, dachte sie. Überzeugt, dass ihr ungewöhnliche Dinge passieren würden, auch wenn es weder ihr Geburtstag noch der Tag der Lebensmittelzuteilung war, ging sie entschlossen in die Küche. Dort suchte sie in der Dose, in der sie für gewöhnlich den Kaffee aufbewahrte, nach einem unwiderlegbaren Beweis dafür, dass ein Traum wahr geworden war. Und stellte voller Freude fest, dass die Dose randvoll war mit dem duftenden schwarzen Pulver, das sie so schrecklich vermisst hatte. Die ihr zustehende Menge von zwei Unzen alle vierzehn Tage reichte kaum für drei Frühstückskaffees. An den übrigen elf Tagen musste sie das morgendliche Magengrummeln mit einem Gebräu aus Anis, Orangenblättern oder Zimtapfelknospen besänftigen, das sie mit sehr viel Zucker süßte, um ihrem Blut das bisschen Energie zuzuführen, das ihr half, einen weiteren Tag zu überstehen.

Während das Kaffeewasser aufkochte, suchte Alborada in ihrer Vorratskammer die Tüte mit dem gemahlenen Frühstücksgetreide, das nach Erde schmeckte und Verstopfung hervorrief, und erlebte eine noch größere Überraschung: Dort stand, unangebrochen und unberührt, eine Dose Kondensmilch mit zwei Kühen auf dem Etikett und den kyrillischen Schriftzeichen, die ihr bestens vertraut waren. Diese sämige, eingedickte Milch war seit Jahren von den Märkten der Insel verschwunden, und sie jetzt zu finden, wie extra für sie dorthin gestellt, hätte das schönste aller möglichen Geschenke sein können, wenn Alborada auf dem Herd, neben dem inzwischen kochenden Wasser mit dem Kaffeepulver, nicht zwei glänzende Guave-Törtchen entdeckt hätte. Genau jene, die ihr verstorbener Mann Tobías ihr an jedem Morgen ihres gemeinsamen Lebens zwischen 1933 und 1967 geschenkt hatte, bis die Bäckerei des Viertels von der Revolutionären Offensive geschlossen wurde und die knusprigen Törtchen für immer verschwanden, zusammen mit den Schokocrèmeschnitten, den Kokoskuchen und den Morón-Törtchen.

Es lohnt sich, so zu träumen, dachte Alborada, als sie den Kaffee durchs Sieb goss und beglückt sein belebendes Aroma schnupperte, das einen Toten aufwecken konnte. Und wenn er auch mich jetzt aufweckt?, fragte sich die alte Frau erschrocken und beschloss, die Reihenfolge ihrer alten Gewohnheiten umzukehren. Zuerst verschlang sie die beiden Törtchen, trank dann die Kondensmilch und hob sich den langsamen Genuss des wunderbaren Kaffees, der ihr nach dem Verzehr der Törtchen und der Kondensmilch bitterer als sonst erschien, fürs Ende auf. Ängstlich schlürfte Alborada das heiße Getränk und wartete auf das vorhersehbare Erwachen mit schmerzenden Knochen und Magengrummeln. Sie schloss sogar noch einmal die Augen, damit alles seinen natürlichen Gang gehen konnte, doch als sie merkte, dass der Kaffeegeschmack im Mund nicht nachließ, begriff sie hocherfreut, dass es nicht einfach sein würde, sie aus diesem exotischen, absurden und so angenehmen Traum zu vertreiben.

Einem Bedürfnis folgend, fing Alborada an, sich in der Küche zu entkleiden. Sie warf den alten Morgenmantel, der längst seine Spitzen und Farben verloren hatte, auf einen Stuhl, löste die Schnur, die der Unterhose auf ihren knochigen Hüften Halt verlieh, und ließ sie auf den Boden gleiten. Obwohl es sich um den schönsten Traum ihres Lebens handelte, erschien ihr alles so real, dass sie nicht das Risiko eingehen wollte, sich ihren vom Leben und vom Hunger der letzten Jahre verwüsteten Körper im Spiegel anzusehen. Mit erhobenem Kopf ging sie ins Bad, um sich mit Palmolive-Seife einzuseifen, danach das künstliche Gebiss mit Gravy-Zahnpasta zu putzen und sich mit einer Avon-Lotion abzureiben, die sie zum letzten Mal im Jahre 1962 gesehen hatte, als Geschenk zu ihrem achtundvierzigsten Geburtstag.

Während das Wasser ihren Körper reinigte und die schäumende Palmolive-Seife ihre Haut liebkoste, fühlte sich Alborada nicht mehr allein. Es war eine ferne Erinnerung wie alles, was sie an diesem Morgen wiederentdeckte, denn seit Tobías' Tod vor zweiundzwanzig Jahren hatte niemand mehr das Bad mit ihr geteilt.

»Wie schön es ist, sich nicht allein zu fühlen«, sagte sie laut, denn das Gefühl, in Gesellschaft zu sein, war so greifbar wie jede einzelne der kleinen, dem Vergessen entrissenen Freuden. Etwa die wiedergewonnene Beweglichkeit ihrer erschlafften Muskeln. Oder der Wunsch, nie wieder wach zu werden und für immer und ewig in jener Welt zu leben, in der Guave-Törtchen, Kondensmilch, Palmolive-Seife und, vor allem, Kaffee – reiner Kaffee, ohne widerliche Zusätze – ebenso möglich waren wie ihr Nichtvorhandensein in der anderen Welt, in der sie während der letzten Jahre gelebt hatte. Dort, in der bitteren Realität ihres realen Lebens, war sie an mehr als einem Abend hungrig zu Bett gegangen und hatte, während sie durch die Ritzen im Dach den Sternenhimmel betrachtete, schüchtern Gott und den Erzengel Raphael angefleht, sie mögen ihr einen schnellen und schmerzlosen Tod gewähren, der sie von ihren Albträumen, der Hitze und dem allmorgendlichen zuckersüßen Gebräu befreite.

»Deswegen bin ich hier«, sagte ein Etwas, und Alborada wollte sich in einem ersten Impuls bedecken, doch etwas hielt sie davon ab. »Ich habe es gern, wenn du gut riechst ...«

»Bist du es?«, fragte die alte Dame.

»Wer denn sonst? Ich bin Raphael, einer der sieben Erzengel, die dem Herrn dienen und Zugang zu Seiner Glorreichen Anwesenheit haben. Du hast mich gerufen, und der Herr hat mir gestattet, deinem Ruf zu folgen ...«

»Und ...?«

»Ja, Alborada, du bist tot, so wie du es wolltest, und ich bin gekommen, dich zu holen. Parfümiere dich, und wenn du willst, male dir die Lippen rot an, wir fahren in den Himmel auf.«

»Oh, um Gottes willen«, seufzte die alte Dame bei dem Gedanken daran, dass sie alles, was sie eben erst wiederentdeckt hatte, verlieren sollte.

»Was ist? Warum zögerst du?«

Alborada zog den Duschvorhang zur Seite und sah einen hochgewachsenen, kräftigen, strahlenden, vollkommen nackten Mulatten vor sich, ohne die Flügel, die er eigentlich hätte haben müssen. Doch zwischen den Beinen hatte er einen glänzenden, von violetten Venen durchzogenen Muskel, der von einer blank polierten roten Eichel gekrönt war, ähnlich den Äpfeln, die Alborada in früheren Zeiten ihrer geliebten Heiligen Barbara zum Opfer dargeboten hatte.

»Du siehst nicht aus wie der Erzengel Raphael ...«, sagte sie, ohne ihren Blick von dem prachtvollen Attribut abwenden zu können, und zeigte durch die offene Badezimmertür auf die rosarote Engelsstatue, die in ihrem Schlafzimmer stand.

»Sag lieber, dass er nicht so aussieht wie ich. Gefalle ich dir nicht, wie ich bin?«

»Doch, doch ... aber du bist so ... menschlich. Und dann, na ja, einfach so fortgehen, jetzt ...«

»Du hast darum gebeten. Da heute mein Tag ist, hat der Herr mir gestattet, auszuwählen, wen ich hole und wie ich ihn hole. Und weil du fast eine Heilige bist, wollte ich deiner Bitte nachkommen.«

»Aber als ich sterben wollte, hatte ich weder Kaffee noch Törtchen oder Kondensmilch ... und jetzt, nachdem ich alles wieder genossen habe ...«

»Willst du wegen solcher Kleinigkeiten hierbleiben? Nicht in den Himmel kommen und zur Hölle verdammt werden?«

Alborada fing an zu zittern. Sie wusste ja, dass sie tot war, und es war ihr egal, denn so würden die Schmerzen und die Entbehrungen ihres Lebens niemals mehr zurückkehren. Das Schlimme daran aber war, dass auch nicht der erbärmliche, aber reale Geschmack des Muckefucks zurückkehrte, den sie sich sechs Mal im Monat aufbrühte, nicht der Duft des Basilikums, mit dem sie ihr Essen würzte, und nicht die Neugier darauf, wen das nette Mädchen in der Telenovela heiraten würde. Das Leben konnte schrecklich sein, aber es war das Leben.

»Ja, Alborada, du bist tot und kommst in den Himmel.«

»Und wenn ich nicht will?«, wagte sie zu fragen. Schlimmer konnte es nicht mehr kommen, und plötzlich wurde ihr bewusst, dass sie bei diesem seltsamen Gespräch in vollkommener Nacktheit all ihre Hemmungen verlor. Sie fühlte sich frei von der Angst, mit der sie immer gelebt hatte. Angst vor allem, auch davor, zu sterben. ›Das Schlimme ist, dass mir das erst jetzt passiert, da ich tot bin‹, dachte sie.

»Tut mir leid«, entschuldigte sich der Erzengel und lächelte zum ersten Mal, »aber so ist das Leben: Die einen kommen in den Himmel, weil sie tapfer, die anderen, weil sie feige sind. Da ist nichts zu machen, ich bin der Preis für deine Angst.«

»Danke für deine Aufrichtigkeit …«, murmelte die soeben Verstorbene, und endlich traute sie sich, ihren Körper anzusehen. Immer noch war er alt, runzlig, mit hervorstehenden Knochen: eine schlechte Erinnerung an ihre frühere Existenz, ein boshafter Beweis dafür, dass manche Wunder nie geschehen. Und sie begriff, dass es das Beste war, zu gehorchen, wie sie es immer getan hatte. Was solls, dachte sie, die Hölle kannte sie bereits, und vielleicht gab es im Himmel ja sogar Guave-Törtchen und Kaffee, Dinge, die sie so sehr vermisst hatte, als sie noch lebte und mit traurigen Augen vor der deprimierenden Leere ihrer Vorratskammer stand. Um sich nicht völlig nackt zu fühlen, beschloss sie, in ihre ausgelatschten Pantoffeln zu schlüpfen.

»Gibt es im Himmel Törtchen?«

»Stets frisch aus dem Ofen. Deswegen ist es doch die Seligkeit, oder?«

»Gott sei Dank … Kann ich noch was erledigen, bevor wir gehen?«

»Kommt drauf an, Alborada«, flüsterte der Erzengel.

»Es geht um drei Dinge. Aber es ist ganz einfach: Ich möchte das Meer noch mal sehen, ich möchte einen Hund streicheln, und ich möchte einen *Danzón* hören.«

Der himmlische Mulatte lächelte wieder, und Alborada sah, dass eine zarte Röte seine Wangen überzog.

»Genehmigt«, sagte er. »Unter der Bedingung, dass ich den *Danzón* mit dir tanzen darf. Hab seit einer Ewigkeit nicht mehr getanzt.«

»Es wird mir eine Ehre sein«, sagte Alborada und schaute auf das spektakuläre Attribut des Mulatten, den der Himmel geschickt hatte. Ihre Feigheit hatte sich gelohnt, dachte sie, am Ende würde sie an einen Ort kommen, wo es ofenfrische Guave-Törtchen gab, und Gott hatte ihr den besten aller Abgänge aus dieser Welt gewährt. In diesem Moment spürte sie, dass ihre Hand von dem dichten, weichen Fell des Hundes liebkost wurde, den sie als kleines Mädchen gehabt hatte, und jenseits ihres Wohnzimmers mit den schachbrettartig angeordneten Bodenfliesen konnte sie das tiefe Blau des Meeres sehen, während die ersten Akkorde ihres Lieblings-*Danzóns Almendra* erklangen.

2009

Schicksal: Mailand–Venedig (via Verona)

Für Arpaia und Lorenzi,
zwischen Mailand und Padua

I

In dem Moment, als er den Blick hob, um das Bild von Maria zu betrachten, die demütig kniend die Botschaft empfängt, sie werde die jungfräuliche Mutter eines tragischen göttlichen Wesens sein, überkam Miguel Fonseca die erleuchtende Gewissheit, dass sein Leben – wie das von Maria nach der Verkündigung des Engels – sich bald für immer verändern würde. Miguel war ein Mann ohne jede mystische Neigung und hatte nie an das Karma oder an Vorhersagen von Geisterbeschwörern geglaubt, nicht einmal an einfache Zufälle, die das Schicksal verändern können. Doch der Sieg über die Zeit auf dem Fresko in der Scrovegni-Kapelle, das Ambrogio di Bondone, besser bekannt unter dem Namen Giotto, fast sieben Jahrhunderte vor jenem ungewöhnlichen Tag gemalt hatte, an dem Miguel achtunddreißig Jahre alt wurde, rief in ihm das beinahe körperliche Gefühl hervor, der Geburt von etwas beizuwohnen, das ihm sehr viel näher war als die Geburt eines Gottes, der vom Himmel herabsteigt. Ohne den Blick von dem Gemälde abzuwenden, fragte er sich, wie viele Wege sich gekreuzt haben mussten, damit er hier stand, unter dieser Revolution der Kunst. Und vor einer Gelegenheit, die seine Erwartungen übertreffen konnte, neben einem lebendigen Wunder der Schöpfung, das ihn an die Hand nahm und ihn mit einer tiefen, zärtlichen Wärme erfüllte. Und das verrückte Roulette des Schicksals ließ die Kugel auf dieselbe Antwort fallen, die er am Abend zuvor seinem Freund Bruno gegeben hatte: »Was ich mir wünsche? Ich wünsche mir eine Rückfahrkarte nach Venedig. Denn irgendwann muss ich endlich mal nach Venedig fahren, oder? ... Vielleicht treffe ich ja meine große Liebe ...«

Wenn er seinen Freund nicht um diese Fahrkarte gebeten hätte, einfach so, lächerlicher- und unverschämterweise, wäre er nicht da gewesen, wo er jetzt war. Und Bruno hätte nicht herablassend gelächelt, weil seine ausufernde neapolitanische Fantasie sich bereits mehrere Flaschen Wein – vielleicht sogar Whisky – und riesige Portionen Pasta mit frischem Mozzarella ausgemalt hatte, dazu ein bisschen Tanzen in einer lateinamerikanischen Diskothek und andere Vergnügungen, die zu einem Geburtstag gehören.

Und deshalb hatte er gesagt: »Okay, ich schenke dir die Fahrkarte nach Venedig, aber du kommst früh zurück, und wir trinken Wein, essen Pasta mit frischem Mozzarella, und dann gehen wir tanzen und schauen mal, was dabei für uns abfällt, *d'accordo?*«

Miguel hatte dankbar zurückgelächelt und sich schon vorgestellt, wie der Zug in Venedig ankam, wie er die ersten Ausläufer der todkranken Lagune überquerte, im Hintergrund die Stadt der Gondeln, der Paläste und der großen Liebesgeschichten der Literatur, endlich in Reichweite seines karibischen Blicks, der immer bereit war, sich von behauenem Stein mit einer mehr als zwei Jahrhunderte alten Geschichte begeistern zu lassen.

Er war noch nie in Venedig gewesen, dafür aber schon mehrmals im Zentralbahnhof von Mailand, und dabei hatte er immer das Gefühl gehabt, einen der schrecklichsten Orte des Planeten zu betreten. Das ungastliche Leben des italienischen Nordens hatte sich in der Bahnhofshalle zwischen den strengen Wänden des Gebäudes konzentriert, das mit seiner äußeren Hässlichkeit auf das menschliche Elend in seinem Innern hinzuweisen schien. Afrikaner, die billigste Sonnenbrillen und, wie Bruno ihm erzählt hatte, die schädlichsten Drogen der Stadt verkaufen. Penner, die hundertmal am Tag sämtliche öffentlichen Telefonzellen durchkämmen, in der Hoffnung, eine vergessene Hundert-Lire-Münze zu finden. Leute, die sich anrempeln, ohne jemals eine eilige Entschuldigung zu murmeln. Polizisten, die die Reisenden ermahnen, ihr Gepäck nicht unbeaufsichtigt zu lassen, während kleine und kleinste Taschendiebe auf eine Gelegenheit – jede Gelegenheit – warten, ihrer Arbeit nachzugehen. Deswegen empfand es Miguel immer als eine ästhetische Beleidigung, dass man, um an die schönsten Orte der Welt – ob Rom oder Siena, Florenz oder Venedig – zu gelangen, zunächst diese lärmenden Vorhöllen durchqueren musste.

Als auf der Anzeigetafel endlich das Gleis für den Intercity Mailand–Venedig (via Verona) – wie es auf seiner Fahrkarte zu 42 000 Lire stand – angegeben wurde, beeilte sich Miguel, den Wartesaal zu verlassen. Er stieg in den erstmöglichen Wagen, zweite Klasse, Raucher, darauf gefasst, das vorzufinden, was man üblicherweise in italienischen Zügen in der zweiten Klasse, Raucher, vorfand: enge Abteile, in denen es unmöglich ist, die Beine auszustrecken, ohne gegen die des Fahrgastes gegenüber zu stoßen, harte Sitze, die häufig mehr Narben aufweisen, als es der Gesundheit zuträglich ist, und Aschenbecher, die nur ein Mal am Tag – offenbar immer, nachdem er sie benutzt hatte – geleert werden. Doch die Freude darüber, sich nur vier Stunden von Venedig entfernt zu wissen, machte alles wett, und er wünschte sich lediglich einen freien Fensterplatz, um von dort aus den ersten Blick auf die Stadt genießen zu können, wenn diese aus dem Dunst seiner Träume hervortreten würde. Und da war er, der freie Platz am Fenster mit der wie durch ein Wunder sauberen Scheibe, und auf dem Platz gegenüber saß die junge Frau, die ihm wenig später sagen würde, dass sie Valeria hieß.

Immer wenn er mit dem Zug reiste, beschlich ihn die Angst, im falschen zu sitzen, der ihn an ein ungeplantes Ziel brachte. Darum griff er auf sein tadellosestes Spanisch zurück, um die junge Frau, die den Blick nicht von ihrer Lektüre gehoben hatte, als er sie mit einem *buon giorno* begrüßte, zu fragen, ob dies der Zug nach Venedig sei. Sie sah ihn auch diesmal kaum an, doch Miguel war überrascht, hinter ihren Brillengläsern tiefgrüne Augen zu entdecken, deren Schönheit ins Zentrum seiner Sinne traf.

»Ja, Señor«, antwortete sie knapp, und er fühlte sich doppelt glücklich, während er das Jackett auszog und seinen Fotoapparat neben den Reiseführer von Venedig legte, den Bruno ihm geliehen hatte.

Er zündete sich eine Zigarette an, betrachtete den Zug auf dem Nebengleis, der auf das Abfahrtssignal wartete, sah, wie die übrigen Plätze in dem Abteil besetzt wurden, ohne dass irgendjemand Guten Tag gesagt hätte, und schlug schließlich den Reiseführer von Venedig auf. Seit Langem war diese Stadt der Geschichten und leuchtenden Farben für ihn zum Inbegriff des Ersehnten geworden, und wenn ihn jemand fragte, was er irgendwann mal gerne machen würde, pflegte er zu antworten: Ich würde gern nach Venedig fahren, um mich dort in eine Frau zu verlieben. Deswegen bedauerte er es so sehr, dass seine bescheidenen Mittel eines kubanischen Journalisten während eines früheren Aufenthaltes in Italien nicht ausgereicht hatten, die lächerliche, aber nötige Summe – in Lire oder jeder anderen realen Währung – aufzubringen, um die Kilometer zwischen Mailand und Venedig zu überwinden. Mehr als einmal hatte er sich gewünscht, die Fahrkarten umtauschen zu können, die von den italienischen Institutionen, die seinen

Aufenthalt finanzierten und die jeweiligen Ziele festsetzten, bezahlt wurden: Rom, Siena, Parma. Städte, deren Schönheit ihn schließlich getröstet, ihn jedoch seinem venezianischen Traum nicht näher gebracht hatte. Diesmal aber war die Reise nach Venedig zu einer fixen Idee geworden, denn seit Bruno ihm erklärt hatte, wie er am besten an eine Aufenthaltsgenehmigung in Italien kommen könne, ohne Angst haben zu müssen, todsicher ausgewiesen zu werden, hatte etwas in seinem äußerst pragmatischen Unterbewusstsein seinen Traum befeuert, den er seit der Lektüre von Marco Polo hegte.

»Du suchst dir eine italienische Frau, heiratest sie, und das wars«, hatte Bruno gesagt. »Dann benimmst du dich anständig, findest eine Arbeit, zahlst deine Steuern und bist fast ein vollwertiger Bürger der Republik und auch der Europäischen Union ... Schließlich kann es doch nicht so schwer sein, eine alte, dicke Frau mit einer Wohnung zu finden, die bereit ist, einen fünfzehn Jahre jüngeren kubanischen Dissidenten zu heiraten! Schwieriger wird es schon sein, eine anständige Arbeit zu finden, doch das gilt nicht nur für dich, sondern auch für alle anderen. Aber sag mir eins, Miguel: Warum zum Teufel willst du überhaupt in Italien bleiben?«

Und er hatte versucht, es ihm zu erklären, doch sein Freund verstand ihn nicht oder wollte ihn nicht verstehen. Wie die gesamte alte europäische Linke – die romantischen Kinder der 68er, Guevara-Fans und Kommunistenfreunde – versuchte Bruno, sein eigenes historisches Scheitern zu verdrängen, indem er von den anderen – vor allem von den Kubanern – verlangte, stoisch und mit Würde durchzuhalten, ihre Prinzipien nicht aufzugeben und all jene Parolen hochzuhalten, die durch das historische Scheitern anderer jeden Sinn verloren hatten. Obwohl sie eine enge Freundschaft verband, war Bruno nicht bereit zu akzeptieren, dass es für Leute wie Miguel nichts mehr gab, für was es sich lohnte, durchzuhalten. Doch nachdem Miguel so viele Versprechen und so viele Hoffnungen hatte sterben sehen, fühlte er sich müde und vollkommen besiegt und hatte keine Lust mehr, zu kämpfen. Das Einzige, was er sich jetzt noch wünschte, war, einen Ort ohne große historische Verantwortung auf dieser Welt zu finden. Einen Ort, an dem ein normaler Mensch von seiner Arbeit leben konnte und genug Geld hatte, um sich einen so billigen Luxus wie eine Rückfahrkarte nach Venedig (zweite Klasse, Raucher), ein Abendessen in einem Restaurant oder jede Woche ein Buch zu leisten und selbst entscheiden zu können, ob er sich statt des Buches eine Krawatte kaufen sollte. Er verlangte nicht viel, oder vielleicht verlangte er doch zu viel, denn eine solche Utopie schien es für jemanden wie ihn nicht zu geben. Jemanden aus der Dritten Welt, der davor zurückschreckte, als politisch Verfolgter um Asyl zu bitten und haarsträubende Erklärungen abzugeben, die ihm den Weg ebnen würden. Oder sich zu verkaufen – falls jemand seinen hinfälligen Körper noch zu kaufen wünschte – an eine alte, dicke Frau, die ihm die Tür zu ihrer Wohnung und damit zu der abweisenden Einwandererbehörde eines dieser überfüllten Länder der Europäischen Union öffnete.

Das Reiseführerwissen mit den Hinweisen auf die Seufzerbrücke, die Piazza San Marco und die Paläste großer Namen hatte sich bereits verflüchtigt, als der Zug sich nach einem dezenten Ruck aus der tristen Umklammerung des Bahnhofs Milano Centrale zu befreien begann und Kurs auf Venedig nahm, wo es, wie er wusste, keine Romanlieben mehr gab, nur dunkle Kanäle, in denen die Existenz irgendeines lebenden Wesens nicht mehr möglich war.

Als der Zug in Brescia hielt, schlug die junge Frau ihr Buch zu, und er verspürte eine Erregung, die nun das Zentrum seines Intellekts attackierte: Auf dem Umschlag des Hardcover-Buchs stand in kleiner Schrift: *Inca Garcilaso de la Vega. Wahrhaftige Kommentare zum Reich der Inkas. Allgemeine Geschichte Perus. Band II.*

»Wurde Gonzalo Pizarro schon ermordet?«, fragte er unvermittelt. Sie hob den Blick und sah ihn an.

»Sie kennen das Buch?«, fragte sie in perfektem Spanisch zurück, während sie in der Tasche, die auf ihren Knien lag, nach einer Zigarette suchte.

»Ein wenig ... Na ja, ziemlich gut. Ich habe darüber meine Examensarbeit geschrieben.«

Sie lächelten sich an wie zwei Menschen, die soeben eine Gemeinsamkeit entdeckt haben, und er fuhr fort: »Ich habe es so oft gelesen, dass ich nachts von Gonzalo Pizarro geträumt habe: Ich sah ihn auf seinem weißen Pferd, wie er als Sieger in Cuzco Einzug hielt. Ich wurde ein richtiger Fan von ihm und habe es immer bedauert, dass er sich nicht dazu durchringen konnte, mit allem zu brechen und sich zum König von Peru zu erklären.«

»Bei mir wurde er noch nicht ermordet«, sagte sie, »aber er ist eine große Persönlichkeit, nicht wahr? Auf einem Pferd mit goldenen Hufeisen zu reiten ...«

»Der letzte fahrende Ritter«, sagte er, den Titel seiner Arbeit zitierend, die sich mit der Rebellion des jüngsten und kühnsten der Pizarro-Brüder und mit Inca Garcilasos liebenswerter Einschätzung des blutrünstigen Eroberers als den »besten Lanzenritter, der in die Neue Welt gekommen ist« beschäftigte.

Während er mit einer Detailfreude, die ihn über seine eigene Gedächtnisleistung staunen ließ, von Inca Garcilaso, den Pizarro-Brüdern, der Zimtland-Expedition und der Suche nach El Dorado sprach, erfuhr er, dass die junge Frau Valeria hieß, in Padua wohnte und ein Aufbaustudium in Madrid über die spanische Literatur des Siglo de

Oro absolvierte – wobei sie Calderón jedem anderen Autor vorzog. Dass sie für ein paar Monate nach Hause gekommen war. Dass sie mit einem Stipendium der Europäischen Union studierte. Und dass sie schon einmal einen Kubaner kennengelernt hatte, auch im Zug, allerdings von Madrid nach Sevilla, wohin sie eigens gefahren war, um sich einen Stierkampf anzusehen.

»Und war es ein Kubaner aus Kuba?«, fragte Miguel, der wissen wollte, woher jener Landsmann kam, der sich einen solchen Luxus leisten konnte.

Valeria sah ihn mit unendlich durchscheinendem Blick an. Offensichtlich verstand sie seine Frage nicht.

»Na ja, er war Kubaner ...«

»Klar«, sagte Miguel, ohne auf komplizierte politisch-ökonomische Unterschiede näher einzugehen.

»Und was wollen Sie in Venedig?«

»Mir die Stadt ansehen. Ich träume schon seit Jahren davon, nach Venedig zu fahren.«

»Soll ich Ihnen was sagen? Ich hasse Venedig.«

Er lächelte über die Heftigkeit, mit der sie ihrer Abneigung gegen Venedig Ausdruck verlieh, denn er verstand nicht, wie jemand eine solche Stadt hassen konnte, einfach so, ganz allgemein.

»Schlechte Erinnerungen?«, fragte er und zündete sich eine weitere Zigarette an, während er durch das Abteilfenster die schöne lombardische Landschaft betrachtete.

»Nichts Persönliches, wenn es das ist, was Sie meinen. Ich würde nur nicht gerne in einer Stadt wohnen, die einer Karnevalsdekoration für Touristen ähnelt ... für Japaner«, fügte sie hinzu, offenbar aus Rücksicht auf ihn.

»Ich glaube, ich verstehe, was Sie meinen. Aber irgendwann sind wir alle Touristen ... auch wenn wir keine Japaner sind.«

»Und in Padua waren Sie noch nie?«

Er schüttelte den Kopf, während er versuchte, seine Kippe im überfüllten Aschenbecher unterzubringen.

»Dann sollten Sie hinfahren«, sagte sie, und als wäre ihr plötzlich etwas Wichtiges eingefallen, begann sie, in ihrer Tasche zu kramen, und holte ein Päckchen hervor. »Möchten Sie auch was?«, fragte sie und zeigte auf ein riesiges, mit Schinken und Käse überreichlich belegtes *Panino*. Er lehnte dankend ab und erklärte, er habe gefrühstückt, bevor er in den Zug gestiegen sei.

Wie auf Kommando holten nun auch die vier anderen Fahrgäste, einer nach dem anderen, Thermoskannen, Flaschen, Obst und mit verschiedenen leckeren Dingen belegte Brote hervor, und nachdem man sich einen guten Appetit gewünscht hatte, begannen sie mit einer Entschlossenheit zu kauen, zu der nur Italiener fähig sind. Valeria kaute ebenso hingebungs- und genussvoll und spülte die Bissen mit großen Schlucken Diät-Cola hinunter.

»Sie haben mir noch nicht gesagt, wie Sie heißen«, sagte sie zwischen zwei Bissen und hielt inne, um eine Antwort abzuwarten.

»Miguel Fonseca«, sagte er und dachte für sich, dass eine so hübsche und intelligente junge Frau wie Valeria eine angenehme Eintrittskarte in das von ihm ersehnte Exil sein könnte. Zu angenehm, um wahr zu sein, dachte er, als der Zug einen langen, cholerischen Pfiff ausstieß.

Als der Zug Verona verließ, hatte das Mädchen ihre Zwischenmahlzeit beendet, und Miguel hatte ihr fast sein ganzes Leben erzählt. Auch, dass er ernsthaft daran denke, in Italien zu bleiben. Dass er in Havanna nur eine winzige Wohnung habe, wo es so gut wie nie fließendes Wasser gebe. Dass sein Journalistengehalt nicht mal ausreiche, um sich ordentlich satt zu essen. Und dass seine Exfrau unfruchtbar sei und er deshalb keine Kinder habe, obwohl er gerne welche gehabt hätte, mehr noch, er träume davon, zwei Kinder zu haben ... Es war wie eine emotionale Entladung, die nötig war, um sich selbst seinen Platz zuzuweisen: ein kaputter Typ ohne Vergangenheit und Zukunft, ohne Erinnerungen und Erwartungen, unentschlossen, ob er das Abenteuer eines Exils wagen sollte, das ihn auf den Grund einer streng in soziale Schichten getrennte, xenophobe und aggressive Gesellschaft befördern könnte.

»Hast du keine Angst, alles aufzugeben?«

»Mir bleibt ja nichts mehr«, gestand er.

»Etwas bleibt immer.«

»Ja, vielleicht ... Aber wenn ichs jetzt nicht mache, werde ichs nie machen.«

»Du bist anders, weißt du das?«

Er lächelte.

»Anders als was?«, fragte er.

»Anders als ich. Ich habe immer das Bedürfnis, wieder zurückzukommen ... Aber wenn du beschlossen hast, hierzubleiben, dann hast du ja noch genug Zeit, um nach Venedig zu fahren«, sagte sie, und er fragte sich, worauf sie hinauswollte, bis sie ihren Gedanken zu Ende sprach: »Ich lade dich ein, Padua zu besuchen. Weißt du, dass wir dort die schönsten Fresken von Giotto haben?«

Miguel lächelte. Valeria begriff nicht. Zeit war das, was er am wenigsten hatte, denn sein Visum würde in zwölf Tagen ablaufen, und bis dahin musste er seinen gesetzlichen Status in Italien klären oder ins Flugzeug steigen und nach Havanna zurückkehren.

»Ich habe zwei Jahre in der Scrovegni-Kapelle als Restauratorin gearbeitet. Ich kenne alle Fresken von Giotto auswendig, Millimeter um Millimeter, und dennoch entdecke ich jedes Mal etwas Neues, wenn ich sie betrachte.«

Und sie sprach von dem Genie jenes jungen Hirten, der Schafe auf alte Steine gezeichnet und dabei viel über Bewegungen und über die mittlerweile vergessene Beziehung zwischen dem Menschen und der Natur gelernt hatte. Sie erzählte ihm, wie Enrico Scrovegni Giotto damit beauftragt hatte, die Familienkapelle auszumalen, und dieser, gemeinsam mit seinen Schülern, die Geschichte des heiligen Joachim, von Maria und Jesus auf eine so dramatische Weise dargestellt hatte, wie es sich kein Mensch bisher hatte vorstellen können. Wenn er ihre Einladung annähme und die Fresken sähe, würde er sozusagen an der ersten Filmvorführung der Geschichte teilnehmen, Bild für Bild, Szene für Szene, mit einer Modernität, die sich über die Jahrhunderte hinwegsetze, sagte sie und lächelte mit den Augen und dem Mund.

Instinktiv schaute Miguel auf seine Armbanduhr und sagte, ohne die Uhrzeit abgelesen zu haben: »Einverstanden. Wenn Venedig achtunddreißig Jahre auf mich gewartet hat, dann kann es auch noch ein wenig länger warten.«

Vom Bahnhof gingen sie zum römischen Amphitheater. Miguel fand Valerias Begeisterung für Padua übertrieben. Bis jetzt hatte diese Stadt ihm nichts Sehenswertes zu bieten, sie erschien ihm eher düster und müde, wie soeben aus der Tristesse des Mittelalters erwacht.

Als sie das Museumsgelände betraten, begrüßte sie die Kuratoren mit einem Kuss und stellte ihnen ihren kubanischen Freund als bedeutenden Spezialisten für die Geschichte der Eroberung Lateinamerikas vor.

»So kommen wir umsonst rein«, raunte sie ihm begeistert zu und zeigte ihm die Anstecker für geladene Besucher. Sie gingen über den Kiesweg, der zu der Kapelle führte, die Enrico Scrovegni mit dem Vermögen hatte erbauen lassen, das sein Vater, der Geldverleiher Reginaldo Scrovegni, ihm hinterlassen hatte. Derselbe, den Dante in den siebenten Kreis der Hölle verbannt hatte, das Gesicht verbrannt vom ewigen Feuer, zusammen mit wegen ihrer Grausamkeit gegen Künstler berüchtigten Florentinern.

Kaum hatte Miguel die Schwelle der alten Kapelle überschritten, sah er sich eingehüllt in das Himmelblau der Fresken, die einen so großen Gegensatz bildeten zu der dantesken Geschichte der ewigen Verdammnis, die Valeria ihm erzählte. Die Abbildungen, die auf drei Ebenen die Wände bedeckten, die in die Landschaft hineingestellten Personen, die Menschlichkeit ihrer Gesichtszüge, all das drückte eine fast zu zeitgenössische Sensibilität aus, um siebenhundert Jahre zuvor von einem zwischen toskanischen Schafen geborenen Mann gemalt worden zu sein. Das Gesicht der Jungfrau war ausgesprochen hübsch, und ein bisschen ähnelte sie sogar Valeria, die jetzt ihre Brille abgenommen hatte, um Giottos Werk zu betrachten, von dem sie behauptete, jeden Millimeter zu kennen. Die Wärme ihrer kleinen Hand, die sich um Miguels Hand legte, war eine Überraschung, die zu der Gewissheit wurde, dass sich von diesem Augenblick an alles verändern konnte, so wie sich das Leben Mariä verändert hatte, als der Engel vom Himmel herabkam und ihr die Botschaft von ihrer ungeheuren Verantwortung im Reich von dieser Welt überbrachte.

2

Als Miguel wieder zu Vergleichen in der Lage war, stellte er fest, dass Valerias Wohnung genauso klein war wie seine in Havanna, allerdings zweckdienlicher und gemütlicher. Hier schien alles wohlproportioniert, harmonisch, mit sehr viel persönlichem Geschmack eingerichtet. Außerdem kam Wasser aus der Leitung, und die warme, kräftige Dusche wirkte wie eine Energiespritze, die ihn mit der nötigen Klarheit versorgte, um mehr zu sehen als die erotische Wolke, in die Valeria ihn gehüllt hatte.

Auch wenn seine sexuellen Erfahrungen nicht gerade reichhaltig waren, wusste Miguel, dass er noch nie eine solche Hingabe erfahren hatte wie an diesem Nachmittag. Kaum hatten sie die Türschwelle zu ihrer Wohnung überschritten, hatte Valeria seine Hand noch fester und mit noch mehr Wärme gedrückt, hatte ihre Brille auf einen Sessel geworfen und gesagt: »Du gefällst mir.«

Und dann hatte sie ihm einen Teil ihres inneren Fiebers durch einen langen Kuss übertragen, der dem Blick glich, mit dem sie Giottos Fresken betrachtet hatte.

Miguel lag eine Frage auf der Zunge – warum eigentlich nicht? –, doch er beschloss, sich in Schweigen zu hüllen. Egal, in welchem Zug er jetzt saß, wichtig war nur, dass er ihn an den besten aller möglichen Orte brachte.

Sie liebten sich unter einem Fenster, das Valeria unbedingt offen stehen lassen wollte und von dem aus man Teile der römischen Stadtmauer sehen konnte. Valeria schien zu brennen und zeigte sich offen für die Launen des soeben gewonnenen Liebhabers, und Miguel fühlte sich potent und geschickt im Umgang mit dem kleinen, wohlproportionierten Körper des Mädchens. Er genoss mit jeder Pore die Berührung der jungen, warmen Haut, die ihm bedingungslos dargeboten wurde, bis sie ihm all seine Säfte entzogen hatte.

Nackt aßen sie in der kleinen Küche die Spaghetti alla carbonara, die Valeria zubereitet hatte, und tranken dazu eine ganze Flasche Rotwein, der für seinen Geschmack zu herb war, sodass er sich danach den Mund mit einem Glas Wasser ausspülen musste.

»Seit wann wohnst du hier?«, fragte er und zündete sich eine Zigarette an.

Valeria setzte sich die Brille wieder auf. Das Bild der jungen Frau, die außer der Brille nichts trug, wirkte so erotisch auf ihn, dass er spürte, wie sich eine neuerliche Erektion ankündigte.

»Seit zehn Jahren. Ich hab die Wohnung gemietet, als ich auf der Uni war, und seitdem habe ich sie behalten.«

»Gefällt sie dir?«

»Sie gefällt mir, weil sie mich an meine Freiheit erinnert.«

»Und warum bist du jetzt nicht mehr frei?«

»Weil niemand frei ist. Im Augenblick sind wir Sklaven des Sex, stimmts? Los, komm ins Bett, danach können wir reden«, sagte sie, als sie merkte, warum sich Miguel nicht so richtig auf das Gespräch konzentrieren konnte. Die Dringlichkeit seiner Erektion war zu offensichtlich, und Valeria, die nun die Initiative ergriff, begann, sie mit einer langsamen, aber gierigen Fellatio zu genießen, bis sie spürte, dass es bald zum Samenerguss kommen würde, und dafür eine geeignetere Höhle wählte. Miguel dankte es ihr, indem er alle Taue kappte, um sich ins Fahrwasser zu welchem Ziel auch immer zu begeben.

Es dämmerte bereits, als sie auf die Straße traten. Valeria bestand darauf, ihm Padua zu zeigen, und als sie an einem Geschäft vorübergingen, nahm Miguel ihre Hand und blieb stehen.

»Valeria«, sagte er, »ich muss wissen, wie lange das dauern wird.«

Diesmal lächelte sie nicht und fragte: »Worüber machst du dir Sorgen?«

»Im Moment nur über eins: Um diese Zeit müsste ich bereits im Zug zurück nach Mailand sitzen, nicht wahr? Nun, wenn man für einen Tag verreist, nimmt man normalerweise weder eine Zahnbürste noch Unterwäsche zum Wechseln mit ... Ich brauche beides ... aber ich habe kein Geld.«

Jetzt lächelte sie wieder und sagte: »Das kaufen wir am besten gleich in dem Laden hier. Und mach dir ums Geld keine Gedanken: Es wird mein Geburtstagsgeschenk für dich sein.«

Sie setzten sich unter den zu dieser abendlichen Stunde überflüssigen Sonnenschirm auf einer Piazza, die von klobigen, stummen Gebäuden umgeben war, in denen kein menschliches Wesen zu wohnen schien.

»Siehst du, alles hier ist ruhig«, sagte Valeria, nachdem sie zwei Kaffee bestellt hatte. »Deswegen ziehe ich Padua Venedig vor. Es ist wie ein Zufluchtsort. Wenn der heilige Antonius nicht wäre, wüssten die Touristen nicht mal, dass Padua überhaupt existiert.«

Er sah sie an und war sich absolut sicher, dass er wissen musste, wie es mit dieser unerwarteten Begegnung weitergehen würde. Er lief Gefahr, sich in den nächsten Minuten in Valeria zu verlieben, und wollte dieses Gefühl in vollen Zügen genießen oder sich dagegen wehren, um sich späteren Kummer zu ersparen. Das Schicksal seiner leeren Existenz, der Wunsch, sein Leben zu verändern und es vielleicht an einem anderen Ort von vorn zu beginnen, wo er neue Hoffnungen nähren konnte, das alles lag in den warmen Händen dieser rätselhaften Frau, der er erst zwölf Stunden zuvor in einem Zugabteil begegnet war, in dem er nur gesessen hatte, um sich einen Wunsch zu erfüllen, der ihm jetzt überholt, ja, sogar lächerlich erschien: den Wunsch, Venedig zu besuchen.

»Warum hast du es mit mir gemacht?«, wagte er zu fragen und sah das Mädchen an.

Sie wartete, bis der Kellner gegangen war, und tat Zucker in ihren Kaffee.

»Warum musst du das wissen? Ich weiß ja selbst nicht, warum ich es getan habe«, gestand sie.

»Aber ich muss es wissen. Wenn es nur ein Abenteuer war, in Ordnung, es war wunderbar. Wenn mehr daraus werden kann, muss ich es erst recht wissen. Davon kann sehr viel abhängen. Verstehst du mich?«

»Ich möchte dich ja verstehen ... Du siehst so traurig aus.«

»Noch bin ich das nicht. Es hängt von dem ab, was du sagst ... Ich habe das Gefühl, dich nicht zu kennen, auch wenn ich mit dir geschlafen habe.«

Sie trank ihren Kaffee und zündete sich eine Zigarette an. Ihr Blick war starr auf den Platz gerichtet, über den gerade ein Afrikaner ging, beladen mit Sonnenbrillen und anderem Plunder, den niemand kaufen wollte.

»Könntest du so leben?«, fragte Valeria und wies mit dem Kopf auf den Schwarzen.

»Ich glaube nicht. Aber ich weiß es nicht.«

»Er muss sehr traurig sein, trauriger als du.«

»Valeria, der Mann weiß, wovor er flieht, und ich weiß es auch ... Wovor fliehst du?«

Das Mädchen rückte ihre Brille zurecht, während die Glocke der nahen Kirche neun Mal schlug.

»Ich bin verheiratet. Mein Mann ist zurzeit in Paris und kommt in zwei Tagen zurück«, sagte sie, noch immer ohne ihn anzusehen. »Wir wohnen in Chioggia, dreißig Kilometer von hier, im Haus seiner Eltern, die übrigens viel Geld haben … Sie sind adlig. Ich glaube, ich liebe ihn, auch wenn ich manchmal tue, was ich mit dir getan habe. Eigentlich weiß ich nicht, warum ich es getan habe, ehrlich. Vielleicht aus demselben Grund, warum ich zweiter Klasse fahre, ein Stipendium in Anspruch nehme, in Madrid in einer kleinen Pension wohne, Dinge studiere, die niemand für nützlich hält, oder versuche, umsonst in Museen zu kommen … Aus demselben Grund, warum ich Venedig hasse. Kannst du das verstehen?«

Miguel betrachtete die seltsamen Figuren, die der Kaffee am Tassenrand zurückgelassen hatte – ein schwarzer Schmetterling vielleicht? –, und murmelte: »So ungefähr … ich weiß nicht … Nein, eigentlich nicht.«

Er spürte das Gewicht der düsteren Gebäude auf seinen Schultern lasten, und ihm wurde klar, dass auch er bisweilen unfähig war, andere Menschen zu verstehen. Der einfachen Logik seines Lebens zufolge hätte er zu ebendieser Stunde bei Bruno in Mailand sein, Wein – oder Whisky – mit seinem linksdemokratischen Freund trinken und sich dagegen wehren sollen, zu den Huren zu gehen (er war noch nie zu den Huren gegangen). Doch nun saß er hier in Padua auf einer Piazza, trank Kaffee mit einer bildhübschen Frau, die gerade sagte, sie sei eine Gräfin, und mit ihm geschlafen hatte, obwohl sie verheiratet war und ihren Mann zu lieben glaubte. All das – auch, dass er eine Plastiktüte mit zwei Unterhosen, einem Hemd und einer Zahnbürste bei sich hatte – war doch ganz einfach zu verstehen, oder? Ihn überkam das Gefühl, sich an einem Ort zu befinden, der nicht seiner war und nie sein würde. Doch er bedauerte nichts: Valeria kennengelernt zu haben, war sehr viel besser, als eine für übernächtigte Träumer und japanische Touristen herausgeputzte Stadt zu besuchen, und darum fragte er sie: »Wenn ich dich richtig verstanden habe, bleiben uns also noch zwei Tage?«

»Ein Tag und zwei Nächte«, präzisierte Valeria. »Aber du musst noch die Kirche des heiligen Antonius besichtigen und auf der Piazza Tintenfisch essen und dazu Weißwein trinken.«

»Mich interessiert weder der heilige Antonius noch die Piazza oder der Tintenfisch. Nach den Fresken von Giotto ist das Beste an Padua eine kleine Wohnung hier ganz in der Nähe ... Bezahl den Kaffee, wir gehen«, befahl er.

Der Bahnhof von Padua war auch nicht einladender, aber nicht so schäbig wie der Mailänder Zentralbahnhof. Valerias gräflicher Gatte sollte mit dem Schnellzug um 10 Uhr 22 ankommen, und Miguels Zug nach Venedig fuhr eine Viertelstunde früher ab.

Valeria hatte vor, ihn zum Zug zu bringen und dann auf ihren Mann zu warten. Doch Miguel wollte alles vermeiden, was nach Abschied aussah, und zog es vor, sich vor dem Bahnhof mit ihr zu unterhalten.

»Was hast du jetzt vor?«, fragte ihn die junge Frau und sah ihn durch ihre Brillengläser hindurch an. Ihre Augen waren grüner und durchscheinender denn je.

»Jetzt fahre ich erst mal nach Venedig und besichtige die Stadt wie ein Tourist, und heute Nacht schlafe ich in Mailand. Was ich danach mache, weiß ich noch nicht. Das Bild des Afrikaners hat mich erschreckt, ich fürchte mich sehr vor der Einsamkeit ... Ich glaube, ich kehre nach Havanna zurück. Und du, was hast du vor?«

»Das ist doch jetzt egal ... Ich hätte dir gerne geholfen, aber ich weiß nicht, was ich tun könnte.«

»Du hast mir sehr geholfen. Ich habe mich schon lange

nicht mehr so gut gefühlt bei einer Frau, und sich so gut zu fühlen, das hilft einem Mann von fast vierzig Jahren sehr. Und außerdem kann ich mich jetzt mit anderen Leuten über die Fresken der Scrovegni-Kapelle unterhalten und über die Farbe der römischen Stadtmauer, wenn die Morgensonne auf sie fällt ... Hab ich dir schon gesagt, dass du Giottos Maria ähnlich siehst?«

»Geh jetzt«, sagte sie und schaute auf die Straße, »ich mag es nicht, anderen Leuten wehzutun ... Ruf mich an, falls du in Italien bleibst.«

»Versprochen«, erwiderte er, gab ihr die Hand, die sich immer noch so warm anfühlte, und betrat, zwei Minuten vor Abfahrt seines Zuges, das Bahnhofsgebäude. Er eilte zu der Treppe, die zum Gleis 4 führte, doch dann besann er sich anders. Er kehrte in die Bahnhofshalle zurück und suchte sich eine Stelle, von der aus er alles überblicken konnte, ohne gesehen zu werden: einen Kiosk mit Souvenirs.

Der Lautsprecher kündigte den Zug aus Mailand an, und Miguel sah Valeria zum Gleis 1 gehen. Er ging über eine andere Treppe zum Bahnsteig hoch und wartete auf die Ankunft des Zuges. Valeria wirkte ruhig, sie rauchte, den Blick auf die Gleise gerichtet. In diesem Moment wünschte sich Miguel nichts sehnlicher, als in ihren Kopf schauen und ihre Gedanken lesen zu können. Sie sah so schön aus ... obwohl sie jetzt keine Brille trug.

Der Zug kam zum Stehen, und Valeria suchte den Bahnsteig ab, bis sie den jungen Mann entdeckte, der auf sie zukam. Sie lächelten sich an und küssten sich, wie zwei Münder sich küssen, die sich gut kennen und kaum noch Überraschungen bereithalten. Dann verließen sie, plaudernd und verhalten gestikulierend, den Bahnsteig und dann den Bahnhof, vielleicht um direkt nach Chioggia zu fahren, denn selbstverständlich kannte Valerias Mann

Giottos Fresken bereits, und nichts hielt die beiden in Padua zurück. Miguel sah sie davongehen, und als er Valeria von hinten sah, kam sie ihm zum ersten Mal wirklich real vor. Die blaue Aura der jungfräulichen Maria war verschwunden, und ihr Mann winkte ein Taxi herbei, wie es irgendein italienischer Graf tut, der gerade in Padua angekommen ist.

Der nächste Zug nach Venedig fuhr in einer halben Stunde, doch drei Minuten vorher wurde ein Intercity (Gleis 6) nach Mailand (via Verona) angekündigt. Miguel schaute sich in der vorübergehend ruhigen Bahnhofshalle um und musste sich eingestehen, dass er keine Lust mehr hatte, nach Venedig zu fahren. Er war nur eine halbe Stunde von seinem alten Traum entfernt, der aus der Lektüre von Marco Polo geboren und durch Romane, Filme und Geschichten über den Karneval genährt worden war. Doch die Wärme von Valerias Haut pulsierte immer noch in seiner Hand. Vielleicht hatte er soeben die drei schönsten Tage seines bisherigen Lebens erlebt, aber jetzt war ihm mehr denn je bewusst, dass er ein in seiner Zeit und seinem Raum gefangener Mensch war. Es lohnte sich also nicht, nach Venedig zu fahren.

Er stieg wieder zum Gleis 6 hinauf und sah schließlich den Zug einfahren, der ihn in die Hölle von Milano Centrale bringen würde. Er wartete, bis der Zug zum Stehen gekommen war, dann suchte er sich einen Platz in der zweiten Klasse, Raucher. Er hatte Glück und fand einen am Fenster, dessen Scheibe genauso sauber war wie der Aschenbecher, in den er seine Kippe fallen ließ. Er öffnete die Plastiktüte, in der sich ein Hemd und zwei schmutzige Unterhosen befanden, und holte das riesige, in Alufolie gewickelte *Panino* mit Schinken, Käse, Tomaten und Senf hervor, das Valeria ihm mitgegeben hatte. Obwohl er erst vor zwei

Stunden gefrühstückt hatte, verspürte er Hunger und biss in das Brot, als er von der Abteiltür her ein »*buon giorno*« hörte. Miguel war nicht überrascht, sie zu sehen. Sie war dick, aber nicht sehr alt, und ihr hübsches Lächeln wirkte gesund und zufrieden. Er wies auf den freien Platz gegenüber dem seinen und fragte sie routiniert, ob der Zug nach Mailand fahre.

Immer noch lächelnd, versicherte sie ihm, dass dem so sei.

»Vielen Dank, Signora«, sagte er, und darauf erwiderte sie mit dem frischen, gesunden Lächeln, das ihr angeboren schien: »Valeria, *io mi chiamo* Valeria.«

Und da wusste Miguel, dass er endlich in einen Zug gestiegen war, der ihn irgendwohin bringen konnte.

1996

Die Wand

Er war etwa sieben, vielleicht acht Jahre alt und Linkshänder, wie er. Hatte er den Ball gefangen, trabte er gemächlich zurück nach rechts und warf ihn wieder gegen die Wand, und zwar so, dass er gezwungen war, zu laufen, um ihn fast im letzten Moment mit ausgestrecktem Arm schnappen zu können, wie ein *shortstop*, dem es gelingt, einen unmöglichen Ball, der über die *second base* hinausfliegen soll, zu erreichen. Er wiederholte es immer und immer wieder, mit großem Ernst, und manchmal versuchte er, es sich besonders schwer zu machen, um den letzten *bound* zu erwischen.

Er beobachtete ihn weiter, ohne einen Gedanken an den Turnschuhverschleiß des Jungen zu verschwenden, und manchmal wettete er mit sich selbst – den kriegt er nicht! –, oder er dachte anerkennend: ›Gut gefangen, er ist ein Crack.‹ Der Junge war schweißgebadet. Er spielte jetzt schon über eine halbe Stunde, aber er wirkte noch fit und frisch und schien die Ziegelmauer einstürzen lassen zu wollen mit seinem gnadenlosen Gummiball, den er gerade wieder mit großer Wucht und mit Effet warf. Dann musste er noch schneller rennen und sich mächtig strecken, um den *hit*, der all seine Vorstellungen zu übertreffen schien, mit der Spitze seines Handschuhs zu erwischen.

Sein Baseballcap lag im Schatten unter dem Lorbeerbaum. Neben dem Cap lag sein Hund, ein schwarzweißer Straßenköter mit geringeltem Schwanz und aufgerichteten Ohren, der sein Herrchen beobachtete, ohne den Kopf zu heben, wenn der Junge einen besonders schweren Ball zu fangen versuchte oder wenn er ihn verfehlte und der Ball direkt neben ihm vorbeiflog. Beide, der Hund und der Junge, hatten alle Zeit der Welt, und diese längst vergessene Unbekümmertheit war es, die ihn am Fenster zurückhielt. Er spürte, dass das monotone Spiel gegen die Wand eine Emotion hervorrief, die nur sie drei, der Junge, der Hund und er, verstehen konnten. Es waren keine weiteren Spieler und keine weiteren Zuschauer nötig: Die Wand, der Handschuh und die drei wussten, dass jeder Wurf wichtig war, dass die Anstrengung, auch den schrägsten *bound* zu fangen, so entscheidend war wie das Finale einer Meisterschaft. Wenn der Junge sich wie ein Germán Mesa fühlen musste, dachte er, so hatte er selbst sich vor zwanzig Jahren wie Tony González gefühlt, der *shortstop* der Industriales, der Mannschaft seiner Träume und Albträume. Er hatte genau so einen Ball gegen genau so eine Wand geworfen, um ihn genau so zu fangen, mit der Handschuhspitze, und davon zu träumen, dass seine Helden die Meisterschaft gewönnen und sich seine Zukunft auf dem Baseballfeld abspielen würde, wo alle Hoffnungen des Lebens begannen und endeten. ›Scheiße nochmal‹, dachte er, ›ich war schon seit zwei Spielzeiten nicht mehr im Stadion.‹

Als er sich daran erinnerte, wie lange er nicht mehr im Stadion gewesen war, schaute er auf seine Uhr, und ohne es zu wollen, sagte er laut: »Zehn nach drei.« Seine Arbeitszeit dauerte noch eine Stunde und fünfzig Minuten, und sein Schreibtisch war überhäuft mit Papieren. Wieder schaute er zu der Wand hinüber, verfolgte den Bogen, den der Ball beschrieb – der Junge wird einfach nicht müde! –, beobachtete die aufmerksamen Augen des Hundes und den Jungen, wie er den Ball fing – wieder sehr gut –, und dann trat er vom Fenster zurück. Rasch raffte er die Preislisten zusammen, die Formulare, die Abrechnungen, die Kalkulationen und die Rundschreiben der Abteilung, der Direktion, der Gemeinde, des Unternehmens, des Staatlichen Komitees und des Ministerrats und warf, entgegen seiner sonst so peinlich genauen Ordnung, alles in die Schreibtischschublade. Dorthin wanderten auch Taschenrechner, Briefbeschwerer, Bleistifte, Kugelschreiber und Radiergummi, dazu sein Notizbuch mit den Telefonnummern sowie das neuste Buch über Wirtschaftsplanung und Arbeitsorganisation, das er vor Kurzem gekauft hatte. Er schloss die Schublade ab und sah zum leeren Schreibtisch seines Assistenten Jiménez hinüber, der zur Bank gegangen war. Er verspürte nicht übel Lust, ihm eine Nachricht zu schreiben und ihm endlich zu sagen: »Jiménez, du bist der abartigste – würde er ›abartigste‹ schreiben? – und intriganteste Mensch, den ich in meinem Leben kennengelernt habe, der unfähigste Buchhalter dieses Landes und der größte Arschkriecher der Welt. Ich verbiete dir, mir jemals wieder die Ohren vollzusülzen wie ein altes Klatschweib, denn du stinkst so widerlich aus dem Mund, dass mir übel wird. Die Affären der Personalchefin interessieren mich nämlich einen Dreck, genauso wenig wie die Kaffeezuteilung, die der Direktor erhält, oder die heimlichen Neigungen des jeweils neu ernannten Wirtschaftsdirektors des Unternehmens.« Nein, dachte er, das wäre viel zu umständlich. Besser: »Jiménez, du Pestgestank, Arschkriecher, Dreckschleuder, Vollidiot, Arschloch, ich scheiß auf deine Mutter, und sprich mich nie wieder an! El Zorro.«

In der Eingangshalle nahm er seine Stempelkarte aus dem Kasten, der neben dem Schreibtisch der Empfangsdame hing. Er sah sich die Karte einen Moment lang ungerührt an: Der Arbeitsbeginn schwankte zwischen 7 Uhr 40 und 7 Uhr 56, das Arbeitsende lag immer nach 17 Uhr 30. Ein mustergültiger Angestellter, dachte er, knickte die Karte und steckte sie in die Hosentasche.

»Gehst du zum Hauptsitz, junger Mann?«, fragte Martha, die Empfangsdame, und lächelte ihn an, nachdem sie das Radio auf ihrem Schreibtisch leiser gestellt hatte, um sich besser auf seine merkwürdige Aktion mit der Stempelkarte konzentrieren zu können.

»Nein«, antwortete er, während er sich schon in Richtung Ausgang bewegte.

»Und wenn dich jemand am Telefon verlangt?«, rief sie ihm hinterher.

Er blieb an der Tür stehen.

»Dann sagst du ihm, dass ich Baseball spielen gegangen bin«, antwortete er und trat hinaus auf die Straße.

Auf dem Bürgersteig fühlte er sich wie ein anderer Mensch. Am liebsten wäre er gelaufen, aber seit Langem schon hatte er gelernt, seinen schönsten Neigungen nicht nachzugeben, und darum ging er gemessenen Schrittes weiter. Als er um die Ecke gebogen war, atmete er freier. Der Junge kämpfte immer noch gegen die Mauer. Um ihn nicht zu erschrecken, näherte er sich ihm langsam, so als würde er sich erst jetzt für das Spiel interessieren. Der Junge bemerkte, dass er einen Zuschauer hatte, und warf den Ball zwei, drei Mal so, dass er ihn problemlos fangen konnte. Doch als er sah, dass der Mann ihn aufmerksam beobachtete und sogar stehen geblieben war, wurden seine Würfe immer schwieriger. Der Mann hatte sich unter den Lorbeerbaum gestellt, neben den Hund, und sah ihm nun von dort aus zu.

Einen besonders schwierigen Ball musste der Junge passieren lassen. Der Mann streckte sich und erwischte ihn im letzten Moment. Er warf ihn lächelnd zurück, und von dem Jungen kam ein fast unhörbares »Danke«.

»Sag mal, gehört der Hund dir?«, fragte er.

Der Junge sah ihn jetzt zum ersten Mal direkt an und nickte überrascht.

»Wie heißt er?«, fragte er weiter.

»Nerón Fernández«, antwortete der Junge.

Er musste ein Lächeln unterdrücken. »Nerón Fernández ... Der Name gefällt mir. Beißt er?« Er hockte sich neben das Tier, das ruhig dalag und regelmäßig schnaufte.

»Na ja ... Ja, wenn er frisst und wenn ...«, begann der Junge zu erklären, doch da hatte sich der Mann bereits über den Hund gebeugt, sprach ihn beschwörend mit vollem Namen an und kraulte ihm den Kopf. Nerón Fernández sah ihn einen Moment lang an, dann legte er sich auf die Seite und bot ihm seinen Bauch dar.

Der Junge hatte sein Spiel unterbrochen und beobachtete die Szene, wobei er den Ball mehrmals auf dem Boden aufticken ließ. Ein Mann von etwa dreißig Jahren, bekleidet mit einem kurzärmeligen weißen Sommerhemd, der *Guayabera*, aus deren Brusttasche drei Kugelschreiber und der Bügel einer Brille hervorlugten, in einer blauen Hose mit Bügelfalte und schwarz glänzenden Mokassins, hockte auf dem Bürgersteig und kraulte den dreckigen Bauch von Nerón Fernández.

»Ich schau dir schon eine ganze Weile zu«, sagte er schließlich zu dem Jungen. »Ich arbeite da in dem Büro gegenüber, dem mit dem geschlossenen Fenster ... Ich glaube, du wirst mal ein hervorragender Baseballspieler. Das Problem ist nur, du bist Linkshänder und kannst nicht im *quarter* spielen. Du wärst nämlich ein verdammt schlechter *shortstop*.«

»Ich will auch gar kein *short* sein«, beeilte sich der Junge entschieden zu erwidern. Der Mann hörte auf, Fernández zu kraulen, und sah zu ihm hoch. »Ich werde *center*, wie Javier Méndez.«

»Dann musst du die *flys* üben. Mal sehen, kannst du die *flys* schon mit einer Hand fangen, wie Javier?«

Der Junge lachte und ließ den Ball wieder ein paarmal aufticken.

»Schon lange, Kumpel. Also, ich renn los, unter dem Ball her, und warte, in aller Ruhe, und wenn er runterkommt, fang ich ihn und mach dann *so* mit dem Handschuh, als würde ich Fliegen fangen, aber dabei halte ich den Ball gut fest«, und er machte eine schnelle Bewegung mit dem Handschuh nach unten, wie ein Matador.

»Junge, Junge«, rief der Mann lachend, »wer hat dir das denn beigebracht?«

Der Junge seufzte nachsichtig.

»Mein Cousin Gabriel, der spielt in der Jugendmannschaft. Und er will mir einen Helm besorgen, dann kann ich richtig hart spielen.«

»Ich würde ja gerne sehen, wie du die *flys* fängst, weißt du. Mal sehen, ob du so gut bist wie bei den *bounds* ...«

Der Junge schaute die Straße rauf und runter und ließ den Ball wieder aufticken.

»Außer mir ist sonst keiner hier, und für die *flys* braucht man zwei.«

»Ja, das ist wirklich ein Problem. Ich hatte auch nie Spaß daran, mir die *flys* selber zuzuwerfen.«

»Du hast Baseball gespielt?«, wunderte sich der Junge und hielt den Gummiball fest. Er musterte den Mann von oben bis unten und kam zu dem Schluss, dass er nicht wie ein Baseballspieler aussah, mit dieser Kleidung, dem Schnäuzer und der weißen, glatten Haut, die man von stundenlangem Sitzen im Büro bekommt. Der Mann musste über die gerechtfertigte Skepsis des Jungen lächeln.

»Klar, mein Junge«, sagte er, »ich war ein Superspieler, als ich etwa so alt war wie du, acht oder zehn. Und damit dus weißt, ich hatte genau so einen Hund wie den hier. Na ja, nicht ganz genau so, er war nämlich nicht weiß und schwarz, sondern weiß und braun, und er war kupiert. Er hieß Curripio, Curripio Rodríguez, aber sonst war er genau wie der hier, hat mir auch immer beim Baseballspielen zugeschaut.«

Der Junge grinste. Die Geschichte mit dem Hund gefiel ihm.

»Und wo ist Curripio jetzt?«, fragte er und kam näher. Der Mann fuhr fort, Nerón Fernández zu kraulen.

»Er ist an Altersschwäche gestorben, vor ungefähr zehn Jahren. Aber ich hab ihn gepflegt und ihn gebadet. Du badest Nerón nicht, stimmts? Guck mal, wie dreckig meine Hand ist.«

Er zeigte ihm seine Fingerkuppen, die von dem schmierigen Fell des Hundes ganz schwarz geworden waren. Der Junge tat so, als hätte er jemanden an der Straßenecke gesehen.

»Der badet nicht gerne«, sagte er kategorisch. »Ich übrigens auch nicht.«

»Na, wenn das so ist … Ich glaube, Curripio hat auch nicht gerne gebadet.«

»Und warum hast dus dann gemacht?«

Er lächelte. Ich muss mir eine gute Antwort einfallen lassen, dachte er. Aber ihm fielen nur zwei ein: weil es ihm Spaß gemacht hatte, Curripio zu baden, und weil man Hunde baden muss.

»Ach, das ist eine lange Geschichte«, begann er, um Zeit zu gewinnen. »Curripio war nämlich sehr verliebt, weißt du, und ich hab zu ihm gesagt, wenn man eine Freundin haben will, muss man sauber sein, und da hat er sich von mir baden lassen. Und der hier, hat er keine Freundin?« Er fasste dem Hund wieder ins Bauchfell.

»Doch«, sagte der Junge und lächelte verlegen, vielleicht wegen dem, was er sagen wollte. »Er ist der Freund vom Pudel von der Margarita. Ich hab gesehen, wie er es mit ihr gemacht hat. Sein Pimmel ist riesengroß und rot.«

»Sieh mal an, der Fernández«, sagte er. Jeder hätte gerne so einen Freund für seinen Hund gehabt, außer Margarita, dachte er, denn die Frauchen von Pudelweibchen schätzen dreckige Straßenköter wie Nerón Fernández ganz und gar nicht.

Er hörte auf, den Hund zu kraulen, und stand auf. Vom langen Hocken taten ihm die Knie und die Seiten weh.

»Sag mal, hast du heute keine Schule?«

Der Junge begann wieder, den Gummiball aufticken zu lassen, genervt vielleicht von der neuen Richtung, die das Gespräch nahm. »Doch, heute Vormittag. Heute Nachmittag ist der Unterricht ausgefallen, unsere Schule wird desinfiziert, weil fast alle Läuse haben ... Ich nicht«, fügte er hinzu.

»Gott sei Dank. In welcher Klasse bist du denn?«

»In der dritten, nächstes Jahr komm ich in die vierte«, antwortete der Junge, offenbar überzeugt davon, dass er versetzt werden würde.

»Und was möchtest du mal werden?«

»Baseballspieler und Ingenör für Farbfernseher«, sagte er im Brustton der Überzeugung. »Als Baseballspieler komm ich ins Ausland, und als Ingenör verdien ich viele Pesos.«

Er überlegte sich, ob er den Jungen korrigieren und ihm sagen sollte, dass es »Ingenieur« hieß und dass er in dem Alter ähnliche Träume gehabt hatte; doch die letzte Bemerkung des Jungen fand er so genial, dass er darauf verzichtete.

»Und warum bist nicht da oben, bei der Arbeit?«, fragte der Junge.

Die Gegenoffensive kam unerwartet.

»Ach, ich wollte nur ein wenig Luft schnappen und mich mit dir unterhalten.«

»Meine Großmutter sagt, ich soll nicht mit seltsamen Leuten sprechen. Und du bist sehr seltsam.«

»Warum findest du mich seltsam?«

Der Junge steckte den Zeigefinger in die Nase und antwortete: »Weiß nicht ... Wenn ich so groß wär wie du, würde ich den Frauen hinterherlaufen.«

Er lachte.

»Wer hat dir das denn erzählt?«

»Keiner«, antwortete der Junge und betrachtete das Ergebnis seiner Nasensuchaktion auf der Fingerspitze. »Ich hab dich eben am Fenster gesehen, ich glaub, du langweilst dich. Stimmt das?«

»Ja, das stimmt. Hör mal, wenn du mich mitspielen lässt, ich glaube, dann würde ich mich nicht mehr so sehr langweilen. Sollen wir die *flys* trainieren? Ich kann den Ball schön hoch werfen, mal sehen, ob du ihn fängst wie Javier Méndez.«

Der Junge umschloss den Ball mit dem Handschuh, und als er sah, dass der Mann seine *Guayabera* auszog, ging er ein paar Schritte zurück. Wieder musterte er ihn mit einer gewissen Skepsis, denn es wollte nicht in sein Weltbild passen, dass ein erwachsener Mann, sehr seltsam, gelangweilt und mit einer *Guayabera* bekleidet, auf der Straße Baseball spielte. Inzwischen hatte er das Hemd an den Lorbeerbaum gehängt und versuchte, das Vertrauen des Jungen zu gewinnen.

»Als ich in der Jugendmannschaft gespielt hab, war ich *centerfield*, und da hab ich gelernt, auch die schwierigsten *flys* zu fangen. Hat dein Cousin dir das schon beigebracht?«

»Gabriel ist *pitcher*, Mann«, sagte der Junge mit seiner strengen Logik.

»Hör mal«, sagte der Mann und rieb sich die Hände, »ich würde mir gerne dein Cap aufsetzen. Du brauchst es ja nicht.«

Der Junge schaute ihn an, und man sah in seinen Augen, dass diese Bitte sein Misstrauen noch verstärkte. Er verstand das, versuchte, sich in seine Lage zu versetzen, und fragte sich, ob er einem Fremden sein Cap leihen würde oder nicht. Er hätte Nein gesagt, wenn er sich getraut hätte, dachte er, obwohl er am Ende wohl Ja gesagt hätte wie in so vielen anderen Situationen in seinem Leben, als er Ja gesagt hatte.

»Und warum willst du das Cap haben?«

Er schaute auf das Baseballcap, das er bereits in Händen hielt. Es war graumeliert, mit rotem Schirm, und dem Schmutz und dem Schweiß unendlich vieler Baseballpartien. Er hatte ein fast identisches Cap gehabt und es nie abgelegt, als Baseball das Wichtigste in seinem Leben gewesen war. Wenn er ehrlich war, hätte er sein Cap niemandem überlassen wollen, und der Junge sollte das auch nicht tun, dachte er.

»Ist egal, nimm du es«, sagte er und warf es dem Jungen zu. Der fing das Cap auf und sah es einen Moment lang an, setzte es sich aber nicht auf.

»Hör mal«, der Junge kam zu ihm, »mir ist es egal. Setz dus auf, wenn du willst«, und er reichte ihm das Cap. Der Mann lächelte, war aber der Meinung, dass er es nicht nehmen sollte.

»Übrigens«, sagte er, »du hast mir noch gar nicht gesagt, wie du heißt.«

»Hast mich ja auch nicht danach gefragt … Élmer«, sagte der Junge und ließ den Gummiball zwei Mal auf dem Boden aufticken.

»Ein schöner Name, oder? Hör zu, Élmer, wenn du willst, kann ich auf dein Cap aufpassen, während du gegen die Mauer spielst. Mach einfach weiter, ich setz mich hier neben Nerón.«

»Bist du jetzt böse?«

»Ach was, es ist nur so heiß …«, sagte er und setzte sich neben den Hund ins Gras. Der Junge sah ihn schuldbewusst an, als hätte er etwas Falsches gesagt, und der Mann dachte, dass das nicht fair war. Mit einer Kopfbewegung forderte er den Jungen auf, sich neben ihn zu setzen. Élmer lächelte ihn an und kam der Aufforderung nach. Sogleich schob sich Nerón neben sein Herrchen, ohne sich vom Boden zu erheben.

»Weißt du was, Élmer? Nein, das weißt du nicht, aber du sollst es wissen. Ich wollte auch mal Baseballspieler und Ingenieur werden, aber ich bin keins von beidem geworden. Als ich Abitur gemacht habe, gab es die Fachrichtung nicht, die ich studieren wollte, und das Baseballspiel hatte ich schon vorher aufgegeben, um bessere Noten zu kriegen und Ingenieurswesen studieren zu können. Ich nehme an, du verstehst überhaupt nichts, aber ich versteh es selbst nicht, ich schwörs dir. Jetzt bin ich Finanzfachmann, ich bin nicht berühmt geworden und wohne in einem Haus, das irgendwann in sich zusammenfällt. Und in Australien bin ich auch nie gewesen, das war nämlich das, was ich mir nach Baseball und Ingenieurstudium am meisten gewünscht hatte. Egal, sollen sie sich doch Australien in den Arsch schieben«, sagte er und stand auf. Er nahm die *Guayabera* vom Ast und sah Élmer an, der ihn die ganze Zeit über anstarrte. In den Augen des Jungen sah er Angst und Verwirrung. Bestimmt war er für ihn ein besonders seltsamer komischer Vogel.

»Keine Sorge, ich hab mehr Angst als du«, sagte er zu ihm, während er die *Guayabera* zuknöpfte. »Wenn ich keine Angst hätte, würde ich alles zum Teufel schicken und irgendwohin gehen, um irgendwas zu machen. Aber das ist das Problem: Ich habe Angst und weiß nicht, wohin ich gehen und was ich da machen soll. Aber trainier du nur weiter, vielleicht wirst du ja mal Baseballspieler und Ingenieur.«

Élmer stand jetzt ebenfalls auf und ging auf ihn zu.

»Sagen Sie«, begann er, »warum sind Sie auf einmal so böse geworden? Wegen dem Cap?«

»Nein, überhaupt nicht«, sagte er und nahm das Cap, das der Junge noch immer in der Hand hielt. »Du hattest keinen Grund, mir dein Cap zu leihen ... Aber ich möchte dich was fragen: Hast du mal ein Buch von Emilio Salgari gelesen, das *Der geheimnisvolle Kontinent* heißt?«

Der Junge lächelte und schüttelte den Kopf.

»Ein wunderbares Buch. Es handelt von Australien, und wenn man es liest, bekommt man große Lust, nach Australien zu fahren. Aber lass dir eins gesagt sein: Wenn du das Buch mal irgendwo siehst, lies es auf keinen Fall, auch wenn man dich deswegen umbringt, klar?«

Élmer senkte den Blick und erwiderte: »Hören Sie, Sie sind wirklich sehr seltsam.«

»Also, ich geh dann mal. Hier, dein Cap«, sagte er. »Es war mir ein Vergnügen, mit dir zu reden, Élmer.«

Langsam ging er zur Straßenecke und wischte sich den Schweiß von der Stirn. Als er das Gebäude des Unternehmens betrat, verzog die Empfangsdame missbilligend das Gesicht und drehte das Radio lauter. Er steckte seine Stempelkarte zurück in den Metallkasten, der neben der Uhr der Wahrheit hing. Während er die Treppe hinaufstieg, dachte er, dass er sich noch nie so sehr als Versager gefühlt hatte wie in diesem Augenblick. Er öffnete die Tür zu seinem Büro und setzte sich hinter den Schreibtisch. Er betrachtete das Foto unter der gläsernen Tischplatte, auf dem er lächelnd zwischen seiner Frau und seinem Sohn Élmer stand. Daneben sah er das Zertifikat über die 120 Stunden freiwilliger Arbeit, die der Genosse Élmer Santana geleistet hatte, doch er bedeckte das Foto mit den Papieren, den Formularen und Rundschreiben, die er nach und nach wieder aus der Schublade nahm. Er bedauerte es, den anderen Élmer angelogen zu haben. Er hätte ihm sagen müssen, dass er aufgrund der Verordnung, es sei nötig für das Land, Wirtschaftswissenschaften studiert hatte, und er sich nicht getraut hatte, Nein zu sagen, ein so guter Schüler wie er, das war die Pflicht jedes Parteisoldaten. Und er hätte ihm sagen müssen, dass er aufgehört hatte, Baseball zu spielen, weil er als Oberstufensprecher an allen Veranstaltungen, Versammlungen und Lerngruppen teilnehmen musste und weil er es nicht in die Nationale Jugendmeisterschaft geschafft hatte und sich selber belogen hatte, als er sich gesagt hatte, ist doch egal, Baseball ist nicht so wichtig. Aber, wie sein Vater sagte, er war immer ein zuverlässiger Junge gewesen, und darauf konnte er stolz sein ... Stolz worauf?

Er breitete sämtliche Papiere vor sich auf dem Schreibtisch aus und stand auf. Diese Papiere waren das Ergebnis seiner Zuverlässigkeit. Die Klimaanlage hatte den Schweiß auf seiner Stirn getrocknet. Aus der untersten Schublade seines Untergebenen nahm er eine Zigarette aus der Schachtel, die Jiménez dort versteckte, damit die Kollegen gar nicht erst auf die Idee kamen, ihn um eine Zigarette anzugehen. Er zündete sie an und stellte sich ans Fenster. Élmer und Nerón Fernández waren fortgegangen, und die Straße lag still in der Nachmittagshitze da. An der Wand waren noch die Spuren des Gummiballs zu sehen, und neben dem Lorbeerbaum auf dem Boden sah er etwas Graues und Rotes, und er fragte sich, warum der Junge wohl sein Cap dort zurückgelassen hatte. So etwas hätte er nie getan, ohne sein Cap hatte er sich nicht als Baseballspieler fühlen können. Er sollte hinuntergehen, dachte er, das Cap an sich nehmen und darauf warten, dass Élmer irgendwann zurückkäme, um es ihm zu geben und ihm die Wahrheit zu erzählen. Er drückte die Zigarette auf dem Boden aus und rannte die Treppe hinunter. Er musste das Cap an sich nehmen. Vielleicht würde dieser Élmer eines Tages nach Australien fahren können.

1989

Beim Betrachten der Sonne

Seit zwei Stunden betrachte ich die Sonne. Es macht mir Spaß, die Sonne zu betrachten. Ich kann bis zu einer Stunde ununterbrochen in die Sonne schauen, ohne die Lider zu schließen und ohne dass mir die Augen tränen.

Als Alexis zu mir kommt, betrachte ich immer noch die Sonne.
»Sag mal, Alter, was machst du da?«, fragt er.
»Nichts, und du?«
»Ich lass mich einfach so treiben.«
»*I like it*«, sage ich und sehe ihn an. Vermutlich ist Alexis mein bester Freund. Wir kennen uns bereits seit der Zeit vor der Schule, als sein und mein Vater im Innenministerium arbeiteten. Später bekam Alexis' Vater eine Verwarnung, aber keine allzu strenge, weil er nämlich einflussreiche Freunde hat. Nicht mal seinen Dienstwagen haben sie ihm weggenommen, nur die Pistole, die musste er abgeben. Das schon.
»Komm, wir gehen einen trinken«, schlägt Alexis vor.
»Wer hat was?«
»Richard El Cao.«
»Also gut, gehen wir«, sage ich und vergesse die Sonne.

El Cao, »der Rabe«, hat immer Alkohol. Manchmal guten. Und manchmal hat er auch Pillen. Er kann sie sich leicht besorgen. Er klaut seiner Mutter ein Rezept, die leitet nämlich ein Krankenhaus, und fälscht ihre Unterschrift, und in der Apotheke geben sie ihm die besten Pillen. Ich sags ja, leicht! Heute aber hat er keine Pillen. Gestern haben wir die letzten genommen, mit vier Litern Rum. Es war schrecklich.

Jetzt trinken wir schweigend. Das ist immer so: Zu Beginn redet man fast nicht. Es ist, als würde das Gehirn für eine Weile absterben. Später redet man mehr, vor allem, wenn man dabei Pillen einwirft. Alexis und El Cao sind dann die, die am meisten reden.

Als wir schon ziemlich viel getrunken haben, sagt Alexis: »Heute ist Kampf.«

»Auf der Brache?«, fragt El Cao.

Alexis nickt.

»Ich hab kein Geld«, sagt El Cao.

»Ich auch nicht«, sage ich.

»Ich aber«, sagt Alexis, und weil er schon ziemlich betrunken ist, erzählt er uns in allen Einzelheiten, wie er an die Knete gekommen ist: Sein Vater hatte im Kofferraum seines Wagens etwa zwanzig Liter Öl, von dem guten, zum Kochen, und Alexis hat drei geklaut und sie verkauft. Deswegen hat er jetzt Geld. 300 Pesos.

»Also, gehen wir«, sagt El Cao.

»Lass mich erst austrinken«, sagt Alexis.

Wir trinken weiter. Der Rum ist diesmal gut. Nachdem wir ausgetrunken haben, gehen wir.

Als wir ankommen, hat der Kampf noch nicht begonnen. Man erzählt uns, dass heute der Staffordshire von Yoyo und der Boxer von Carlitín gegeneinander kämpfen. Mir gefällt der Staffordshire. Er heißt Verdugo (»Henker«) und hat schon rund zwanzig Kämpfe gewonnen. Fast immer tötet er den anderen Hund. Aber auch der Boxer ist berüchtigt. Er heißt Sombra (»Schatten«), und angeblich lässt er nicht wieder los, wenn er einmal gefasst hat. Etwa ein

Dutzend Männer sind schon da und warten, darunter zwei Schwarze mit Goldzähnen und Goldkettchen um den Hals. Vermutlich Freunde von Carlitín. Er treibt sich immer mit Schwarzen rum. Macht Geschäfte mit ihnen, und manchmal besaufen sie sich.

Es wird gewettet. Alexis setzt die dreihundert Schleifen auf Verdugo. Ich sage ihm, er soll fünfzig zurückbehalten, damit wir noch eine Flasche kaufen können, wenn er verliert. Aber er sagt, nein, im Wagen seines Vaters gebe es noch jede Menge Öl, und außerdem werde Verdugo gewinnen.

Die Hunde werden aufgehetzt. Und alles schreit wild durcheinander. Auch ich schreie. Sie werden von der Leine gelassen. Verdugo attackiert Sombra an der Lende, und schon beim ersten Biss fließt Blut. Das Blut ist fast schwarz und tropft aus Verdugos Maul auf den Boden. Jetzt schreien die Männer noch lauter. Sombra windet sich und packt Verdugo am Bein. Gleich wird er es ihm ausreißen. Verdugo muss Sombra loslassen, aber Sombra merkt es gar nicht. Verdugo beißt Sombra in den Hals. Carlitín und Yoyo versuchen, die beiden zu trennen, aber Verdugo lässt nicht los. Sombra auch nicht. Sie stecken ihnen Knüppel ins Maul und setzen den Hebel an. Sombra lässt als Erster los, versucht auszuweichen. Verdugo hält ihn immer noch im Nacken gepackt. Endlich gelingt es Yoyo, das Maul des Hundes aufzureißen, und Sombra bricht zusammen. Aus zwei Wunden schießt Blut, noch schwärzeres Blut, und so was von dick. Der Boxer ist tot. Die Männer hören nicht auf zu schreien, und diejenigen, die die Wette verloren haben, müssen zahlen. Carlitín versetzt seinem toten Hund Fußtritte. Alexis kassiert zweihundert Pesos und sagt zu einem der Schwarzen, er soll ihm seine hundert zahlen. Der Schwarze sagt, der Kampf sei scheiße gewesen. Alexis sagt, das sei ihm egal, er will seine hundert Pesos sehen.

Der Schwarze sagt, einen Dreck werde er. Alexis sagt, er soll ihn sich in den Arsch stecken. Der Schwarze holt eine Pistole raus und hält sie Alexis unter die Nase. Was hast du gesagt, du weißer Versager?, fragt ihn der Schwarze und versetzt ihm mit dem Pistolengriff einen Schlag gegen das Kinn. Alexis sagt nichts mehr. Der zweite Schwarze hat ein Messer in der Hand und schaut in die Runde. Die beiden Schwarzen lachen. Keiner will sich mit ihnen anlegen. Soll ich mich einmischen, weil Alexis doch mein Freund ist? Ich mische mich ein.

»Hör auf damit, Kumpel«, schreie ich den Schwarzen an. »Alexis, vergiss den Hunderter.«

»Okay, Alter, du hast gewonnen«, sagt Alexis, und der Schwarze stößt ihn weg. Er lacht. Der andere auch. Sie gehen rückwärts davon. Ich mag die Schwarzen immer weniger. Bei meiner Mutter.

Alexis redet weniger als sonst. Und trinkt mehr. Er, ich, El Cao und Yovanoti – so nennen wir Ihosvani neuerdings – haben zwei Liter vernichtet, und auch die dritte Flasche ist schon so gut wie leer. Eine haben wir noch. Hier auf der Dachterrasse von El Cao ist das kein Problem: Sie ist rundherum eingezäunt, sodass keiner runterfallen kann, so besoffen er auch ist. Jemand auf der Straße ruft nach El Cao: »Richard! Richard!«, schreit eine Frau. Oder zwei.

Es sind zwei: Niurka und Betty. El Cao schreit zurück, sie sollen raufkommen. Das tun sie. Sie wissen bereits, dass Alexis betrogen wurde. Das ganze Viertel weiß es. Die beiden Frauen haben Durst, und wir köpfen die vierte Flasche.

»Hat eine von euch was?«, frage ich sie, aber sie stellen sich dumm. Sie haben ihren Spaß daran. »Stellt euch nicht so an«, sage ich zu ihnen.

»Ich hab noch zwei Parkisonil«, sagt Betty. Es sind kleine weiße Pillen. Ich habe Lust, gleich eine zu nehmen. Aber ich gebe beide Alexis, der sie mit einem großen Schluck Rum runterspült.

»Vergiss die Schwarzen«, sage ich zu ihm.

»Ich werd mit denen noch abrechnen«, sagt Alexis und legt sich auf den Boden, schließt die Augen, zittert ein wenig und geht auf Reisen. Parkisonil geht ab wie 'ne Rakete, wenn Alkohol im Spiel ist.

Es ist Nacht, und weil die Sonne weg ist, betrachte ich den Mond. Das gefällt mir nicht so gut, aber es ist besser, als nichts zu betrachten. Betty bläst mir einen, doch obwohl er steif ist und krebsrot, will ich einfach nicht kommen. Das passiert mir manchmal. Es ist, als wäre er aufgepumpt. Alexis schläft immer noch auf dem Boden, und El Cao fickt Niurka in den Arsch, während Yovanoti abhängt. Ich meine ihn leise singen zu hören. Ich habe die siebte Flasche des Tages in der Hand und trinke noch einen Schluck. Plötzlich habe ich keine Lust mehr auf die Lutscherei und ziehe meinen Steifen aus Bettys Mund.

»Los, auf alle viere«, sage ich zu ihr und stecke ihn ihr in den Hintern. Dabei denke ich an Filme, in denen ein Mann es einer Frau von hinten besorgt. Aber auch so passiert nichts. Heute Abend komme ich einfach nicht. »Nimm du sie, Alter«, sage ich zu Yovanoti. Er kommt zu Betty, und sie bläst ihm einen.

Ich betrachte wieder den Mond, trinke weiter und schlafe dann ein.

Als ich die Augen öffne, sehe ich die Sonne. Ich bin allein auf der Dachterrasse.

Ich weiß nicht, warum, aber es gibt Tage, da habe ich Lust, in die Kirche zu gehen. Nicht um zu beten oder an Gott zu denken, denn ich kann nicht beten und habe keine Ahnung von diesem ganzen Mist mit Gott und den Heiligen und den Engeln. Ich hab einfach Lust, hinzugehen. Meinen Eltern ist es egal, dass ich in die Kirche gehe, weil das jetzt nicht mehr so schlimm ist. Bis vor zwei oder drei Jahren, da war es schlimm, und damals sahen sie es nicht gerne. Du glaubst doch an überhaupt nichts, nicht mal an deine Mutter, sagten sie. Weißt du nicht, dass uns das in Schwierigkeiten bringt? Was zum Teufel willst du dann in der Kirche?, fragten sie mich. Und ich, ich zuckte nur mit den Schultern. Ich wusste nicht, was ich da wollte, und ich weiß es bis heute nicht. Na ja, irgendwie schon: Ich bin gerne da, weil ich dann zur Ruhe komme. Aber beten und an Gott denken, nein, das tue ich nicht. Ich sitze einfach nur da und betrachte ihn.

Der Wagen läuft super. El Kakín putzt den ganzen Tag an ihm herum, bringt ihn auf Vordermann, bringt kleine Accessoires an. Wenn sein Vater ins Ausland fährt, hat El Kakín den Wagen ganz für sich. Und manchmal sagt er zu uns: *Everybody, go to the beach*, und dann fahren wir alle an den Strand. Wie heute. Alexis ist immer noch sauer wegen der Sache mit den Schwarzen. Er hat nicht mal Lust, ins Wasser zu gehen. Trinkt Rum und sagt die ganze Zeit: »Diese beschissenen Scheißneger.« Aber ich, El Kakín, Yovanoti und El Cao, wir gehen ins Wasser. Das Wasser ist heute super. Wir gehen raus und trinken ein wenig Rum. Dann gehen wir wieder rein. Gehen wieder raus, trinken mehr Rum, und dann kommen Vivi und Annia. Da wir schon genug getrunken haben, unterhalten wir uns ein bisschen. Annia sagt, sie geht nach Yuma, also in die USA, sie und ihre ganze Familie. Leute von den Zeugen Jehovas haben ihnen die Visa besorgt. Einmal die Woche gehen sie zu denen in die Kirche, singen und beten die ganze Zeit, und die Leute meinen, dass sie an das ganze Zeug glauben. Sie rauchen nicht, trinken nicht, benutzen keine schlimmen Wörter, haben keinen Hass in ihren Herzen, sagt Annia. Und das bei den Wutausbrüchen meines Bruders, fügt sie hinzu. Na ja, ist ja egal, dass sie nicht an Jehova glauben, das Einzige, was sie wollen, ist, in die Staaten gehen, genauso wie 'ne Menge Leute, die ich kenne. Ich glaube, ich will das nicht. Sie sagen, dass es da alles gibt, aber dass man bis zum Umfallen arbeiten muss. El Cao sagt, er will auch nicht, mit Selbstgebranntem und Pillen kann er überall leben. El Kakín ja: Er will einen eigenen Wagen haben, mit fünf Gängen, doppeltem Radantrieb, acht Zylindern, Benzinmotor, Hydraulik. Er kennt den Wagen, als gehörte er ihm schon. Alexis sagt, er auch: Da kann man einen Neger umbringen und kriegt sogar tausend Dollar dafür. Er ist geradezu besessen von den Schwarzen.

Aber wer sich am meisten für die USA begeistert, ist Yovanoti. Er redet von nichts anderem, davon, wie gut man da leben kann, von seinem Cousin, der in Miami der König der Wagenrennen ist, von einem anderen Cousin, der abgehauen ist und nach zwei Monaten angefangen hat, seiner Mutter jeden Monat hundert Dollar zu schicken, und von einem Schwager von ihm, der ein Restaurant hat, in New Jersey, glaub ich. Yovanoti sagt, wenn er erst in Yuma ist, hört er auf zu trinken und Pillen zu nehmen und Marihuana zu rauchen und überhaupt zu rauchen, und dann verdient er viel Geld. Und darauf trinkt er einen ordentlichen Schluck Rum. Und redet noch ein bisschen weiter.

Weil ich zwei Tage keine Pillen geschluckt habe, komme ich heute voll auf meine Kosten. Vivi hat einen superkleinen Arsch. Erst meint man, er geht nicht rein, aber sie macht ihn weit auf und kitzelt sich mit dem Finger, und dann atmet sie tief ein und sagt: »Steck ihn rein.« Und man stößt ein wenig und steckt ihn ihr dann voll rein. Das Problem ist, dass ich noch eine Weile drin bleiben will, ohne zu kommen, aber ich komme sofort, und danach steht er nicht mehr. Dem Cao steht er immer. Ich habs zwei Mal mit Vivi gemacht und ein Mal mit Annia, sagt er. Keine Ahnung, wo El Cao so viel Saft hernimmt. Wo er doch fast gar nichts isst. Alexis will nichts machen, er will eine Pille. Anscheinend hat er sich einen runtergeholt, damit es ihm nicht zu langweilig wird, und dann hat er noch mehr Rum getrunken.

»Schau mal«, sagt Alexis und zeigt mir einen Haufen Pillen.

»Mann, Alter, wo hast du denn die her?«, fragt El Cao und starrt fassungslos auf die Pillen.

»Hab sie meiner Oma geklaut.«

El Cao lacht sich schlapp.

»Und wenn der Alten was passiert, he?«

»Dann stirbt sie eben, was solls«, sagt Alexis und nimmt zwei Pillen mit einem Schluck Rum.

Er gibt mir zwei und Richard El Cao zwei und Yovanoti zwei und behält noch zwei für sich.

Das Gute an den Pillen ist, dass du fast keinen Alkohol brauchst. Sie verstärken die Wirkung von dem, was du bereits intus hast. Ums Zehnfache, glaube ich. Außerdem, wenn du nicht betrunken bist, hast du Lust zu reden, zu vögeln, Musik zu hören. Na ja, eine Weile jedenfalls. Alexis fängt an zu reden.

»Ich brauch die Wumme von deinem Alten«, sagt er zu mir.

El Cao lacht sich wieder schlapp.

»Wegen der lausigen hundert Pesos willst du dich mit den Schwarzen anlegen?«, fragt er.

»Wegen der hundert Schleifen und weil das Arschlöcher sind, diese schwulen Neger. Du musst mir die Pistole von deinem Alten besorgen«, sagt er zu mir.

»Du bist ja verrückt, Alexis«, sage ich.

»Scheiß auf verrückt. Besorgst du sie mir nun oder nicht?«

»Das ist nicht so einfach.«

»Doch, du greifst sie dir abends, und nach drei Stunden legst du sie wieder zurück.«

»Aber du weißt ja nicht mal, wo die Schwarzen wohnen.«

»Doch, hab ich rausgekriegt. Ich weiß, wo sie wohnen, wo sie ihr Bier trinken, wo sie auf Hähne wetten, wo sie Lose kaufen, wo sie Marihuana rauchen, wo sie Hühner klauen. Die zwei sind so gut wie tot. Besorg mir die verdammte Pistole. Hier«, er holt sechs Kugeln aus der Hosentasche.

Er trinkt noch mehr Rum und schluckt die beiden Pillen, die er zurückbehalten hat.

»Du bist verrückt, Alexis«, wiederhole ich, aber ich glaube, er hört mich nicht mehr.

Yovanoti hat einen Film besorgt, und wir schauen ihn uns in seinem Zimmer an. Zuerst sind da zwei Blondinen. Sehen aus, als kämen sie gerade von der Arbeit, sie haben Aktenmappen und so was dabei. Aber sogleich fangen sie an, sich gegenseitig auszuziehen und wie wild zu ficken. Als sie so richtig in Fahrt sind, kommt eine Mulattin dazu. Sie schiebt sie auseinander und macht mit. Die Mulattin hat eine rote Möse, fast ganz ohne Haare. Muss etwa zehn Pfund schwer sein. Die beiden Blonden lecken die Mulattin von oben bis unten. Dann schnallt sich eine von ihnen einen Dildo vor und steckt ihn der Mulattin in die Möse, bis sie kommt. Als Erster hat El Cao seinen Schwanz rausgeholt und sich einen runtergeholt. Dann ich. Dann Alexis. Dann Yovanoti. Und um nicht untätig rumzusitzen, hat auch die andere Blonde angefangen, zu masturbieren.

Der Milchgestank im Zimmer ist kaum auszuhalten. Ich denke an die Möse der Mulattin. Aber nur ein paar Minuten, dann beginnt ein anderer Film, und El Cao stellt eine Flasche Rum auf den Tisch.

Als ich wach werde, ist es dunkel. Ich glaube, ich bin immer noch in Yovanotis Zimmer. Alexis liegt neben mir im Bett und schläft. El Cao und Yovanoti sind nicht mehr da. Zwischen Alexis und mir liegt die blonde Vanessa. Sie ist nackt und schläft ebenfalls. Ich wundere mich, denn Vanessa fickt nie mit uns. Wir sind Barbaren, sagt sie, und dass sie hinterher immer blaue Flecken hat. Was sie will, ist einen Yankee auftun, der ihr Dollars gibt und mit ihr nach Paris geht. Keine Ahnung, was sie mit Paris hat, aber Vanessa ist eben Vanessa, und ehrlich gesagt, sie ist klasse. Sie hat 'ne enorme Möse mit 'nem blonden Puschel und zwei Titten, die sind noch besser. Plötzlich krieg ich einen Ständer. Ich berühre Vanessa, aber sie bewegt sich nicht. Ich stecke ihr einen Finger rein und spüre, dass ihre Spalte ganz feucht ist. Riecht nach Milch. Ich streiche mit dem Finger über meinen Schwanz, um ihn anzufeuchten. Dann steck ich ihn ihr rein. Sie rührt sich immer noch nicht. Womit sie sich wohl vollgedröhnt hat? Ich bleibe in ihr drin, bis es mir langweilig wird, dann ziehe ich ihn raus. Ich lutsche ein bisschen an ihren Titten. Sie lacht, schläft aber weiter, und ich stecke ihn ihr wieder rein, und endlich kommt es mir. Aber nicht stark.

Ich schaue aus dem Fenster und sehe, dass es regnet. War mir gar nicht aufgefallen. Ich weiß nicht, wie spät es ist. Muss wohl schon sehr spät sein, denn ich habe etwas Hunger. Auf dem Boden liegen angesengte Blättchen. Wir haben wohl Marihuana geraucht. Aber ich kann mich an nichts erinnern. In einer Flasche ist noch etwas Rum. Ich trinke ihn gegen den Hunger und lege mich wieder hin, um ein wenig zu schlafen. Aber vorher lutsche ich noch kurz an Vanessas Titten und denke dabei an die Möse der Mulattin.

Weil El Kakín nicht kommt, fahren wir ohne ihn an die Küste. Das Wasser ist herrlich. Nur die Steine am Grund sind nicht so gut. Als ich ins Wasser springe, schlage ich mir den Kopf auf. Klar, ich bin betrunken. Die Narbe ist immer noch zu sehen. Ich musste mit sechzehn Stichen genäht werden, und weil ich so betrunken war, hat die Narkose nicht gewirkt. Besser nicht mehr dran denken. Ich trinke noch einen Schluck Rum und höre El Cao zu, der wie ein verdammter Papagei plappert: »Ich also zu dem Yankee hin und sage: ›Mister, wot wont yu? Girls, Rum, Zigarren, Marihuana?‹ Und der Typ erschreckt sich fast. Weil er so blond und so rosig ist, kann man sehen, dass er rot wird. ›Nosing, nosing‹, sagt er, und ich: ›No problem, Mister, ich hab, wot yu wont.‹ Und der Typ: ›Nosing, nosing‹, aber da hält der Yovanoti ihn schon von hinten fest, und ich verpass ihm eine, und der Yova noch eine, direkt aufs Ohr, und ich schnapp mir den Rucksack und tret ihm in die Eier, dass sie ihm praktisch aus den Ohren rauskommen, ehrlich. Und dann rennen wir los, und als ich mich umdreh, schon an der Ecke, da seh ich, dass der Typ immer noch auf dem Boden liegt. Wir also ganz langsam weiter. Und dann haben wir den Rucksack untersucht, nur so oller Krempel, aber dann find ich die Brieftasche, und wir sehen, dass der Vogel Deutscher war. Und wisst ihr, wie viel Geld er bei sich hatte? Zehn verdammte Dollar. Der Yovanoti musste mich festhalten, ich hätte ihm nämlich am liebsten noch ein paar in die Eier getreten. Kannst du dir das vorstellen? Aus Deutschland kommen und zehn Dollar bei sich haben? Aber, na ja, davon haben wir den Rum gekauft …«

Wir haben uns totgelacht. Und noch mehr Rum getrunken. Yovanoti hat gesagt: »Auf die Solidarität des deutschen Volkes mit dem kubanischen Volk«, und wir haben wieder getrunken.

Alexis hat diesmal nichts getrunken und zu mir gesagt: »Besorgst du mir jetzt die Wumme von deinem Vater?«

»Fängst du schon wieder davon an?«

»Besorgst du sie mir, oder nicht?«

»Vergiss es, Alexis, du weißt doch, er legt die Knarre nicht mal zum Scheißen aus der Hand.«

»Und wenn er schläft?«

»Dann ja.«

»Also …«

Als Alexis die Pistole sieht, grinst er. Es ist eine Makarow, und sie ist so sauber, dass sie aussieht wie neu. Ich geb sie ihm, und er sieht sie an, immer und immer wieder. Er mag Waffen. Ich nicht. El Cao und Yovanoti sehen sie ebenfalls an und sagen: »Mann, die ist wirklich schön.«

Alexis nimmt das Magazin raus und entfernt die Kugeln. Er tut seine hinein, eine nach der anderen, und sagt: »Morgen wird mir die Welt ein Denkmal setzen. Zwei Neger weniger. Gehn wir«, sagt er, und wir gehen hinaus. Aber vorher trinken wir noch zwei Schluck Rum. Oder drei.

Alexis sagt: »Bestimmt sind die da drin.« Er zeigt auf das Haus. »Hier trinken sie immer ihr Bier.«

Wir warten. Niemand sagt was. Ich betrachte den Mond. Heute ist Vollmond, es ist taghell. Yovanoti raucht eine Zigarette nach der anderen. Richard El Cao hat sich auf den Boden gesetzt und summt leise vor sich hin. Alexis sieht angestrengt zu dem Haus hinüber. Plötzlich sagt er: »Das sind die Wichser.«

Die beiden Schwarzen kommen aus dem Haus und gehen in die andere Richtung. Wir hinterher, aber ohne Eile. Als wir um die Ecke biegen, sehen wir sie vor einem Haus stehen und so tun, als würden sie durchs Fenster reinschauen. Bestimmt wollen sie sich da drin besaufen. Alle Schwarzen sind gleich. Na ja, fast alle. Mein Vater sagt, nicht alle Schwarzen sind Diebe, aber alle Diebe sind schwarz. Er sagt auch, die Schwarzen haben fünf Sinne, genau wie die Weißen, aber sie haben zwei für die Musik und drei zum Klauen. Er lacht sich schlapp, wenn er solche Witze reißt und wenn er erzählt, dass ein paar Schwarze verhaftet wurden. Wenn die Schwarzen im Knast sitzen, sagt er, sind es nicht mehr so harte Jungs.

Wir folgen ihnen auf dem anderen Bürgersteig, und als wir sie fast eingeholt haben, tun sie so, als würden sie nichts bemerken. Sie bleiben stehen und zünden sich eine Zigarette an. Obwohl Vollmond ist, scheinen sie uns nicht wiederzuerkennen. Wir gehen über die Straße, und Alexis holt die Wumme raus. Der Messerschwinger sieht es als Erster, die Ratte! Er rennt los, und das kostet ihn das Leben: Alexis gibt ein paar Schüsse auf ihn ab, und er stürzt zu Boden. Er wälzt sich wie ein tollwütiger Hund, und Yovanoti und ich versetzen ihm Fußtritte und schreien: »Du schwule Sau, hast Angst gekriegt, was, du schwule Sau!« Bis der Schwarze seltsam zu zittern beginnt und sich schließlich nicht mehr rührt. Die Zunge hängt ihm aus dem Mund. Der andere Schwarze ist stocksteif stehen geblieben und schaut zu, wie sein Kumpel stirbt. Alexis steht vor ihm, hält ihm die Pistole vors Gesicht und sagt: »Jetzt gibst du mir meine hundert Pesos, oder?«

»Scheiße, Weißer, kein Grund, sich so aufzuregen«, sagt er und greift in seine Hosentasche.

»Vorsicht«, schreit El Cao.

Alexis fackelt nicht lange und schießt dem Schwarzen in den Kopf. Der fliegt nach hinten und explodiert. Sogar bis zu mir spritzt das Blut. Es ist fast schwarz, wie das des Hundes, allerdings mit weißen Punkten. Der Schwarze stürzt zu Boden, und Alexis hockt sich neben ihn und sagt, obwohl ich glaube, dass der Typ nichts mehr hört: »Da siehst du, was mit Drecknegern wie dir und deinem Freund passiert.« Und er zieht ihm die Hand aus der Tasche. Der Schwarze hat keine Pistole bei sich, sondern ein Bündel Geldscheine, mehr als fünfhundert Pesos.

Weil die Bewohner der Straße aus den Fenstern schauen und angefangen haben zu schreien, laufen wir weg. Und von da an geht alles den Bach runter. An der Ecke tauchen plötzlich zwei Polizisten auf, und Alexis denkt nicht lange nach. Er denkt nie nach. Und bei seiner Treffsicherheit ... Er schießt, einer der Polizisten fällt zu Boden, der andere rennt weg. Wir rennen in die entgegengesetzte Richtung, und keiner traut sich, die Verfolgung aufzunehmen.

Wenn einer zwei schwarze Verbrecher umbringt, kriegt er Probleme. Wenn er aber einen Polizisten ermordet, dann kriegt er so richtig Ärger. Wir wussten das nur zu gut, und deswegen stimmten alle zu, als El Cao sagte: »Am besten, wir schnappen uns ein Boot auf dem Fluss und fahren einfach rüber. Hier wird es für uns richtig ungemütlich. Das hat man davon, wenn man sich mit solchen Arschgeigen wie dem da einlässt.« Er nahm Alexis die Pistole aus der Hand. Alexis protestierte, und El Cao schrie ihn an: »Halts Maul, oder ich stopf es dir!«

Seit zwei Stunden betrachte ich jetzt schon die Sonne. Es macht mir Spaß, die Sonne zu betrachten. Ich kann in die Sonne schauen, ohne die Lider zu schließen und ohne dass mir die Augen tränen. Vor zwei Stunden ist uns der Treibstoff ausgegangen, und seit mehr als vier Stunden haben wir kein Wasser mehr. Vor etwa einer Stunde ist Alexis über Bord gegangen, als er Wasser aus dem Meer trinken wollte, und seitdem ist er nicht mehr aufgetaucht. Yovanoti hat gesagt, bestimmt hat ihn ein Hai erwischt, und dann hat er zu weinen begonnen und gesagt »Geschieht dir recht, geschieht dir recht« und ins Meer gespuckt. Das gefiel mir gar nicht. Ich glaube, Alexis war mein bester Freund.

Ich hab mir nie viele Gedanken über die Uhrzeit gemacht. Richard El Cao sagt, dass es in zwei Stunden dunkel wird und dass das besser für uns ist. Ich weiß nicht so recht. Ohne Wasser und ohne Essen und ohne Rum, mitten auf dem Meer, da ist nichts besser. Und dann dieser Gestank nach Kotze und Scheiße. Wenn die amerikanische Küstenwache nicht bald kommt, sind wir am Arsch. Und wenn die kubanische kommt, sind wir erst recht am Arsch. Ich frage mich: Was zum Teufel mache ich hier in diesem Boot?, und ich habe Lust, ins Wasser zu springen, wie Alexis, aber dann tu ichs doch nicht.

Es wird Nacht, und ich schlafe ein.

Die Sonne brennt teuflisch. Ich hab etwas Kopfschmerzen. Und ich bin sehr müde. Yovanoti redet schon eine ganze Weile nicht mehr davon, was er machen wird, wenn er drüben ankommt. Er hat so viel gekotzt, dass nur noch grüner Schleim kommt. El Cao sagt, wir sollen an was Schönes denken, nur nicht daran, dass wir Durst haben. Aber das ist sehr schwer. Eine Weile denke ich daran, wie ich an den Titten der blonden Vanessa lutsche, und dann denke ich eine Weile daran, dass ich in der Kirche bin. Und danach denke ich an die Möse der Mulattin in dem Film. Und tatsächlich, ich fühle mich besser, fast krieg ich einen Ständer und alles. Als El Cao wieder anfängt zu sprechen, sagt er: »Jetzt ist es wieder Nacht.«

Yovanoti fängt an zu weinen, und El Cao gibt ihm zwei Kekse. Damit er sich beruhigt. Yovanoti kotzt noch ein bisschen. Heute Nacht scheint der Mond nicht so richtig. Ich sehe nichts und betrachte nichts.

Als ich wach werde, sehe ich die Sonne, und ich sehe den Hubschrauber. Sieht nicht aus wie einer von der kubanischen Polizei. Von dort oben aus schreien sie durch ein Megafon etwas auf Englisch. Ich schaue mich im Boot um und sehe keinen außer El Cao. Er liegt flach auf dem Boden, ich glaube, er ist ohnmächtig. Yovanoti ist nirgendwo zu sehen. Ausgerechnet er, der sich am meisten gewünscht hat, in Miami zu leben. Pech. Jetzt könnte ich einen ordentlichen Schluck Rum gebrauchen! Ich schütte mir Wasser ins Gesicht, und El Cao wird wach, steht aber nicht auf.

»Wir sind gerettet«, sage ich zu ihm und werde wieder furchtbar müde, aber ich reiße die Augen weit auf und betrachte die Sonne.

1995

Der baumelnde Tod des Raimundo Manzanero

Nachricht

Am vergangenen Sonntag, dem 21. Oktober, um 16 Uhr 23, erhängte sich Raimundo Manzanero, 46, verheiratet, stellvertretender Direktor der Nationalen Leitung des Staatlichen Geflügelkombinats CAN, in seinem Haus in der Calle Josefina 146 im Stadtteil Sevillano, Havanna, ohne mündlich oder schriftlich den Grund für diesen bedauernswerten Entschluss mitgeteilt zu haben. Laut Gutachter wurde die Tat sorgfältig vorbereitet, als hätte Raimundo Manzanero bereits Erfahrung in der Umsetzung selbstmörderischer Unterfangen gehabt. Der Strick, an einem von Kalk und Zement befreiten Stahlträger befestigt, hatte die nötige Länge, um die Schlinge um den Hals eines fünf Fuß und sechs Zoll großen Mannes, der auf einem Stuhl (Standardhöhe 42 cm) stand, zu legen. Und der verschiebbare Knoten war zuvor eingefettet worden, um ein reibungsloses Zuziehen zu gewährleisten. Die Gerichtsmediziner, die die Autopsie vornahmen, hielten in ihrem Bericht fest, dass der Tod durch Ersticken und nicht durch Genickbruch hervorgerufen wurde, da sämtliche Halswirbel des zu Tode Gekommenen unversehrt seien. Weiter erklärten sie, dass der Magen des Toten die Granulationen und Flecken eines Geschwürs im – wenn auch möglicherweise schmerzhaften – Anfangsstadium aufweise. Die polizeilichen Ermittler stellten ihrerseits in ihrem Bericht Tod durch Selbstmord fest, obwohl sie einräumten, dass sie noch nicht die Leiter gefunden hätten, die nötig ist, um den Strick an einem Stahlträger in 4,2 m Höhe zu befestigen. Zudem sei das Nichtvorhandensein eines Abschiedsbriefes am Tatort äußerst verdächtig, da gemäß Statistik in mehr als neunundneunzig Prozent aller Selbstmordfälle durch Erhängen die Selbstmörder den Grund für ihren tödlichen Entschluss schriftlich mitteilten.

Obwohl die Nachricht vom Selbstmord des Genossen Raimundo Manzanero in keiner landesweiten oder regionalen Zeitung veröffentlicht wurde – weil die zunehmenden Selbstmorde in diesem Land generell nicht veröffentlicht werden –, waren sich alle einig, dass Raimundo Manzanero mit diesem perfekt ausgeführten Angriff auf sein Leben sämtliche Überzeugungen verraten hat. Seine politische Zugehörigkeit (er war seit 1978 Mitglied der Kommunistischen Partei), die religiöse Zugehörigkeit in seiner Kindheit und Jugend (er war von 1952 bis 1957 erst Messdiener und dann Katechismuslehrer in der Kirchengemeinde San Juan Bosco im Stadtteil Santos Suárez) sowie seine familiäre Verantwortung, denn er war Vater von vier Kindern (aus drei Ehen), von denen das jüngste gerade mal drei Jahre alt war.

Nach seinem Tod kritisierte seine Parteizelle Raimundo Manzanero wegen seiner »inkonsequenten Handlung angesichts der Schwierigkeiten«. Der Pfarrer des städtischen Friedhofs Colón weigerte sich, wegen der »mit den christlichen Geboten nicht vereinbaren Tat«, die von der Mutter des Selbstmörders bestellte Totenmesse zu lesen. Und schließlich sagte seine junge Witwe Eloísa Espinel, noch ganz mitgenommen von dem irreversiblen Entschluss dessen, der ihr Mann gewesen war, zu den Angehörigen und Trauernden, die sich zur Totenwache eingefunden hatten, dass ihr verstorbener Gatte weder die Gnade Gottes noch das Verständnis der Menschen, geschweige denn ihres verdiene. Immerhin habe sie die besten Jahre ihrer Jugend jenem »rücksichtslosen und leichtfertigen« Mann, wie sie wörtlich sagte, geopfert.

Das Begräbnis fand am Montag, dem 22. Oktober, um

15 Uhr 55 statt, mit jahreszeitenbedingt spärlichem Blumenschmuck und in Anwesenheit einiger weniger Angehöriger und Freunde und lediglich einer Arbeitskollegin, einer jungen, auffällig betroffenen Sekretärin. R. I. P.

Stellungnahmen

»Bei Gott, ich kann es mir nicht erklären. Natürlich kannte ich Mundito von Kindesbeinen an. Seine Mama hat ihn mit sechs Jahren zum Katechismusunterricht angemeldet, und sein Glaube war so stark, dass ich immer gedacht habe, er sei ein wenig mystisch veranlagt. Manchmal hatte er Träume, die wie Offenbarungen waren, und das hat er sich ganz bestimmt nicht ausgedacht, bei Gott, nein. Deswegen haben wir ihn zum Messdiener gemacht und später zum Verantwortlichen für eine Katechismusgruppe. Er hat Gott immer sehr gefürchtet, was ihn aber nicht daran hinderte, der beste *second base* zu sein, den die Baseball-Mannschaft unserer Kirche je hatte. Das einzige Team, das imstande ist, die Stars der Maristen und der Schule von Belén zu besiegen. Und natürlich war er auch Kapitän der Mannschaft. Später dann haben ihn die Wechselfälle des Lebens von seinem Glauben entfremdet – Arbeit, Freundinnen, Abendschule. Hin und wieder ist er noch in die Kirche gekommen, hat mich gebeten, ihm die Beichte abzunehmen, und die Kommunion empfangen. Aber so um '62 herum hat er aufgehört, zu uns zu kommen. Als er Jahre später die kommunistische Doktrin vertrat und sogar der Partei beigetreten ist, habe ich das verstanden: Er war überzeugter Kommunist und musste dieser Überzeugung Ausdruck verleihen. Es ist ein Jammer, denn ich habe ihn immer als einen vitalen, fantasievollen Jungen in Erinnerung behalten, der sogar Gedichte und solche Dinge geschrieben hat. Umso beklagenswerter, dass er eine der schrecklichsten Todsünden begangen hat, denn nur dem Herrn steht es zu, über das endgültige Schicksal der Menschen zu entscheiden. Er schenkt uns das Leben, und nur Er kann es uns nehmen, wann immer Er es will. Mich scheint der Herr vergessen zu haben, denn im Januar werde ich zweiundneunzig Jahre alt.«

Pater Serafín Arnaz, Hilfspfarrer der Kirchengemeinde San Juan Bosco.

»Ehrlich gesagt, hier ist etwas faul. Man ist nicht umsonst zwanzig Jahre dabei, und ich habe schon alles Mögliche gesehen … Klar, der Fall ist abgeschlossen, und vielleicht ist es besser, nicht weiter im Dreck zu wühlen. Aber das mit der Leiter ist sehr seltsam, und das aus mehreren Gründen. Es musste eine Stehleiter sein, denn der Stahlträger befindet sich mitten im Raum, sodass man die Leiter nicht gegen die Wand lehnen kann, und es ist nicht leicht, sich eine drei Meter hohe Stehleiter zu besorgen. Und nicht nur, dass die verdammte Leiter nicht aufgetaucht ist, es hat sie auch niemand gesehen, weder die Witwe noch der Vorsitzende des Komitees zur Verteidigung der Revolution noch der Schreiner, der in derselben Straße wohnt, in Nr. 136, und der sämtliche Arbeiten in der Gegend erledigt. Ist das seltsam, oder ist das nicht seltsam? Aber zerbrechen wir uns darüber nicht den Kopf. Und dann das mit dem Brief … Der Erste, der sich erhängt und keinen Abschiedsbrief hinterlässt! Das tun sie immer, weil ihnen das offenbar Mut gibt, sich aufzuhängen. Das sei ›typisch‹, sagt das Handbuch. Die Leute, die sich verbrennen (die Frauen, muss ich dazu sagen, denn verbrennen tun sich in der Hauptsache nur Frauen), schreiben nie was, auch nicht die, die vom Balkon springen oder ins Wasser gehen. Die, die sich erschießen oder Tabletten nehmen, hinterlassen fast immer einen Abschiedsbrief, aber die, die sich erhängen, tun es immer, wirklich immer. Nach allem, was ich gesehen habe, ist das der Erste, der sich ohne Brief erhängt hat. Ist das nicht sehr seltsam?«

Teniente Cristóbal Cárdenas, Polizeieinheit La Víbora, Havanna.

»Nein, nein, ich schwöre Ihnen, ich hatte nichts mit ihm ... Aber es hat mir so wehgetan. Es gab Leute im Unternehmen, die haben gesagt, er sei ein Rechthaber, ein Dogmatiker, andere haben gesagt, er sei ein Opportunist, und andere haben sogar gesagt, er sei, entschuldigen Sie den Ausdruck, ein Riesenarschloch ... Aber keiner von denen hat ihn wirklich gekannt. Er war ein sensibler Mann, der etwas sehr Schlimmes erlebt haben muss. Ich sag das, weil ich lange mit ihm zusammengearbeitet habe, und ich bin eine wirklich gute Beobachterin. Manchmal stand er in seinem Büro am Fenster und hat auf die Straße hinausgeschaut, auf die uralten Johannisbrotbäume, und sein Blick verlor sich in der Ferne, als würde er etwas sehen, was niemand sonst sehen konnte. Als er einmal so dastand, habe ich ihn gefragt, was mit ihm los sei, und wissen Sie, was er gesagt hat? Also, er hat gesagt, er denke über das Gedicht von José Martí nach, in dem es heißt: *Ich tanze den seltsamen Tanz*. Das hat mich so sehr beeindruckt, dass ich es nie vergessen habe, stellen Sie sich vor! Ich tanze den seltsamen Tanz, wie traurig und wie schrecklich, nicht wahr?«

Aleida Alou, Sekretärin »A«, Stellvertretende Leitung der Wirtschaftsabteilung des CAN.

»Natürlich nicht, natürlich verstehe ich das nicht. Dass ein Genosse wie der Genosse Mundo, ich meine, wie der Genosse Raimundo so schwach werden kann, das kann ich nicht begreifen. Ich glaube, ich habe ihn gut gekannt, wir haben ja lange zusammengearbeitet, und wir sind 1978 gemeinsam in die Partei eingetreten, ich selbst habe ihn nach oben gebracht. Ich verstehe es einfach nicht. Wie kann ein Mann wie er so schwach werden, einer, der sich allen Herausforderungen, auch den schwierigsten, gestellt hat? Selbstmord ist inakzeptabel, Genosse, in-ak-zep-ta-bel! Außerdem, ein so verantwortungsbewusster und zuverlässiger Kader ... Also, ich verstehe das nicht.«

Joaquín Zanabria, Generalsekretär Parteizelle Nr. 1, PCC, CAN.

Anmerkung: Von Eloísa Espinel, Raimundo Manzaneros Witwe, und von Aldo Hernández, Schulfreund des Verstorbenen, war keine Stellungnahme zu bekommen. Die Witwe sagte, wir wüssten ja bereits, wie sie über den Fall denke (siehe ihre Bemerkungen während der Totenwache), und Aldo Hernández rechtfertigte sich mit der Begründung, viele Menschen trügen Schuld an dem, was vorgefallen sei, der Hauptschuldige allerdings sei Manzanero selbst, und er fühle sich nicht imstande, seine Tat zu beurteilen.

Dokumente

Laut Personalakte (Nr. 44120300242, Nationale Leitung des Staatlichen Geflügelkombinats CAN) trat Raimundo Manzanero Ortiz 1970 in diese Abteilung ein, nachdem er seine freiwillige Arbeit auf der Zuckerrohrplantage »La Esperanza« – Ministerium für Kommunikation – während der Zehn-Millionen-Tonnen-Ernte zur vollsten Zufriedenheit geleistet hatte. 1976 übernimmt er die Leitung der Abteilung, die er bis 1984 innehat, bis er zum Stellvertretenden Wirtschaftsleiter des Kombinats ernannt wird. Gegen ihn wurden keinerlei Sanktionen verhängt, und er erwarb sich folgende Verdienste: (c) – freiwillige Arbeit; (d) – Teilnahme an Bereitschaftsdiensten und anderen Aktivitäten des Zentrums; (b) – Arbeitsdisziplin und Erfüllung seiner Pflichten; (a) – Wahl zum »herausragenden Arbeiter« sowie weitere Auszeichnungen wie (g) – Weiterbildung, (f) – wiederholter Einsatz in der Landwirtschaft oder im Bausektor sowie (h) – außerordentliche Beiträge zur Arbeit seiner Abteilung in Forschung und Qualitätskontrolle, dazu Auszeichnungen und besondere Anerkennungen etc. In den periodischen Bewertungen seiner Kaderakte bewertete die Direktion des Unternehmens seine Arbeit stets als »zufriedenstellend« oder »besonders herausragend« und empfahl dem Ministerium seine Berufung in die Führungsebene. 1976 wurde ihm zusätzlich zu dem Dienstwagen ein Privatwagen (Peugeot) bewilligt, der 1982 durch einen neuen (Lada 1200) ersetzt wurde. 1980 wurde ihm ein Haus im Stadtteil Alamar zugewiesen. 1984 wurde ihm ein weiteres Haus im Stadtteil Sevillano zugewiesen, da er sich nach der Scheidung von seiner zweiten Ehefrau und Mutter zweier seiner Kinder gezwungen sah, zu seinen Eltern zu ziehen. Mehrmals reiste er ins Ausland (UdSSR, Bulgarien, DDR, Venezuela, Brasilien u. a.), in offizieller Mission, die er ebenfalls stets zur vollsten Zufriedenheit erfüllte, und einmal in die Tschechoslowakei, eine Reise »zum Anreiz und zum Austausch«, die ihm vom Ministerium bewilligt wurde.

Eintragung von Raimundo Manzanero in einem Notizbuch von 1982:

»22. April, Tagesplanung:

9 Uhr, Direktionsbüro. Anlass: Sanktion gegen den Ge-

nossen Alcántara wegen der 325 Hühnchen, die im Schlachthaus von Santiago de las Vegas verschwunden sind.

11 Uhr, Besprechung mit Mirta und Ernesto, Anlass: Überprüfung der Planstellen.

13 Uhr, Direktionsbüro. Überprüfung der Abkommen des Comecon.

14 Uhr, Abteilungsversammlung. Information über die Ergebnisse des Falls Alcántara, der Planstellenüberprüfung, der neuen Vereinbarungen des Comecon, Beurteilung von Aleida und Figueredo, Meinungsaustausch über die Beantragung der neuen Büroausstattung, Allgemeines.

Ein schöner Tag, wie alle meine Tage. Ich habe zunehmend das Gefühl, einen seltsamen Tanz zu tanzen, sehr schnell, immer im Kreis, einen Tanz, dem ich nicht entkommen kann. Sisyphus und der Stein. Prometheus und der Adler. Der Himmel vor dem Fenster ist blau, wie er nur im April sein kann, und in den Johannisbrotbäumen sitzen heute Morgen mehr Sperlinge denn je. Ich überlebe. Ich überlebe.«

Anmerkung auf der letzten Seite von Paris, ein Fest fürs Leben *von Ernest Hemingway (*París era una fiesta*, Editorial Arte y Literatura, Sammlung Huracán, Havanna, 1988, 184 Seiten), gefunden auf dem Bücherregal von Raimundo Manzanero:*

»Dieses Buch zu lesen, hat mich ins Herz getroffen. Mitten ins Herz. Es ist zerstörerisch und unerbittlich hoffnungslos für jemanden wie mich. Er hat recht: Paris geht nie zu Ende, aber es gibt Menschen, für die es niemals beginnt. Und Menschen, für die es begonnen hat und sogleich wieder zu Ende gegangen ist. Man braucht Mut, um sehr arm und sehr glücklich zu sein. Bald werde ich sechsundvierzig.«

Straßenklatsch und Treppenhausgerüchte

Roberto Alcántara, Verwalter des Schlachthauses Nr. 1 »Kubanisch-Sowjetische Freundschaft«, Santiago de las Vegas, CAN: »Ich habe immer gesagt, dass er ein Arschloch ist und irgendwann mal so enden wird.«

Lidia Mendoza, Sekretärin der Direktion des CAN: »In letzter Zeit war er immer wie weggetreten, und einmal hat der Chef zu ihm gesagt: Mundo, starr keine Löcher in die Luft und mach weiter. Armer Kerl.«

Enrique Corrales, Schreiner, Nachbar in der Calle Josefina 136: »Bestimmt hat er mitgekriegt, dass die Frau ihn mit dem Briefträger betrogen hat. Bei Mundo hat der Postmann immer zwei Mal geklingelt.«

Magdalena Grau, Manzaneros erste Ehefrau: »Ich war mir sicher, dass er das irgendwann tun würde. Man kann nicht mit dem Gedanken leben, dass man anders sein könnte. Und mein Sohn Mundito wird genauso werden, ganz sicher.«

Consuelo Armenteros, Reinigungskraft bei der Direktion des CAN: »Stell dir vor, als wir zum letzten Mal miteinander geredet haben, hat er mich gefragt, ob ich mein ganzes Leben lang Böden schrubben will. Und weißt du, was ich zu ihm gesagt habe? Ich habe gesagt – ach, wie schrecklich! –, ich würde auf seinen Posten spekulieren, und er soll gut auf sich aufpassen.«

Roberto Ortiz, Onkel mütterlicherseits von Raimundo Manzanero: »Glaubst du wirklich, dass er sich selbst umgebracht hat? Ach was, ich werde dem Ganzen auf den Grund gehen. Mundito war nicht so einer.«

Sergio Figueredo, Personalchef der Nationalen Leitung des CAN: »Mist, wo der Arsch doch so gut gelebt hat! Haus, Auto, Reisen, seine Hühnchen und ab und zu eine Pute, dazu eine junge Frau ... Was für ein Blödmann! Solange es fünf Hühnchen auf der Insel gibt, hätte er eins davon gegessen. Und dann so was, he?«

Ein weiteres Dokument

Handgeschriebenes Blatt (Bondpapier 8,5 x 11, Briefkopf der Nationalen Leitung des Staatlichen Geflügelkombinats CAN), gefunden in einer Schublade in Raimundo Manzaneros Wohnung, zwischen Diplomen, Anerkennungsschreiben, Bescheinigungen für freiwilligen Arbeitseinsatz, Bewertungen, etc.:

»Als ich heute am Strand mit Aldo sprach, habe ich großes Mitleid mit ihm empfunden. Ich hätte es ihm gerne gesagt, aber ich weiß, dass ich mich nie trauen werde. Deswegen schreibe ich es auf, um es wenigstens mir zu sagen, dass ich mich genauso fühle wie er. Aldo sagt, er sei glücklich, und er ist es tatsächlich, nur weil er lebt, gesund ist und sonntags mit seiner Frau und den Kindern an den Strand gehen kann. Kann das die Utopie vom Glück sein? Bestimmt nicht. Aldo tut nichts anderes, als zu überleben, genau wie ich. Aber wie werden wir überleben? Wir sind nur ein Gefäß, das Leben enthält, doch dieses Leben ist ausgetrocknet, weil wir uns den Mut zum Risiko nicht bewahrt haben. Wir finden uns ab, und auf diese Weise überleben wir. Ich habe immer geglaubt, dass bloßes Überleben nur etwas für Tiere ist: essen, schlafen, sich fortpflanzen. Ich habe gedacht, Leben sei etwas anderes, kreativer und ... lebendig eben. Aber es gibt weder Kreativität noch Lebendigkeit in dem, was wir machen und was wir sind. Er liebt seine Frau nicht und begnügt sich damit, sie zu betrügen. Er kann sie nicht ausstehen, aber er macht gute Miene zu ihren Spielchen. Es sind nicht viele, und er nimmt sie hin. Und ich, was will ich eigentlich? Ich glaube, ich will nur ich selbst sein, aber ich traue mich nicht. Ich habe mich all die Jahre selbst betrogen, um zu haben, was ich habe, und das ist nicht das, was ich haben sollte und wollte. Ich glaube, irgendwann ...« *(Hier bricht der handgeschriebene Text ab.)*

Subjektive Analyse eines Selbstmords durch Erhängen und Entwurf eines Briefes, der nie geschrieben wurde

Nie wird man mit der nötigen Objektivität herausfinden können, was Raimundo Manzanero am Nachmittag des 21. Oktober dachte, als er – zumindest offiziell – beschloss, sich eine wenigstens drei Meter hohe Stehleiter zu besorgen, um den eingefetteten Strick, mit dem er sich um 16 Uhr 23 erhängen sollte, durch den winzigen Spielraum zwischen Stahlträger und Betondecke zu führen. Vielleicht dachte Raimundo nicht, dass jener Tag einer der schönsten des Jahres war. Die Sonne schien, der Himmel war wolkenlos, und gleichzeitig erfrischte eine herrlich herbstliche Brise die Stadt und kündigte eine schöne und friedliche Nacht an. Vielleicht dachte er, dass sich mit nur zwei Säcken Zement – zwei Säcke Zement kann man immer besorgen – der abgebröckelte Putz am höchsten Deckenbalken des Hauses erneuern ließe, seines Hauses, erbaut im Jahre 1938 von unbekannten und unerwünschten Besitzern, die es 1961 für immer verlassen hatten, um in Richtung Miami aufzubrechen. Vielleicht auch dachte er, dass er für viele ein glücklicher Mensch war. Er hatte ein Haus, einen Wagen – privat und dienstlich, mit extra Benzinzuteilung –, reiste ins Ausland, kleidete sich gut und aß gut – Hühnchen allerdings hatte er satt –, und mit seinen sechsundvierzig Jahren hatte er das Glück, eine fünfundzwanzigjährige Frau zu haben, eine Viertelmulattin, gut gebaut und treu, soweit er das überblicken konnte. Er dachte, natürlich dachte er es, dass es sehr schmerzhaft sein müsse, sich zu erhängen. Dass die Sekunden, die der Tod auf sich warten lässt, buchstäblich ein Todeskampf sein werden. Und dass dem Erhängten, wenn er da baumelte, die Zunge heraushängen und er sich – das ist kein Witz – vollpinkeln und sogar vollscheißen werde. Aber er dachte nicht daran – denn wenn er daran gedacht hätte, hätte er es getan –, dass es in seinem Fall und bei seiner speziellen Todesart unverzichtbar und diszipliniert gewesen wäre, einen Abschiedsbrief zu hinterlassen oder zumindest eine Notiz, um den Grund für seinen Entschluss mitzuteilen.

Hätte Raimundo Manzanero seinen Abschiedsbrief geschrieben, dann hätte er vielleicht mit der Nachsicht einiger seiner Kritiker rechnen können. Oder vielleicht auch nicht: Nicht einmal der Brief hätte seinen Entschluss gerechtfertigt. Aber wenn er sich letzten Endes doch zu dem – in seinem Fall – unverzichtbaren Brief entschlossen hätte, hätte er ihn mit an Sicherheit grenzender Wahrscheinlichkeit an sich selbst gerichtet. Denn er hatte niemanden, dem er die Schuld hätte geben, auch niemanden, dem er hätte verzeihen, und ganz bestimmt niemanden, dem er den Grund für seinen Entschluss hätte erklären können. Doch es ist nur schwer vorstellbar, was er in dem Brief an sich selbst geschrieben hätte. Obwohl – wo der Adressat ein Vertrauter war – ein paar wenige Worte genügt hätten. Vielleicht auch nur eins.

Doch dieser Brief hat unbestreitbar und nachweislich nie existiert, sodass seine Gedanken an jenem Nachmittag und der Grund für seinen Entschluss für immer ins Reich subjektivster und mehrdeutigster Spekulation verwiesen werden müssen. Kein Zweifel allerdings besteht daran, dass Raimundo Manzanero, als er dabei war, seine sämtlichen Überzeugungen zu verraten und jenen seltsamen Tanz mit dem Strick zu beginnen, versucht hat, seinen unerträglichsten Verrat wieder gutzumachen.

1993

Weiße Weihnacht

Eine knappe Viertelstunde, bevor Zoilita vom Himmel herabstieg mit der göttlichen Mission, sich mit mir im Fleische zu vereinigen, und dem teuflischen Plan, mich vom friedlichen Besaufen in irgendeiner Bar der Welt abzuhalten, stellte der Kneipenwirt mit seiner schmierigen Hand den fünften doppelten *Carta Blanca* des Abends vor mich auf die Theke, wieder ohne Eis, aber mit der düsteren Ansage, mit der er seit vierzig Jahren die kubanischen Trinker erschreckte.

»Genieß ihn, *Brother*, der Rum ist alle«, sagte er zu mir und fügte, ich glaube, ironisch hinzu: »Und fröhliche Weihnachten ...«

Mit kontinuierlich ansteigendem Alkoholpegel war ich mal wieder zu der philosophischen Schlussfolgerung gekommen, dass mein Leben ganz und gar nicht das war, was ein Mann verdient. Ständig vom Pech verfolgt, hatte ich mich daran gewöhnt, dass mir nichts als Missgeschicke passierten. Darum war die Ankündigung, dass die Rumvorräte in der einzigen geöffneten Bar im Umkreis von mehreren Kilometern zu Ende gingen, lediglich eine weitere makabre Bestätigung dafür, dass Kummer mein natürlicher Zustand war. Solche idiotischen Gedanken kommen einem todsicher dann, wenn man am Abend des 24. Dezember alleine in einer üblen Kneipe wie dem La Conferencia sitzt und trinkt, während der Geruch nach Schweinebraten über der Stadt liegt und die Straßen sich leeren, weil die Leute nach Hause gegangen sind, um im Kreis der Familie – und, wenn möglich, unter einem mit Girlanden, glänzenden Kugeln und Schneeflitter geschmückten Bäumchen – ein so albernes Fest wie Weihnachten zu feiern.

Doch kaum hatte ich an dem hinterhältigen, angeblich letzten Rum genippt, fiel ich mir selber in den Rücken und fing an, an die Dinge zu denken, die mir im Laufe des Jahres zugestoßen waren. Und sogleich kam ich dank meines angeborenen Scharfsinns zu dem Schluss, dass schon die Hälfte davon mehr als genug Gründe bot, sich drei Mal umzubringen, wenn man denn den Mut und die Gesundheit besaß, sich aufzuhängen, zu vergiften oder eine Kugel in den Kopf zu jagen. Denn war mein Leben bisher mittelmäßig bis nichtssagend gewesen, so überkam mich jetzt, da ich die letzten zwölf Monate Revue passieren ließ, ein unbestimmtes Gefühl in der Magengegend, das mir eigentlich nur die Wahl ließ zwischen kotzen und scheißen.

Auch wenn es auf den ersten Blick nicht so scheinen mag, muss ich dazu sagen, dass ich nicht zu denen gehöre, die sich immer über alles beklagen. Ich würde mich eher als einen Stoiker bezeichnen, der bereit ist, mit seinen Grenzen und Beschränkungen zu leben, und nur dann zum Alkohol greift, wenn er an die Grenzen seiner Beschränkungen gelangt. Um besser zu verstehen, was ich meine, hilft ein kleiner Blick auf meinen Ballast. Kein guter Tänzer oder kein guter Baseballspieler zu sein, kein Glück bei den Frauen oder kein Talent zu haben, lustige Witze zu erzählen, kurzsichtig und kahlköpfig und obendrein noch schüchtern zu sein, das alles sind gute Beispiele für die öde Art und Weise, in der ich durchs Leben ging. Eine lesbische Schwester und einen schwulen Bruder zu haben, die von klein auf ihre Unterhosen und Slips aus dem Bestand der staatlichen Läden miteinander tauschten, kommt noch erschwerend hinzu, falls jemand weitere Beispiele hören möchte. Aber nachdem man siebenunddreißig Jahre mit diesen Widrigkeiten gelebt hat, gewinnt man sie irgendwie lieb (einschließlich meiner armen Geschwister) und gewöhnt sich daran, mit ihnen zu kämpfen. Richtig übel aber wird es, wenn zu diesen angeborenen Schwierigkeiten noch weitere, unerwartete hinzukommen. Etwa, dass dich deine Frau mit einem Schwarzen betrügt, der an der Rezeption des Hotel Nacional arbeitet und dreißig Dollar am Tag verdient (»verdient« ist nicht das richtige Wort, in Wirklichkeit klaut er), ein Auto und ein Haus besitzt und das nötige Geld hat, um ihr irgendwelchen Kram in den *Shoppings* zu kaufen. Dass eine Woche später auf deiner Arbeit (auch dieses Wort passt nicht so recht, denn ich habe nie mehr als zwei oder drei Stunden in der Woche gearbeitet) festgestellt wird, dass einige Leute überflüssig sind und die Wirtschaft des Landes sich in einem katastrophalen Zustand befindet, aber du der Einzige bist, der auf die Straße gesetzt wird, als könnte dadurch das Haushaltsdefizit des Staates ausgeglichen werden. Als wäre das noch nicht genug, sitzt dein bester Freund (in Wirklichkeit ein Arsch, der mich nur besucht hat, um sich bei mir zu besaufen) wegen fortgesetzter Unterschlagung im Knast. Und um dem Ganzen die Krone aufzusetzen und die Liste der beispielhaften Schrecken nicht endlos werden zu lassen, schaust du eines Abends in deiner Verzweiflung über so viel Unglück an die Decke deines Hauses (ein weiterer Euphemismus, die Bruchbude, in der ich seit meiner Geburt wohne, als »Haus« zu bezeichnen). Dabei stellst du fest, dass sie jeden Moment runterkommen kann, und das Einzige, was du nach tausend Anträgen bei den Behörden erreichst, ist, dass man dir vier halb verfaulte Holzbalken zuteilt, um die Decke abzustützen. Seither siehst du dich gezwungen, dich jeden Abend vor dem Schlafengehen zu bekreuzigen, als würdest du an irgendetwas glauben, denn die einzige Hoffnung »in der aktuellen Situation des Landes« (so der Leiter des städtischen Wohnungsbauamtes wörtlich) ist die, dass diese verdammten Balken stehen bleiben, bis du stirbst und Häuserdächer dich nicht mehr interessieren ...

Verstehen Sie jetzt, warum ein Mann wie ich, mit Hochschulabschluss, gebildet und effizient, wenn es erforderlich ist, am Abend des 24. Dezember allein in einer stinkenden Kneipe mit dem irreführenden Namen La Conferencia saß und trank? Mein einziger Wunsch war es, sternhagelvoll wie tausend Russen die verbleibenden sieben Tage dieses Scheißjahres zu überstehen und zu hoffen, dass das nächste besser beginnen würde. Außerdem wollte ich das Gesicht so vieler Typen nicht sehen müssen, die fast genauso kaputt waren wie ich, sich aber trotz des Hungers, der Stromausfälle, der Krankheiten und des ganzen Elends vorgenommen hatten, dieses schreckliche Jahr mit einem Fest zu verabschieden, so als hätten das Jahr und sie selbst es verdient.

Ich glaube, ich dachte gerade an den Hass, den ich auf Weihnachtsbäume habe, und an die furchtbaren Probleme, die Schweinefleisch meiner Galle bereitet, als ich jene Stimme hörte, die mich wie ein Windhauch von hinten berührte und mich erschütterte, auch wenn ich mir das Ausmaß des Erdbebens noch nicht vorstellen konnte.

»Genau so hab ich mir das vorgestellt.«

Ich konnte nichts dagegen tun: Das Glas fiel mir aus der Hand, zersplitterte auf dem Boden in tausend Stücke und nahm meinen letzten Rum mit in die Hölle. Bevor ich mich umdrehen konnte, schaute ich mit belämmertem Gesichtsausdruck den besten Wirt der Welt an, doch der zuckte nur gleichgültig mit den Achseln. Egal, schließlich war Weihnachten, es gab keinen Rum mehr im La Conferencia, und ich war heute Abend der letzte Überlebende seiner erbärmlichen Stammkundschaft.

Mag meine Reaktion auch übertrieben erscheinen, diese Stimme war die letzte, die ich an jenem Heiligen Abend zu hören erwartete, und deswegen war mein erster Gedanke der, dass ich mich verhört hatte. Vergiss es, José Ramón, sie ist es nicht ... Doch als ich meinen Kopf ein wenig zur Seite drehte, fiel auf meine Netzhaut das lächelnde, ich würde sagen, göttliche Gesicht von Zoilita.

»Verdammt noch mal, Monchy! Du änderst dich nie ... Scheißt dich schneller in die Hose, als du Rum trinken kannst!«

»Was machst du denn hier?«

Ich drehte mich vollständig um, um meine ehemalige Schwägerin von Kopf bis Fuß zu betrachten. Seit mehr als einem Jahr hatte ich nichts von ihr gehört, und dass sie mich jetzt hier sitzen und trinken sah, alleine am Tresen des La Conferencia, ausgerechnet am Weihnachtsabend, musste mehr als purer Zufall sein. Aber vielleicht handelte es sich auch um eine hinterhältige Halluzination.

Ich muss dazu sagen, dass Zoilita schon immer das Schmuckstück der Familie gewesen war und ich ihr seit ihrem zwölften oder dreizehnten Lebensjahr anzudeuten versucht hatte (indirekt und poetisch, schließlich bin ich kein Wüstling), dass ich nur aus reiner Not mit ihrer Schwester ins Bett ging, weil in Wirklichkeit sie es war, die mir gefiel, und dass ich in meinen erotischen Träumen tausendmal Zenaidita durch Zoilita ersetzte, während ich ihre Hure von Schwester vögelte.

Inzwischen musste Zoilita ungefähr zweiundzwanzig sein, und sie war, ja, sie war ein Klasseweib. Ihre Proportionen hatten sich in spektakulärer Harmonie herausgebildet, und sie war zu der üppigen Frau geworden, die man schon in dem kleinen Mädchen gesehen hatte. Haare, Augen, Mund, Gesicht, Hals, Taille, Beine, alles war perfekt. Dazu Brüste, mit der sie eine Misswahl hätte gewinnen können, und ein knackiger, eisenharter Po (ich weiß das, weil ich ihn in der Zeit, als wir verschwägert gewesen waren, bei diversen Spielen am Strand angefasst hatte). Schließlich das Versprechen eines Gravitationszentrums, das, soweit man es erahnen konnte – tiefschwarzes Haar und üppiger Flaum auf Armen und Beinen, dazu die Wölbung ihres Schamhügels, die sie freundlicherweise zur Schau stellte, wenn sie eine ihrer knallengen Lycra-Leggins trug – ein wahres Festessen für den Hurensohn sein musste, der das Glück hatte, sich daran gütlich tun zu dürfen.

Als ich endlich vom Hocker steigen konnte, hatte ich den Vorsatz, mich zu betrinken, bereits vergessen. Zoilita konnte mich dazu bringen, meine ehernsten Überzeugungen aufzugeben.

»Willst du mich nicht zu einem Rum einladen?«

Das Weib lächelte immer noch, so als würde ihr das Ganze einen Riesenspaß machen.

»Na ja ... es gibt keinen mehr ...«, sagte ich mit meiner blödesten Stimme, als wäre ich schuld an der nationalen Knappheit alkoholischer Getränke. »Aber sag mal ... Wohin wolltest du um diese Zeit?«

»Zu meinem Freund, zum Weihnachtsessen ...«

»Ach, du hast einen Freund ... Und er lebt hier in der Gegend?«, war das Einzige, das zu fragen mir in den Sinn kam. Ehrlich gesagt, ich bin nicht gut im Fragenstellen, vor allem dann, wenn ich nervös bin. Und Zoilita machte mich sehr nervös. Währenddessen besah sie sich das Ambiente, besser gesagt, das, was davon übrig geblieben war: ein paar leere Hocker, ein müde dreinblickender Wirt, ein Glasregal mit Flaschen voll buntem Wasser und ein vielversprechendes Plakat, schlecht gedruckt und verlogen, auf dem angekündigt wurde: 1994: AUF ZU NEUEN ERFOLGEN.

»Das sieht ja furchtbar aus«, sagte sie, »ich weiß nicht, wie du hier sitzen und trinken kannst, ganz alleine ...«

»Besser, alleine zu trinken, als gar nicht zu trinken«, erwiderte ich, denn im Antwortengeben bin ich besser als im Fragenstellen.

»Und wenn ich dich einlade, mit mir zusammen etwas zu trinken?«

Man muss schon ein Genie sein, um auf so eine Frage eine intelligente Antwort geben zu können.

»Wie meinst du das?«, fragte ich deshalb zurück.

»Ich möchte dich auf ein Gläschen einladen … Schau mal, ich hab den Wohnungsschlüssel meiner Großmutter, sie verbringt das Jahresende in Las Villas, bei meiner Tante Zeida …«

»Und dein Freund?«

Das war die schlechteste Frage meines Lebens. Aber ich konnte einfach nicht glauben, was ich da hörte.

Wieder lächelte Zoilita.

»Los, komm«, sagte sie und wies mit dem Kinn auf das Plakat an der Wand. »Auf zu neuen Erfolgen.«

Vom La Conferencia zu dem Haus, in dem die alte Zoraida wohnte, waren es sieben oder acht Wohnblocks, und ich nutzte den Weg, um Zoilita zu erzählen, wie beschissen das Jahr für mich gelaufen war und wie sehr ich Weihnachten und Weihnachtsbäume und vor allem Schnee hasste, den widerlichen Matsch – obwohl ich in meinem ganzen verdammten Leben noch nie welchen gesehen hatte. Sie hörte mir zu und lächelte, und ich redete all diesen Schwachsinn und versuchte, nicht an das zu denken, woran ich am liebsten denken wollte.

Als wir ankamen, sprang Zoilita mit dem Ungestüm ihrer zweiundzwanzig Jahre die Treppe in den dritten Stock hinauf, in dem sich Großmutter Zoraidas Wohnung befand. Ich war intelligent genug, mich ein wenig zurückzuhalten, denn ich wollte nicht außer Puste oben ankommen. Als ich eintrat, hatte Zoilita bereits die Balkontür geöffnet, sodass die dezente Kühle der kubanischen Winternacht in die Wohnung strömen konnte. Auf der Straßenseite gegenüber standen, wie seit eh und je, die uralten Majagua-Bäume, die das alte Oberstufengebäude umgaben, in dem ich vor ungefähr zweitausend Jahren Schüler gewesen war. Damals hatten Zenaida und ich Zoraidas Wohnung benutzt, um uns Antworten auf die Fragen der Abschlussprüfung zu überlegen, die wie von Zauberhand aus dem Direktionszimmer in die Hände der Schüler gelangt waren, sodass jeder die Antworten schon beim Betreten des Prüfungszimmers wusste. Dieser gut organisierte Betrug sorgte dafür, dass unsere Schule landesweit die besten Prüfungsergebnisse vorweisen konnte, bis die ganze Sache aufflog und wir nie wieder neue Erfolge feiern konnten, nachdem wir uns an die Erfolge gewöhnt hatten.

»Ich war schon seit Jahrhunderten nicht mehr hier«, sagte ich und setzte mich aufs Sofa.

»Ich komme jeden Tag hierher. Stell dir vor, Großmutter hat mir aufgetragen, ihre Pflanzen zu gießen ... Aber das macht nichts, ich liebe diese Wohnung. Ich glaube, ich werde sie vermissen ...«

»Vermissen? Warum?«

Zoilita lächelte wieder und sah mir in die Augen.

»Gefalle ich dir immer noch besser als meine Schwester?«

Der Schuss aus nächster Nähe riss mir ein Loch in die Brust und warf mich gegen die Wand. Wie benommen stellte ich wieder eine meiner Fragen: »Wer hat dir das denn erzählt?«

Zoilita lachte und stellte gleich klar, wer das Sagen hatte: »Hör mal, ich meine es ernst. Los, sag schon ...«

»Du hast mir schon immer besser gefallen«, beeilte ich mich zu gestehen.

»Und du hast dir auf meine Kosten einen runtergeholt?«

»Ein paar Mal ... tausendmal ...«, gestand ich und schluckte mit trockener Kehle.

»Und wenn ich mich nackt ausziehe, holst du dir dann vor meinen Augen einen runter?«

Kein Zweifel, sie meinte es ernst, und ich spürte, wie mir die Knie weich wurden. »Hör mal, Zoilita ...«

»Ja oder nein?«

»Ja, natürlich«, sagte ich, kurz vorm Herzinfarkt.

»Wie hast du es lieber: dass ich nackt hereinkomme oder dass ich mich vor dir ausziehe? Und keine Fragen mehr, verstanden?«

»Lieber vor mir ... Soll ich die Balkontür zumachen?«

»Nein, lass sie auf.«

Und schon hatte Zoilita eine Nadel aus ihrem Haar gezogen, das jetzt offen auf ihre Schultern fiel. Sie schüttelte es, um die schwarze Haarpracht in die bestmögliche Form zu bringen. Ich glaube, in dem Moment war es, dass ich mir zu erklären versuchte, was da gerade abging, und mich darüber wunderte, dass dieses Mädchen wie ein Hafenarbeiter sprach. Am liebsten hätte ich sie gefragt, was denn nun mit dem versprochenen Rum sei. Aber ich konnte weder sprechen noch denken, denn Zoilita knöpfte bereits ihr Kleid auf, mit einer Ruhe, die mir Angst einjagte. Sie hatte wirklich vor, sich auszuziehen, drei Meter vor mir.

»Los, zieh dich auch aus«, befahl sie.

Linkisch, ohne die Augen von ihr abzuwenden, fing ich an, mich auszukleiden. Die lange Knopfreihe ihres Kleides stand offen, und Zoilita ließ es langsam auf den Boden gleiten. Ich saß inzwischen in Unterhosen da, und die besorgniserregende Tatsache, dass ich nicht erregt war, ließ sich nicht verbergen. Als Zoilitas Hände jedoch auf ihren Rücken wanderten, den Büstenhalter öffneten und ihre wundervollen Brüste entblößten, durchfuhr es mich wie ein elektrischer Schlag, vergleichbar dem Erdbeben, das ihre

Stimme in der Bar in mir hervorgerufen hatte. Ich spürte, wie das Blut mit unüblicher Geschwindigkeit in meinen Schwanz schoss, als wolle er die Unterhose sprengen. Mit berechnender Bösartigkeit lutschte Zoilita an ihren Fingern, schob die Hand in ihren schwarzen Minislip, der sie vor völliger Nacktheit schützte, und begann, sich aufreizend zu streicheln.

Ich entledigte mich meiner Unterhose – wie, weiß ich nicht mehr –, und ohne weiter nachzudenken, fing ich an, meinen Schwanz zu reiben, wobei ich voller Ungeduld auf den Moment wartete, da sie den Slip abstreifen und ich endlich jenes Diamanten ansichtig würde, von dem ich tausendmal geträumt hatte, als Zoilita und ich in derselben Wohnung gewohnt hatten ... Jetzt wanderten die Hände des Mädchens zu ihren Brüsten hinauf, streichelten sie, kneteten die Brustwarzen und verwandelten sie in zwei rote Nelken, die imstande waren, die Nacht zum Leuchten zu bringen (ich habe schon darauf hingewiesen, dass ich gebildet und poetisch sein kann). Schließlich wanderten ihre Hände hinunter zum Slip, der langsam die Hüften hinabglitt, sodass sich die dunkle Schönheit des Mädchens meinen Augen darbot. Der Schamhügel war nicht so stark behaart, wie ich es mir vorgestellt hatte, doch der weibliche Duft stieg mir so intensiv in die Nase, wie ich es noch nie erlebt hatte. Mit dem Schwanz in der Hand wollte ich mich auf sie stürzen, aber ihre Stimme hielt mich davon ab.

»Bleib sitzen und mach weiter«, befahl sie mir. Das hieß wohl: Onanieren oder nichts, und Onanieren ist immerhin besser als nichts ...

Sosehr ich mich auch bemühte, die Ejakulation hinauszuzögern, es kam mir früher als gewünscht. Ich wollte das Mädchen so lange wie möglich nackt vor mir sehen und versuchte, mir jedes Detail ihres Körpers einzuprägen, um das Bild bei zukünftigen Masturbationen zu verwenden.

Mit einem leisen Stöhnen spritzte ich meinen Saft auf den Boden, während ich spürte, wie mein Körper erschlaffte.

Als ich Zoilita wieder ansah, lächelte sie.

»Und, wie wars?«, fragte sie vollkommen kühl.

»Eine Katastrophe«, antwortete ich. »Du hast mich nicht rangelassen ...«

»Das war meine kleine Rache ...« Ich fühlte mich noch nicht imstande, aufzustehen, und setzte mein dümmstes Gesicht auf. »Ich hab dir und Zenaidita beim Vögeln zugeschaut und dabei gelernt, zu masturbieren. Ich hab euch jeden Abend durch ein Loch in der Wand beobachtet und gesehen, wie ihr euch geleckt und gegenseitig einen runtergeholt habt und wie ihr wie wild gefickt habt ... Ich weiß nicht mehr, wie oft ich dabei masturbiert habe ...«

»Aber du hast nie ...«

»Was konnte ich tun? Sollte ich ins Zimmer kommen und mitmachen?«

»Wär keine schlechte Idee gewesen ...«

»Schon seit Jahren habe ich davon geträumt, dasselbe mit dir zu machen ... Was ist? Hast du keine Lust, ihn mir reinzustecken?«

»Hör auf, Zoilita, du machst mich wahnsinnig ...«

»Willst du, oder willst du nicht?«, fragte sie und hockte sich langsam hin, damit ich sah, wie ihre Spalte sich öffnete, rosig und endlos.

Ich stürzte mich auf sie und zwang sie, sich auf den staubigen Boden zu legen. Ich weiß nicht, wie – werde es nie wissen –, aber mein Schwanz war schon wieder kampfbereit, und ohne mir Zeit zu lassen, sie zu streicheln, drang ich in sie ein, stieß ihn in ihre enge, feuchte Höhle, die wie gemacht schien für meine riesigen Bedürfnisse ... nicht, was die Größe meines Schwanzes betraf, nein, aber ich hatte seit Monaten nicht mehr gevögelt.

»Aber jetzt kommst du nicht wieder so schnell, ja? ...

Fröhliche Weihnachten«, säuselte sie mir ins Ohr und biss mich in den Hals.

Das Weib erwies sich als eine wahre Sexakrobatin. Mit absoluter Meisterschaft hob sie die Beine und bildete damit eine fleischliche Zange, in der ich gefangen war. Sie fasste mich an den Ohren und fing an, mich mit ihrer warmen, rauen Zunge unermüdlich abzulecken, sie in jede Öffnung meines Kopfes zu stecken, um dann an meinem Hals hinabzugleiten und an meinen Brustwarzen mit einer Saugkraft zu lutschen, die mich erschreckte. Währenddessen hörte ihr Schamhügel nicht auf zu kreisen, langsam und wirkungsvoll, sodass ich daran zweifelte, bis zu ihrem Orgasmus durchhalten zu können. Wenn sie so weitermachte, würde ich jeden Moment kommen – wobei ich nicht weiß, woher der viele Saft kam, bei dem Hunger, den ich immer hatte –, und das wollte ich nicht, mehr wegen ihr als wegen mir. Also versuchte ich, an etwas ganz anderes zu denken, etwas, das so weit wie möglich von dem entfernt war, was ich in diesem wunderbaren Augenblick erlebte, und mir kam die saublöde Idee, zu denken, dass es schneite. Ich dachte so intensiv daran, dass ich buchstäblich sah, wie draußen vor dem Balkon Schnee fiel, wie die Schneeflocken durch die Luft wirbelten und die Kronen der Majagua-Bäume vor dem Schulgebäude zu bedecken begannen, bis sie wie gigantische, leuchtend weiße Weihnachtsbäume aussahen. So sehr vertiefte ich mich in dieses absurde Bild, dass ich den Schmerz in meinen Knien vergaß und sogar anfing zu frieren, während es am nächtlichen Himmel hell wurde wie in der Morgendämmerung in nördlichen Gefilden …

»Streng dich gefälligst 'n bisschen an!«

Ihr Befehl holte mich aus meiner Schneevision. Sie presste ihren glühenden Körper gegen meinen, nahm die Beine runter und stemmte ihre Füße gegen den Boden, um meinen armen Schwanz mit krampfartigen, unkontrollierten Zuckungen ihres Schamhügels zu malträtieren und ihn in ihrer wundervollen Höhle so steif und riesig werden zu lassen wie nie.

»Kommst du gleich?«, fragte ich sie in meiner gewohnt charmanten Art, und sie biss mir ins Ohr, steckte ihre Zunge hinein und flüsterte mir zu: »Steck ihn mir in den Arsch, so wie du es bei meiner Schwester gemacht hast, der Hure.«

Ohne mir eine Wahl zu lassen, gab sie meinen Schwanz frei und bot mir mit athletischer Gewandtheit ihre knackigen Pobacken dar, die in dieser Position zwei unbezwingbaren Bergen ähnelten, getrennt durch eine tiefe Schlucht, durch die, tief unten, ein junger, wilder Fluss fließt.

»Sei vorsichtig, da bin ich noch Jungfrau«, ermahnte sie mich, während sie den dunklen Spalt ihres Anus mit ihrem Saft bestrich, um die Penetration zu erleichtern.

Ich nahm Maß und drang fast brutal in sie ein, denn zum ersten Mal an diesem Abend spürte ich, dass ich etwas entscheiden durfte. Ich packte sie an den Hüften und rammte ihn ihr bis zum Anschlag hinein, während sie leise aufstöhnte, ich weiß nicht, ob vor Lust oder Schmerz.

»Ja, besorgs mir«, flehte sie, als wollte sie mich daran erinnern, dass sie auch weiterhin das Heft in der Hand hielt.

Zoilita bäumte sich auf, den Kopf auf den Boden gepresst, und öffnete noch ein wenig mehr die Pobacken, damit ich bis in ihre tiefsten Tiefen eindringen konnte. Mit der rechten Hand begann sie, ihre Klitoris zu reiben, wobei ihr Atem in gieriges Keuchen überging.

»Sag mal, welcher Arsch gefällt dir besser, meiner oder der meiner Schwester?«

In den Kneipen von Havanna wird immer gesagt, dass es albern ist, Ärsche zu vergleichen, aber wenn man gerade den von Zoilita nagelt, wäre das wirklich eine Riesendummheit.

»Deiner, du Miststück«, antwortete ich in aller Aufrichtigkeit und stieß noch fester zu, obwohl ich wusste, dass ich nach ein paar weiteren Stößen in ihr kommen würde, was ich ihr auch sagte: »Scheiße, ich komm gleich ...«

»Spritz ab, mach mich nass, füll mich, dass es mir aus den Augen rauskommt, spritz deinen Saft ab, du Schwein!«, rief sie mit fast drohender Stimme, die noch heute, da ich glaube, dass ich Zoilita nie wiedersehen werde, in meinem Kopf widerhallt wie eine Explosion – »Spritz deinen Saft ab, du Schwein!« –, sodass ich keine Lust mehr habe, noch ein weiteres Glas zu bestellen.

Bis zum Ende meines Lebens werde ich es bedauern, Zoilita nicht gefragt zu haben, ob sie es zu dieser Meisterschaft in der Liebe gebracht hat, während sie mir und ihrer Schwester beim Sex zusah. Aber so wie diese Frage sind noch tausend andere ungestellt geblieben. Woher hatte sie diese vulgäre Sprache einer Straßendirne? Wie konnte es sein, dass bei all ihrer Erfahrung ihr Hintern ungeschoren davongekommen war? Und die wichtigste Frage von allen: Wann würden wir uns wiedersehen?

Ich muss gestehen, dass ich nicht mal mit sechzehn Jahren für mehr als zwei Ficks pro Nacht gut war. Und diese zwei habe ich immer ganz ordentlich absolviert, aber seien wir ehrlich: Nicht mal die Königin von Saba – wie man so sagt – hätte mich dazu bringen können, in weniger als zwei Stunden vier Mal zu ejakulieren. Aber wie ich schon gesagt habe: Zoilita vollbrachte Wunder ... und eins dieser Wunder war es, mich dazu zu bringen, mehr Milch zu produzieren als Ubre Blanca, die Kuh, die mit einem Denkmal für ihre Produktivität geehrt wurde.

Vom Fußboden gingen wir in die Dusche, um uns den Staub und den Saft abzuspülen, und die verrückte Frau zwang mich, noch etwas zu tun, was ich sonst nie mache:

mich mit kaltem Wasser zu duschen. Als ich protestieren wollte, ging sie vor mir in die Hocke und sagte: »Auch das gehört zum Komplettservice.«

Damit nahm sie meinen armen, inzwischen geschrumpften Penis in den Mund, und bei der Berührung ihrer Zunge erlebte er das Wunder der Auferstehung. Wenn Zoilita mit ihrem Körper die überraschendsten Kunststücke vollbringen konnte, so war sie mit ihrer Zunge imstande, Saft aus einer Ampel zu saugen. Die tödliche Kombination aus Lippen, Zunge, Zähnen, Kehle und Gaumen, mit der sie meine Hoden und meinen Schwanz bearbeitete, dazu die Liebkosungen ihrer Hände, die die Furche meines Hinterns bis über den Anus hinaus streichelten, bewirkte, dass ich mich als der potenteste Mann der Welt fühlte. Und als der glücklichste, weil ich von dieser unglaublichen Frau, die jetzt vor mir kniete, ein solches Weihnachtsgeschenk bekommen hatte.

»Jetzt mach ich das, was dir am meisten gefällt«, kündigte sie an, und ohne meinen Schwanz aus dem Mund zu nehmen, schob sie ihre Hand zwischen meine Pobacken und stieß mir hinterhältig einen Finger in den Anus.

Als jemand, der mit einer Frau, die er kaum kennt – sexuell, meine ich –, zum ersten Mal Sex hat, fühlte ich mich verpflichtet, zu protestieren, doch dann erinnerte ich mich daran, dass Zoilita all meine Schwächen und erogenen Zonen auswendig kannte. Und ich entspannte mich, spürte, wie mein Schwanz in ihrem Mund dicker und dicker wurde, während ihr Finger wie ein Bohrer in meinem dankbaren Anus und an meiner frohlockenden Prostata tanzte und meine Augen sich an dem Schauspiel erfreuten, wie diese göttliche Nymphe mir eine solche Lust verschaffte, wie ich sie nie zuvor erlebt hatte.

»Um Himmels willen, Zoilita«, stammelte ich, kurz davor, ohnmächtig zu werden, doch das Mädchen fuhr unbeirrt fort, meinen flammend roten Schwanz zu stimulieren, um ihn dann langsam zu streicheln und die unvermeidliche Ejakulation herbeizuführen, die sich über ihre Augen, ihre Nase und ihre Lippen ergoss, von denen ihre Zunge den Samen ableckte, um ihn genüsslich zu schlucken.

Mittlerweile wollte ich gar nicht mehr wissen, wie das alles passieren konnte. Kaum hatte das Wasser – das mir jetzt nicht mehr so kalt vorkam – uns gereinigt, bekam ich einen neuen Befehl: »Und jetzt gehen wir ins Bett und vögeln, wie es Gott gefällt ...«

Ich wollte ihr sagen, dass ich bezweifelte, ihr nochmals zu Diensten sein zu können, da ich gerade meinen persönlichen, mit sechzehn Jahren aufgestellten Rekord eingestellt hatte, doch da schob mich Zoilita schon, ohne mir auch nur Zeit zum Abtrocknen zu lassen, ins Schlafzimmer und schaltete das Licht ein. Das Bett war das größte, das ich in meinem Leben je gesehen hatte, obwohl ich inzwischen an meiner damaligen Wahrnehmung und meinen Erinnerungen zweifle. Was ich jedoch mit Sicherheit weiß, ist, dass Zoilita eine Schranktür aufmachte und mir den Spiegel zeigte, in dem wir uns selbst zusehen konnten. Dann legte sie sich aufs Bett, spreizte die Beine und befahl: »Leck mich, aber richtig!«

Der Vergleich zwischen einer angeschnittenen Mamey-Frucht und der geöffneten Vagina einer Frau erschien mir in diesem Augenblick angebrachter denn je: Zoilitas Schamlippen waren das rote Fruchtfleisch, die Tiefe ihrer Vagina der dunkle, Leben spendende Samen. Und die Schale der Mamey bildeten die glänzenden Schamhaare, die jenes Wunder der Natur umgaben.

Wenn ich irgendetwas beim Sex gut kann, dann eine Frau lecken. Und an diesem Abend übertraf ich mich selbst. Ich leckte Zoilitas Möse und Klitoris ausdauernd und gewissenhaft, ich würde fast sagen, professionell, und die Belohnung dafür war, zu sehen, wie sich ihre Brustwarzen zusammenzogen und sich die Nelkenknospen schlossen, während ich ihr Stöhnen hörte und die Zuckungen spürte, die ihren Unterleib erschütterten. Wie ein Hurrikan trieb der Orgasmus Wolken der Lust durch ihren Körper, bis er sich entfesselte und mit einem Schrei alles mit sich riss: »O Scheiße, du bringst mich um …!«

Und in diesem Moment geschah das eigentliche Wunder der Nacht: Ich spürte, dass mein Schwanz zum vierten Mal in den Startlöchern war. Um Zoilita nicht die Gelegenheit zu geben, etwas zu bereuen, spreizte ich ihre Schenkel und drang wieder tief in sie ein, wobei ich das Gefühl hatte, mein Schwanz tauche in ein Schlammbad ein, aus dem er nie wieder auftauchen wollte …

Erst beim sechsten oder siebten *Carta Blanca* kommt das wohlige Gefühl der bevorstehenden Volltrunkenheit in mir auf, mit der ich nach ein paar weiteren Gläsern gesegnet sein werde. Bis es so weit ist, leide ich Höllenqualen, denn mein ganzer Körper wartet nur darauf, sich umzudrehen, sobald er die Stimme hört, die zu hören ich mir am meisten wünsche.

Der Heilige Abend (nie passte die Bezeichnung besser) endete, wie er enden musste: mit dem typischen Ende eines Märchens. Zoilita sah auf die Uhr, stellte fest, dass es fünf vor halb zwölf war, und erinnerte sich – wie Aschenputtel – daran, dass sie um Mitternacht bei ihrem Freund sein musste. Sie zog sich rasch an, brachte ihre Haare in Ordnung und zog die Lippen nach. Dann sagte sie zu mir: »Du kannst so lange bleiben, wie du willst. Wenn du gehst, schließ einfach ab und schieb den Schlüssel unter der Tür durch.«

Sie beugte sich zu mir herunter und küsste mich liebevoll wie einen alten Liebhaber. Und ich ließ sie ohne ein Wort gehen. Ich hatte inzwischen gelernt, dass nichts, was ich gesagt hätte, sie von ihrem Entschluss hätte abbringen können, und wenn sie beschlossen hatte, zu gehen, dann ging sie.

Ich musste vielleicht drei oder vier Stunden geschlafen haben, denn als ich wach wurde, war es noch dunkel. Vergeblich durchsuchte ich die Wohnung nach etwas Trinkbarem, und schließlich ging ich hinaus, schloss ab und schob den Schlüssel unter der Tür durch. Ich fühlte mich höchst eigenartig, zufrieden und unzufrieden zugleich, ein Gefühl, das sich nach und nach in eine Sehnsucht verwandelte: die Sehnsucht, Zoilita wiederzusehen.

Als ich auf die Straße trat, fiel ein feiner Nieselregen. Das Wetter war umgeschlagen, ich spürte die Umklammerung der Kälte. Und auch wenn es seltsam erscheinen mag, bin ich fast sicher, dass ich weiße Flecken auf den Majagua-Bäumen vor dem Schulgebäude sah. Du halluzinierst, zwang ich mich zu denken, denn ich weigerte mich, an solche billigen Wunder zu glauben. Der Zweifel, ob es weihnachtlicher Schnee war oder nicht, begleitete mich nach Hause – ihr erinnert euch: ein Euphemismus. Ich trank zum Frühstück einen Schluck Rum, den ich aus einer Flasche herausquetschte, und schlief den Schlaf der Gerechten, den Schlaf der Arbeiter, die den Plan übererfüllt haben.

Am Nachmittag des ersten Weihnachtstags bezog ich Posten vor Zoraidas Wohnung. Trotz der Kälte – der Regen hatte aufgehört – hielt ich es bis neun Uhr abends aus, bevor ich im La Conferencia um Asyl bat. An den darauffolgenden sechs Tagen saß ich von neun Uhr morgens bis zehn Uhr abends auf der Treppe des Schulgebäudes, den Blick starr auf den Eingang des Wohnhauses gegenüber gerichtet, ohne einen einzigen Schluck Rum, dafür aber mit der noch intakten Hoffnung, dass Zoilita kommen würde, um die Pflanzen ihrer Großmutter zu gießen.

Drei Stunden, bevor dieses so schreckliche wie göttliche Jahr zu Ende ging, erhielt ich die Erklärung für Zoilitas Nichterscheinen. Auf dem im Dunkeln liegenden Bürgersteig sah ich eine Gestalt herankommen, die ich schließlich als Zenaidita identifizierte, meine Ex, die Hure (wir wissen ja, was sie getan hatte). Wie ein Verrückter stürzte ich auf sie zu und fragte sie, wo Zoilita sei. Als Zenaida sich von ihrer Überraschung erholt hatte, schleuderte sie mir in ihrer typischen aggressiven Art entgegen: »Mensch, Monchy, du siehst aus wie ein abgemagerter Straßenköter, der die Krätze hat ...«

»Aber wo zum Teufel ist deine Schwester?«, schrie ich verzweifelt, aber nicht wütend, und da bekam ich es, mein Neujahrsgeschenk.

»In Miami, sie ist in der Nacht zum Fünfundzwanzigsten in ein Boot gestiegen und abgehauen, zusammen mit der Familie ihres Freundes. Wir haben zwei Mal mit ihr telefoniert, ihr geht es gut, sagt sie, Miami sei herrlich und ...«

Natürlich hörte ich den Rest nicht mehr. Zum Teufel mit der Herrlichkeit Miamis. Scheiß auf alles, wenn der Preis dafür war, dass ich Zoilita nicht wiedersehen würde. Ohne ein bestimmtes Ziel rannte ich los, aber wir wissen ja, dass alle Wege ins La Conferencia führen, und weil heute der letzte Tag des Jahres war, standen auf dem Glasregal hinter der Theke keine Flaschen mit buntem Wasser, sondern jede Menge Rum. Ich fing an zu trinken, maßlos, gnadenlos, bis etwas den Hocker wegzog, auf dem ich saß, und ich auf dem Boden landete, zwischen Zigarettenkippen und Speichel, direkt neben einem anderen abgemagerten Köter, der die Krätze hatte ...

Versteht ihr jetzt, warum ich jeden Abend ins La Conferencia komme, um meinen Kummer im Alkohol zu ertränken, bis ich ins Delirium tremens falle? Hier warte ich auf das Erscheinen von Zoilita. Vielleicht hat Zenaida mich belogen, die alte Schlampe, und ihre Schwester ist immer noch in Kuba und sucht mich an dem Ort, von dem sie weiß, dass sie mich dort immer finden wird.

In den letzten Tagen habe ich Zoilitas Stimme mehrmals hinter mir gehört. Doch das muss ein Engel gewesen sein, denn ich habe mich so schnell, wie mein Körper und der Alkohol es erlaubten, umgedreht und nur die Erinnerung an ihr Lächeln gesehen.

Aber vielleicht kommt heute der Tag: Es ist der 6. Januar, das Fest der Heiligen Drei Könige, und auch wenn dieser Tag in Kuba seit etwa dreißig Jahren nicht mehr gefeiert wird, wissen alle, dass es heute Geschenke und Überraschungen gibt. Deswegen trinke ich langsam, denn ich möchte mich weder betrinken noch ins Koma fallen. Ich möchte, dass Zoilita kommt, verdammt noch mal, und mir noch so eine Heilige Nacht schenkt. Und wenn sie nicht kommt, werde ich mich zu ihr auf den Weg machen. Heute Morgen habe ich mir Holz und ein großes Stück Stoff besorgt, und gleich morgen werde ich mir ein Floß mit einem Segel zusammenzimmern. Miserabel, wie es mir hier geht, und scharf, wie ich darauf bin, Zoilita wiederzusehen, glaube ich, dass ich imstande bin, die Meerenge von Florida zu durchschwimmen und mich sogar gegen die Haie durchzubeißen. Ganz sicher. Scheiße, mein Glas ist leer.

1999

Der Jäger

Kompaktpuder ist eine Wohltat auf den Wangen. Sein cremiger, intensiver Geruch beherrscht für einen Moment den Geruchssinn, und beinahe vergisst er, dass er die Schatten, die die schlaflose Nacht unter den Augen hinterlassen hat, behutsam wegwischen und die unauslöschlichen Spuren der Akne einer längst vergangenen Jugend übertünchen sollte. Sein Gesicht im Spiegel hat etwas Gespenstisches. Der Augenbrauenstift, mehr ein Stummel, ist so winzig klein, dass er ihn kaum halten kann. Er befeuchtet den schwarzen, harten Stift mit Spucke und fängt an, ihn über das linke Lid zu führen, das sich über dem runden Auge spannt und es zu einem Schlitz verengt. Dann das rechte Auge, das schon neidisch herübergeschielt hat. Jetzt die Augenbrauen. Der Stift zeichnet einen leichten, aber herausfordernden Bogen, der auf die wie verwundert gerunzelte Stirn zeigt. Aus dem Wohnzimmer kommt leise Musik, doch während er sich schminkt, summt er im Geiste die Songs, die Simon & Garfunkel bei ihrem fantastischen Konzert im Central Park gesungen haben. Der chinesische Ventilator läuft auf Hochtouren, der Luftzug lässt seinen Morgenmantel flattern, aber nichts stört ihn so sehr, wie wenn plötzlich ein Schweißtropfen erbarmungslos die Schminke durchzieht, die er sorgfältig aufzutragen versucht. Jetzt bedeckt ein himmelblauer Schatten – er liebt Himmelblau, es war schon immer seine Lieblingsfarbe – die flatternden Lider, und seine Augen strahlen und betrachten das Bild derselben Augen in dem ovalen Spiegel. Der Lippenstift beginnt, die Lippen scharlachrot zu färben, doch da hält er inne. Behutsam tönt er den oberen Teil der Wangenknochen, und es sieht aus, als erröte er. Dann kehrt er wieder zu den Lippen zurück, zieht sie sorgfältig nach und verwahrt den Stift im Etui. Präzise und routiniert presst er die Lippen aufeinander, macht einen Kussmund, und als er sie wieder entspannt, sind sie rosarot, offen, duftend, warm. Mit seinen feingliedrigen, gepflegten Fingern lockert er sein frisch gewaschenes Haar, das ihm weich und wie beiläufig in die Stirn fällt. Er hört auf, *Mrs. Robinson* zu summen, jetzt hat er nur Augen und Sinn dafür, sich im Spiegel zu bewundern: die mit einem Lidstrich versehenen und von einer himmelblauen Wolke bedeckten Lider, die glatten, leicht entflammten Wangen, der rosarote, reife Mund. Er spürt, genießt die Anmut seines Gesichts, freut sich an der neu gewonnenen Schönheit, an dem Wunsch, den Männern zu gefallen. Er will die Liebe, die männliche Wärme und die rauen Lippen spüren, wie die von Anselmo, die schon beim ersten Kuss das Lippenrot verblassen lassen.

Bevor er zu weinen beginnt, befeuchtet er ein Tuch mit Reinigungsmilch und beginnt, das Werk zu zerstören, in das er zwanzig Minuten geschulter Kunstfertigkeit und unterdrückter Begierden investiert hat. Und während er Augen, Lippen und Wangen in den ursprünglichen Zustand versetzt, fragt er sich, warum das Leben ihm gegeben hat, was er nicht wollte.

Die Nacht draußen ist ein ewiges Versprechen. Er liebt diese klaren, kühlen Aprilnächte, die zu einem Spaziergang durch Havanna einladen. Während er die Hose anzieht, den Gürtel festzurrt und die Schlüssel und das Geld in die Taschen steckt, überlegt er sich, wohin er gehen soll. Sich zu entscheiden ist immer schwierig, umso mehr, da er, er weiß nicht, warum, ahnt, dass der heutige Abend ein ganz besonderer werden kann. Er fürchtet, dass eine falsche Entscheidung eine vielleicht von den Sternen und vom Schicksal vorherbestimmte Begegnung verhindern könnte. In Wirklichkeit denkt er immer dann, wenn er nicht so furchtbar niedergeschlagen ist, dass etwas geschehen kann, und das Schlimmste ist danach die Einsamkeit des Bettes, wenn er mit nichts nach Hause kommt, allein. Er kleidet sich zu Ende an – ihm gefällt das Hemd, das er in der Hose trägt – und geht in die kleine Küche seiner Wohnung. Er nimmt einen Liter Milch aus dem Kühlschrank und gießt eine Ration in die Schale seines Katers. Wo der Gauner wohl sein mag, fragt er sich. Mit einem Lappen entfernt er den feuchten Fleck, den der Milchkarton auf dem Tischchen hinterlassen hat, und schon ist die Küche wieder blitzblank, so wie er es mag.

El Vedado oder Alt-Havanna?, überlegt er. Das Schicksal wird es entscheiden. Bevor er hinausgeht, schaut er noch ein letztes Mal in den Spiegel und betupft sich den Hals mit ein paar Tropfen Parfüm. Er tritt auf die Straße hinaus und geht langsam zur Bushaltestelle. Jetzt beginnen seine Nerven zu flattern, denn seine Zukunft hängt davon ab, wohin der nächste Bus fährt: ins Vedado oder in die Altstadt von Havanna. Wenn er wählen könnte, würde er das Ambiente des Vedado vorziehen, jenes Viertels, an das er so schöne Erinnerungen hat und nach dem er sich so sehr sehnt. Dort ist er wunderbaren Menschen begegnet, obwohl die Rampa sich, ehrlich gesagt, sehr verändert hat und es sehr schwer ist, unter den vielen Tucken eine mit Niveau zu finden. An Alt-Havanna stören ihn die Penner, die vor dem Capitolio und im Parque de la Fraternidad herumlungern, mit ihrer verzweifelten Aggressivität und ihrer beleidigenden Vulgarität. Sechs Minuten später schickt ihm das Schicksal einen fast leeren Bus – so voll, wie die Busse normalerweise sind, muss es das Schicksal sein –, der bis zum Paseo del Prado fährt, dem größten Jagdrevier Havannas.

Die Nacht ist für die Jagd gemacht – und die Stadt ist der Dschungel, in dem sich die Beute aufhält. Jeder kann gejagt werden, aber nicht alle gehen ins Netz. Man muss einen guten Riecher haben und gut zielen, um Fehlschüsse zu vermeiden, die nur unnötig Staub aufwirbeln und Lärm verursachen. Das hat er von Ever gelernt, dem Mann, der ihn in die raffiniertesten Wonnen der Liebe eingeführt und in die Geheimnisse der Jagd eingeweiht hat. Doch Ever besaß einen besonderen Charme, der ihm fehlt und den er, da ist er sich sicher, nie haben wird.

Die gelblichen Lichter des Prado, der laute Straßenverkehr und die schamlose Anmache der Stricher auf der Suche nach einem Ausländer mit Dollars in der Tasche nehmen der Szene jeglichen Reiz, den diese Straße früher einmal hatte. Jetzt wird die Atmosphäre von den Verzweifelten bestimmt, die mit allem einverstanden sind und in den Händen professioneller Ganoven mit den schlimmsten Konsequenzen rechnen müssen.

Dennoch schlendert er langsam zum Parque Central hinüber, wobei er jeden Blick, jede kleinste Geste zu deuten versucht, jede Möglichkeit wie unter dem Mikroskop betrachtet. Noch ist er euphorisch. Der allabendliche Kanonenschlag um neun Uhr ist gerade erst verhallt, er hat also noch viele Stunden vor sich, und die guten Bekanntschaften macht man so gegen elf. Während er den Paseo entlanggeht und seine Nase in den Wind hält, stellt er sich vor, wie alles sein könnte. Er ist all der flüchtigen, häufig traumatischen Bekanntschaften müde, die in Ernüchterung oder vorzeitigem Verlassenwerden enden. Seine Freunde mit ihrem parfümierten Tee, ihrer klassischen Musik, den immer selben Witzen und dem Weltschmerz haben seine

Bedürfnisse nie vollständig befriedigen können. Er muss mal wieder einem Mann wie Anselmo begegnen, einem echten Kerl von Kopf bis Fuß, der zu verstehen imstande ist, warum einer sich in ihn verliebt, und der genau deshalb fähig ist, Liebe zu schenken. Die unwiederbringlichen Monate, die er mit Anselmo erlebt hat, haben ihn für immer gezeichnet. Noch heute, drei Jahre nach dem Ende, spürt er, wie sein Herz wild zu schlagen beginnt und ihm ein kalter Schauer über die Haut läuft, wenn er ein dunkelhäutiges Gesicht sieht mit einem üppigen Schnurrbart und den Augen eines traurigen Tieres, die ihn an den Menschen erinnern, den er am meisten geliebt hat in seinem Leben. Nein, er will nie mehr an die schrecklichen Tage nach der Trennung erinnert werden. Er habe eine Frau getroffen, hat Anselmo zu ihm gesagt, und er glaube, er sei in sie verliebt, und er wusste, dass die Einsamkeit in sein Bett zurückkehren würde. Schluss mit den Nächten ungetrübter, hemmungsloser Liebe, den unvergesslichen Abendstunden an den verschwiegensten Stellen des Strandes, wenn sie nackt im Meer miteinander gespielt haben, bis er im kalten Wasser spürte, wie Anselmos Saft in seine Hände floss und von einer Welle fortgespült wurde, so unfruchtbar wie er selbst. Verdammt, wie sehr hat er ihn geliebt, wie sehr haben ihn die Trennung und das schwachsinnige Herummachen mit den verdorbenen Tunten von der Coppelia deprimiert, jenen haltlosen Herumtreibern, die nichts als wilden Genuss im Sinn haben. Die eine zufällige Bekanntschaft in einem öffentlichen Bad, das Risiko auf einer dunklen Treppe, den schnellen Fick in einem Gebüsch lieber mögen als das befriedigende Glück eines sauberen, einladenden Bettes und, am nächsten Morgen, eines gemeinsamen Frühstücks mit einem innigen, nach Mann und Kaffee schmeckenden Kuss, bevor man zur Arbeit geht.

Doch es ist noch zu früh für den Prado, denkt er, als er ans Ende des Paseo gelangt. Er wird später zurückkommen, vielleicht hilft ihm das Glück, das Steinböcken wie ihm so hold ist, sagt er sich. Er überquert die Calle Neptuno, geht in den Parque Central und sucht eine freie Bank. Auf der Straßenseite gegenüber zwei Schlangen, Menschen, die auf einen freien Tisch in der Pizzeria, und Taxis, die auf Touristen warten, doch er sieht niemanden, der ihn interessieren könnte. An der Hauptallee des Parks sieht er eine leere Bank, und er geht schnell hin, um sich zu setzen. Der Abend ist wirklich schön, und er ist bereit, zu warten, zu schauen, zu beobachten.

In einer Ecke des Parks steht eine Gruppe von mehr als zwanzig Männern beisammen und diskutiert über Baseball. Alle reden durcheinander, nur ein paar Stimmen übertönen das allgemeine Geschrei. Der Theatereingang auf der Straßenseite gegenüber ist jetzt verwaist. Die Ballettvorstellung hat um halb neun begonnen, und er stellt sich die Euphorie der Ballettbegeisterten vor – ich kann sie nicht ausstehen! –, die gekommen sind, um Josefina und Aurora zu sehen und sich wie sie zu fühlen: gertenschlank, zerbrechlich, gefeiert. Bestimmt haben sie ihre besten Klamotten angezogen und pressen bei jeder brillanten Figur ihrer Tanzgöttinnen ergriffen ihre schweißfeuchten Hände aneinander, um danach weibisch und respektlos zu kreischen und unerträgliche Pfauenräder zu schlagen ... Wie gesagt, ich kann sie nicht ausstehen.

Wenn er nur nicht so schüchtern wäre! Bald wird er zweiunddreißig, und seine unvergesslichen Beziehungen lassen sich an zwei Händen abzählen. Zehn Finger reichen dafür aus, denn die verrückten Dinge, die er angestellt hat, nachdem Anselmo ihn verlassen hatte, will er nicht mitzählen. Unzählig dagegen sind die platonischen Lieben, die er erlebt oder aus lauter Schüchternheit nie begonnen hat. Auf der Arbeit war er in drei Kollegen unsterblich verliebt, doch die haben bestimmt nichts davon geahnt. Am schlimmsten war es bei Wilfredo, dem Chef der PR-Abteilung. Nie hat er verstanden, was er an jenem dünnen, blassen und besessenen Bauerntölpel mit der lächerlichen Kleidung, die zum letzten Mal 1970 in Mode war, finden konnte. Vielleicht waren seine Einsamkeit und seine Sehnsucht die Ursache für jene Liebe, die wegen seiner Schüchternheit – davon war er überzeugt – unerklärt geblieben war. Mit zwei Einladungen zu seinen Spaghetti alla carbonara und ein paar Theaterbesuchen hätte Wilfredo erlegt werden können, aber bei einem Arbeitskollegen brachte er das nicht fertig, warum, wusste er nicht. Es war ihm durch und durch egal, ob die anderen die Wahrheit erführen, die einige sowieso schon kannten. Aber ein uralter Atavismus, nach dem es Dinge gibt, die zu respektieren sind, hatte ihn, zusammen mit der Angst vor Repressalien auf der Arbeitsstelle, zu einem Wilderer der Straße gemacht. Er wagte sich nur nachts auf die freie Wildbahn und hoffte, dass er in irgendeinem Park, in einem Kino, vielleicht sogar in einem Bus dem Mann seiner Träume – der Anselmo so sehr ähnelte – begegnen würde.

Wäre er nicht so schüchtern, würde er irgendwann, das weiß er, mit seinem schönsten Make-up auf die Straße gehen, würde herausschreien, was er fühlen wollte, und wäre wunderschön und verrückter als die verrücktesten Tunten ... Aber die kann ich nun mal nicht ausstehen.

Über die Hauptallee des Parks schlendern Paare, einzelne Frauen, einzelne Männer und die verwegensten Stricher, zu allem bereit für die ersehnten, magischen Dollars, die sich in glänzende Adidas-Sneaker, unverwüstliche Levi Strauss, bunte Ocean-Atlantic-Hemden oder Whisky für den erlesensten Geschmack verwandeln lassen. Außerdem sind alte Leute und Polizisten zu sehen, dazu Zeitungsverkäufer, die Zeitungen von gestern verkaufen, und Schüler, die noch ihre Schuluniformen tragen. Einer von denen kann der Ersehnte sein, und für alle Fälle hält er einen unauffälligen Blick und, falls die Vorahnung sich bestätigt, eine kaum wahrnehmbare Geste mit dem Kopf bereit.

Es ist noch nichts geschehen, aber es gibt keinen Grund, ungeduldig zu werden. Er beschließt, in Richtung Payret-Kino zu schlendern, denn der Beute – so sagte Ever immer – muss man hinterherjagen, wie allem im Leben. Die Leuchtreklame über der Markise des Kinos weist darauf hin, dass der neu angelaufene Film auch um Mitternacht gezeigt wird. Jetzt ist es nach zehn, und vor dem Kino warten ein paar Nachteulen ohne Eile auf die Zwölf-Uhr-Vorstellung. Er sortiert diejenigen aus, die in Begleitung von Frauen sind, und die, die zu alt sind oder übel aussehen. Die anderen mustert er nacheinander, mischt sich wie zufällig unter sie, schaut sie an, bittet den einen um Feuer, fragt einen anderen, wie der Film ist, und wieder einen anderen, wie spät es ist, seine Uhr sei stehen geblieben, sagt er. Meine auch, bedauert der junge Mann.

Er ist etwa achtundzwanzig und unauffällig gekleidet. Unter dem Arm trägt er eine Aktenmappe, er hat grüne Augen und bereits Geheimratsecken, was auf eine baldige Kahlköpfigkeit schließen lässt. Er spürt sein Herz heftig klopfen, aber er denkt, nein, die Dinge wiederholen sich nie. Dieser junge Mann ähnelt Juan Carlos zu sehr, er hat ihn am selben Ort wie Juan Carlos getroffen und ihn dasselbe gefragt, was er auch Juan Carlos gefragt hat. Er weiß, dass er so viel Glück nicht zwei Mal haben kann. Juan Carlos war vor Anselmo seine heftigste und ungestümste Beziehung. Er war gerade mal einundzwanzig, als er ihn kennenlernte, und er hatte das Glück, sein Lehrer in der

Liebe zu sein, so wie er selbst Evers Schüler gewesen war. Doch Juan Carlos erwies sich als Enttäuschung. Er lernte andere Männer kennen und verwandelte sich in eine verrückte Tunte, eine von denen, die in Cliquen umherziehen, und so ging die ursprüngliche Reinheit der Beziehung für immer verloren, genauso wie die Unschuld.

Er schaut auf die Aktenmappe und fragt den Jungen, ob er gerade aus der Schule komme.

»Aus der Sprachschule«, antwortet er, »da drüben, im Gómez-Gebäude.«

»Englisch?«

»Nein«, lacht der Junge, »Deutsch, ich bin Biochemiker, und die Fachliteratur ist oft auf Deutsch.«

»Und, gefällt dir die Sprache?«

»Gefallen ist was anderes, aber ich muss sie mir einhämmern, du weißt ja, wie das ist.«

»Und warum willst du dir den Film so spät anschauen?«

»Was soll ich machen, tagsüber arbeite ich, abends dann die Schule, und am Wochenende ist es immer schwierig.«

»Mein Gott, so ein Schlamassel«, sagt er und bietet ihm eine Zigarette an.

»Danke, ich rauche nicht.«

Sein Herz rast erbarmungslos. Auch Juan Carlos hat nicht geraucht, und Filme waren das, was ihn am meisten auf der Welt interessierte. Und wie jener Juan Carlos, den er gekannt hat, ist auch dieser Junge hübsch, normal, so schüchtern wie er selbst, und er hat grüne Augen, die dahinschmelzen, wenn man sie direkt ansieht. Er stellt ihn sich in seiner Wohnung vor, wie er ihn bittet, eine bestimmte Kassette einzulegen, wie er den Geschmack der *Buñuelos* lobt – keiner macht bessere Krapfen –, sich aufs Sofa fallen lässt und sie dann miteinander reden und reden. Maria Bethânia singt *Mel*, er schlägt ihm vor, bleib, die Hand ganz ruhig auf seinem Schenkel, schau mal, wie spät es ist, und die Busse ... Wird er mit ihm schlafen? Wird ihn der schüchterne Junge mit den grünen Augen küssen, ihn streicheln, ihn umarmen, bis er fast erstickt und ihn schließlich besteigen, um ihn die fremde Härte in seinen Eingeweiden spüren zu lassen?

»Entschuldige«, sagt der Junge plötzlich, »aber ich muss mal telefonieren. Meine Frau wollte um zehn hier sein.«

»Kein Problem«, sagt er und hat nicht übel Lust, ihn zu schlagen.

Er geht in den Parque Central zurück, wo sich ihm das gleiche Bild wie zuvor bietet. Nur die Diskussion über Baseball ist beendet und hat das Feld dem Straßenlärm überlassen. Gleich ist es elf, mehrere Bänke sind jetzt leer, aber er möchte sich nicht setzen. Er ist wütend und angeekelt und weigert sich, noch eine weitere Nacht alleine zu verbringen. Er geht wieder zum Paseo del Prado hinüber, wo nur noch die hartnäckigen Stricher zu sehen sind, die ein paar Italiener verfolgen, und einige Pärchen, die sich unverhohlen küssen, um ihn vor Neid sterben zu lassen.

Zum letzten Mal hat er Anselmo in Begleitung seiner Frau gesehen, auf dem Arm ein Kind von einem Jahr und ein paar Monaten. Sie gingen die Calle G hinunter. Er sah sie von der Calle 23 aus, mehr als einen Wohnblock entfernt, und er erkannte ihn sofort. Er spürte weder das übliche Herzklopfen noch die Kälte auf der Haut. Diesmal war es der wirkliche Anselmo, und das Bild der glücklichen Familie war so eindrucksvoll, dass er dachte, er würde auf der Stelle ohnmächtig werden. Er konnte nicht sprechen, sich nicht bewegen. Anselmo hatte sich den Schnurrbart abrasiert, und die Frau war blonder, als er gedacht hatte, ihre Hüften waren breiter, und ihr Gesicht erschien ihm immer hübscher, je näher sie kamen. In seinem Kopf wütete ein Hurrikan aus Neid, Liebe, Erinnerungen, Sehnsucht und aufflammendem Hass desjenigen, der verlassen worden ist. Schließlich gelang es ihm, sich umzudrehen und davonzugehen, bevor Anselmo ihn sah.

Er geht durch die Arkaden Acera del Louvre zurück. Die Pizzeria ist geschlossen, doch die Taxis stehen nach wie vor dienstfertig bereit. Die Theatervorstellung ist beendet, und eine kleine Gruppe ballettbegeisterter Tunten kommentiert das Ereignis vor dem Eingang, begleitet von vereinzelten spitzen Schreien, verunglückten Spitzentänzchen und der einen oder anderen kläglichen Pirouette. Wieder verspürt er Lust, eine dieser Schwuchteln zu schlagen, ihnen wehzutun, sie zu demütigen, doch er überquert die Straße und geht in Richtung Parque Central davon.

Er bleibt nicht stehen, um zu den Bänken hinüberzusehen. Er überquert die Calle Zulueta und nähert sich dem verbotenen Eingang des Centro Asturiano. Der Gestank nach getrocknetem Urin, der sich Jahr um Jahr hier angesammelt hat, steigt ihm in die Nase, doch er überwindet seinen Ekel und geht weiter bis zur Bar Floridita. Wegen Renovierung geschlossen. Er biegt nach rechts ab, springt über frische Urinpfützen, und als er an der nächsten Straßenecke wieder nach rechts abbiegt, sieht er in der Dunkelheit, gegen eine Säule gelehnt, einen riesigen Schwarzen, der etwas in die Knie gegangen ist, um auf Höhe des Mädchens zu sein, das, die Arme weit ausgebreitet, ihre Lust- oder Schmerzensschreie zu unterdrücken versucht.

Er will nicht noch einmal am Payret vorbeigehen. Er fühlt sich leer und zugleich voller Hass, Geilheit, Verzweiflung. Er hält diese Einsamkeit, die ihn seit Wochen und Monaten quält, nicht mehr aus. Es schmerzt ihn zu wissen, dass es glückliche Menschen gibt, und beinahe möchte er wie jene Verrückten sein und herausschreien, dass er einen Mann braucht, einen Mann, einen Mann, Herrgott noch mal!

Eigentlich will er es nicht, doch er geht um das Capitolio herum und setzt sich auf eine der kurzen Treppen, bereit zu warten, zu jagen. Es ist nach Mitternacht, und um diese Zeit kann man immer Beute machen, allerdings weniger wertvolle. Er wird keinen Anselmo erbeuten, keinen Juan Carlos, keinen Ever, nicht mal einen treulosen Egozentriker wie Antonio El Niño. Zwei Paare gehen vorbei, ein Soldat, drei Mädchen, die wie billige Huren aussehen und sich ihm anbieten. Zwei junge Männer gehen vorbei, ein Weißer und ein Schwarzer, die sich in einem Winkel des alten Gebäudes verkriechen, um hastig an einer sehr kurzen Zigarette zu ziehen, die verdächtig nach feuchtem Gras riecht. Und dann sieht er ihn kommen. Er ist es: etwa achtzehn Jahre, bartlos, und er streicht sich beim Gehen über die Brust. Von denen gibt es viele, obwohl es seltsam ist, dass er allein unterwegs ist. Das sind Herdentiere. ›Vielleicht einer, der verlassen wurde, wie ich‹, denkt er. Und wie er das denkt, sagt er sich, dass er ihn nicht ansprechen will. Er will nicht zurück zu schnellen Ficks auf dunklen Treppen oder in Abbruchhäusern, er hat nichts zu tun mit diesem verdorbenen Jungen, der seine frühreife Homosexualität wie ein Wappen zur Schau stellt.

Aber alleine will er auch nicht mehr sein, will nicht mehr jede Nacht glücklos jagen, nach Masturbation und Speichel riechen und auf das Wunder der Liebe warten. Er hat das Bedürfnis, sich hinzugeben … oder dass sich jemand ihm hingibt.

»Hör mal, Kleiner, tu mir den Gefallen«, sagt er zu ihm.

Er schließt die Tür und schiebt den Riegel vor. Legt das Hemd aufs Sofa und streift die Schuhe ab, ohne die Schnürsenkel zu lösen. Geht ins Bad, und bevor er sich die schmerzenden Hände wäscht, sieht er in den Spiegel. Die üblichen Ringe unter den Augen sind größer geworden, zwei dunkle

Wulste, die zu platzen drohen. Er spuckt ins Waschbecken, um den bitteren Geschmack loszuwerden, der ihn im Mund quält, und muss sich übergeben. Er wird von einem heftigen Brechreiz geschüttelt, der vom Unterleib hochsteigt und ihm die Lippen öffnet. Als er fertig ist, sind die Augenringe noch größer geworden. Er hasst sein Spiegelbild, und er hasst seine Hände, die plötzlich anfingen, den Jungen zu schlagen, der sich ihm so schamlos angeboten hatte. Es war ein spontaner, aber folgerichtiger Impuls, so wie der Brechreiz eben, etwas, das einfach so über ihn kam und das er nicht mehr aufhalten konnte. Der Junge schrie nicht, hielt nur seine Hände schützend vors Gesicht und blieb wie ein abgetriebener Fötus unterhalb der feuchten Treppe, auf der sie es getrieben hatten, liegen.

Er lässt die Hose runter und setzt sich auf die Kloschüssel. Noch während er uriniert, fängt er an zu weinen, fast tränenlos, aber von schmerzenden, tiefen Schluchzern begleitet. Er erkennt sich nicht wieder, weiß nicht, wer er ist und was er macht. Er scheut davor zurück, ins Schlafzimmer zu gehen und das leere Bett zu sehen, in dem er Nacht für Nacht für Nacht alleine zu schlafen gezwungen ist. Und dann denkt er, dass er das alles beenden muss.

Seit Langem schon kommen ihm solche Selbstmordgedanken. Sie kommen, wenn er sich krank fühlt und fürchtet, einsam zu sterben; wenn es ihm gut geht und er seine Euphorie mit jemandem teilen möchte, aber nicht weiß, mit wem; wenn er auf die Jagd geht und mit leerer Jagdtasche zurückkommt. Er weiß, dass er es eines Tages tun wird, und denkt, dass dieser Tag heute Nacht gekommen ist.

Nackt, seinen üblen Geruch hinter sich herziehend, geht er in die Küche. Er öffnet eine Schublade, um das schärfste Messer auszuwählen, und sieht, dass die Milchschale unangetastet ist. ›Wo er wohl steckt?‹, fragt er sich und sieht aus dem Fenster, sucht nach einer Spur seines Katers, der Milch doch so gern mag. ›Der ist bestimmt auf Freiersfüßen‹, denkt er, ›oder auf der Jagd‹, denkt er und schaut auf das Messer, mit dem er sich die Pulsadern aufschneiden will. Das wird eine totale Erleichterung sein: Schluss mit den Erinnerungen an Anselmo, der Schüchternheit, der Jagd mit und ohne Glück, Schluss vor allem mit der Einsamkeit und dem Doppelleben, das seine Kräfte erschöpft und ihm seine Freuden vergällt.

Auf dem Bett sitzend –, leer, absolut leer – betrachtet er seine Arme. Er schließt die Faust und sieht, wie das Blut in den blauen – seiner Lieblingsfarbe – Adern pulsiert. Das Blut wird unaufhaltsam hervorschießen, das Bett und die Wände und den Boden beschmutzen und bis an die Decke spritzen. Einfach widerlich. Vielleicht wird Anselmo nie etwas von seinem Tod erfahren, denkt er, und sein Vater wird sich sogar freuen, diesen Sohn los zu sein, der niemanden hat, dem er einen Abschiedsbrief schreiben kann. Und während ihm das Schluchzen Erleichterung verschafft und langsam nachlässt, denkt er, dass alles das Werk des Schicksals ist. Am Morgen wird er hier liegen, und Fliegen werden über seine schmutzigen Lippen und seine schreckgeweiteten Augen krabbeln, und er sagt sich, dass das furchtbar abstoßend sein wird. Erneut betrachtet er seine blauen Adern und öffnet die rechte Hand. Das Messer fällt klirrend auf den Boden wie eine Glocke, die einen Sprung hat. Ach, Anselmo, denkt er und lässt sich auf die Matratze fallen.

1990

Leonardo Padura

Eigentlich hatte der 1955 in Havanna geborene Autor Leonardo Padura seine Karriere als Journalist begonnen: Nach dem Abschluss des Lateinamerikanistik-Studiums in Havanna schrieb er zunächst für die Zeitschrift *El Caimán Barbudo*. Drei Jahre später wurde er wegen »ideologischer Probleme« strafversetzt zur Zeitung *Juventud Rebelde*.

Bald gehörten seine Reportagen zu den meistgelesenen in Kuba, vielleicht auch deshalb, weil er sich nicht scheute, auch entlegene und unbequeme Themen aufzugreifen. Nach 1989 folgten sechs Jahre als Chefredakteur bei der Kulturzeitschrift *La Gaceta de Cuba*.

Die Kriminalromane seines *Havanna-Quartetts* sind für Leonardo Padura denn auch nur ein Vorwand, um von der kubanischen Gesellschaft zu erzählen und das Gewissen seiner Generation einer Prüfung zu unterziehen. Nebst dem Havanna-Quartett, das ihn international bekannt machte, veröffentlichte Padura mehrere Romane sowie Bücher mit gesammelten Erzählungen und Reportagen. Für seine Werke wurde er in Kuba und auch international vielfach ausgezeichnet, unter anderem mehrmals mit dem spanischen Premio Hammett sowie 2012 mit dem kubanischen Staatspreis Premio Nacional de Literatura de Cuba. Im Juni 2015 erhielt er den spanischen Prinzessin-von-Asturien-Preis in der Sparte Literatur.

Leonardo Padura lebt in Havanna.

Hans-Joachim Hartstein

Hans-Joachim Hartstein, geboren 1949, studierte Romanistik in Köln und Münster und übersetzt seit 1980 französisch- und spanischsprachige Literatur. Seit 1988 ist er zudem Lehrbeauftragter an der Universität Düsseldorf am Institut für Literaturübersetzer. 1989 war er Stipendiat des Freundeskreises literarischer und wissenschaftlicher Übersetzer. Zu den von ihm ins Deutsche übertragenen Autorinnen und Autoren gehören Georges Simenon, Léo Malet, Luis Goytisolo, Juan Madrid, Marina Mayoral und Ernesto Che Guevara.

Leonardo Padura im Unionsverlag

Die Palme und der Stern
Nach achtzehn Jahren im Exil kehrt der Schriftsteller Fernando nach Havanna zurück, um nach einem verschollenen Manuskript des Dichters José Maria Heredia zu suchen. Die Rückkehr führt ihn nicht nur zu den Geheimnissen der Freimaurer Kubas, denen Heredia angehörte, sondern auch in die eigene Vergangenheit: Wer hat Fernando vor bald zwanzig Jahren denunziert und damit ins Exil getrieben?
Padura vermittelt ein atmosphärisches Bild von Kubas Geschichte, vom beklemmenden Lebensgefühl im Exil und deckt erstaunliche Parallelen im Leben der beiden Schriftsteller aus zwei Jahrhunderten auf.
»Beschuldigungen und Intrigen hatten in Kubas Befreiungskampf immer ihren Platz, und Leonardo Padura spürt ihre Wurzeln auf. Ein Thriller um ein verlorenes Manuskript, das politischen Sprengstoff birgt.« *Lore Kleinert, Büchermagazin*

Ketzer
Amsterdam, 1648: Elias, ein Schüler Rembrandts, wird vom mächtigen Rabbinerrat aufgrund seiner Malerleidenschaft aus der Stadt verstoßen. Der Meister selbst gibt ihm sein Porträt mit auf den Weg ins Exil.
London, 2007: Sensation auf dem Kunstmarkt. Ein bislang unbekanntes Christusporträt von Rembrandt taucht bei einer Auktion auf. Wer ist der Eigentümer? Mario Conde macht sich auf die Suche nach den Geheimnissen des Christusbildes. Der Fall führt ihn durch die Jahrhunderte. Die Spur zieht sich um die halbe Welt.
»Ein Roman über den schmerzhaften Verlust von Hoffnung und Illusionen. Die perfekte Mischung aus historischem, Gesellschafts- und Kriminalroman.« *El País*

Mehr über Autor und Werk auf *www.unionsverlag.com*

Leonardo Padura im Unionsverlag

Ein perfektes Leben – Das Havanna-Quartett: »Winter«
Das Leben des hohen Wirtschaftsfunktionärs und vorbildlichen Genossen Rafael Morín war nur scheinbar perfekt. Mario Conde muss sich bei der Ermittlung der verlorenen Liebe zu Tamara stellen – und gleichzeitig den Träumen und Illusionen seiner eigenen Generation.

Handel der Gefühle – Das Havanna-Quartett: »Frühling«
Mario Conde dringt ein in eine Welt des Verfalls, der Vetternwirtschaft, der Drogen und des Betrugs. Und er verliebt sich leidenschaftlich in die schöne, jazzbegeisterte Karina, ohne etwas vom tragischen Ausgang der Liebesgeschichte zu ahnen.

Labyrinth der Masken – Das Havanna-Quartett: »Sommer«
Der exzentrische Homosexuelle Marqués – kultiviert, intelligent und mit feiner Ironie begabt – lebt geächtet in einem zerfallenden Haus. Er führt Mario Conde in eine düstere Welt ein, in der jedermann die ganze Wahrheit über den ermordeten Transvestiten Alexis Arayán zu kennen scheint.

Das Meer der Illusionen – Das Havanna-Quartett: »Herbst«
Miguel Forcade Mier, seit 1978 in Miami im Exil, wird kurz nach seiner Rückkehr nach Kuba ermordet aufgefunden. Nach der Revolution war der einflussreiche Forcade Mier mit der Enteignung des Kunstbesitzes der kubanischen Bourgeoisie beauftragt und schaffte sich zahlreiche Feinde. Die Ermittlungen werfen Conde aus der Bahn.

Mehr über Autor und Werk auf *www.unionsverlag.com*

Leonardo Padura im Unionsverlag

Adiós Hemingway
Vierzig Jahre nach Hemingways Tod wird auf seiner Finca bei Havanna eine Leiche gefunden, getötet mit zwei Kugeln aus einer Maschinenpistole seiner legendären Waffensammlung. War Hemingway ein Mörder? Ex-Polizist Mario Conde findet ganz unerwartet die Lösung für dessen letztes Geheimnis.

Der Nebel von gestern
Mario Conde entdeckt zwischen den Büchern einer alten Bibliothek das Porträt einer Bolero-Sängerin aus den Fünfzigerjahren. Ihre Schönheit – und ihr rätselhafter Tod – lassen ihn nicht mehr los, und so dringt er vor in das Havanna von gestern, in die wilden Jahre der Boleros und der Mafia, aber auch in das melancholische Havanna der Gegenwart.

Der Mann, der Hunde liebte
Dieser vielschichtige Roman führt ins Spanien des Bürgerkriegs, ins Mexiko Frida Kahlos und Diego Riveras, nach Prag von 1968, nach Kuba. Geheimdienstler, Freiheitskämpfer, Verschwörer und Verbrecher kreuzen sich an den Schauplätzen der Revolution. Die minutiösen Vorbereitungen zur Ermordung Trotzkis gipfeln in einem furiosen Finale.

Der Schwanz der Schlange
Ein außergewöhnlicher Mordfall führt Mario Conde in die geheimnisvolle Welt von Havannas Barrio Chino. Ein religiöser Ritualmord? Oder eine interne Abrechnung? In den geheimen Zirkeln der chinesischen Gemeinde stößt Mario Conde auf mysteriöse Zusammenhänge und obskure Machenschaften und immer wieder auf Geschichten von Entwurzelung und Einsamkeit.

Mehr über Autor und Werk auf *www.unionsverlag.com*